Asta Scheib · Beschütz mein Herz vor Liebe

Asta Scheib

Beschütz mein Herz vor Liebe

Die Geschichte
der Therese Rheinfelder

Roman

Weltbild

Die Erstausgabe des Werkes erschien 1992
bei der Nymphenburger Verlagshandlung, München.

Der Titel des Buches ist einem Gedicht von Albert Ehrenstein entnommen.
Albert Ehrenstein, 1950 in der Emigration gestorben, zählt
zu den Wegbereitern des deutschsprachigen Expressionismus.

Besuchen Sie uns im Internet:
www.weltbild.de

Genehmigte Lizenzausgabe für
Verlagsgruppe Weltbild GmbH,
Steinerne Furt, 86167 Augsburg

Umschlagfoto: Hulton Archive, getty images
Deutschland GmbH, München
Umschlaggestaltung: büdinger, Augsburg
Gesamtherstellung: Oldenbourg Taschenbuch GmbH,
Hürderstraße 4, 85551 Kirchheim
Printed in Germany
ISBN 3-8289-7117-2

2005 2004 2003
Die letzte Jahreszahl gibt die aktuelle Lizenzausgabe an.

Für Therese und Wamse

*I*n der Nacht läutete es. Therese wurde wach und wußte sofort, daß die Klingel anders ging als sonst. Greller, fordernder. Das sind sie, sagte Therese, und da schrillte es ein zweites Mal. Therese hörte die hastigen Schritte ihres Vaters auf dem Gang. Die Stimme der Mutter wie erstickt und Sybilles empörte Frage, wer denn da die Klingel mitten in der Nacht derart malträtiere. Doch Therese hörte in Sybilles Empörung die Angst, die Befürchtung, daß ihnen jetzt passierte, was bislang nur anderen geschehen war, weit weg, außerhalb ihres Hauses. Sie wurden abgeholt.

Auch Valerie war erwacht, Therese hörte die Stimme ihres Kindes aufsteigen zu dem tief empörten durchdringenden Zetern, das nur beunruhigte Säuglinge zustande bringen. Als sie Valerie hochhob und an sich drückte, waren die SS-Männer schon im Zimmer. Thereses Vater hatte sie aufhalten wollen:

»Nicht da hinein, da schläft mein Enkelkind« – da schlugen und traten sie auf ihn ein, schrien:

»Der Saujud macht uns Vorschriften.«

Mutter und Sybille wollten Vater zu Hilfe eilen, doch die Männer zerrten sie brutal zurück in Valeries Zimmer, wo die Frauen schließlich zitternd beieinander standen. Sie vermieden es, einander anzusehen, und Therese wußte, daß Sybilles Hände in den Taschen ihres Morgenmantels zu Fäusten geballt waren, daß nur Furcht, demütigende, früher nie gekannte Furcht sie davon abhielt, zu Vaters Peinigern hinzustürzen. Therese selbst versuchte gar nichts zu denken, nichts zu fühlen. Sie konzentrierte sich auf die Kälte, die von ihren Füßen hochkroch. Mutter und Sybille hatten Morgenmäntel und Pantoffel an, Therese stand in ihrem Nachthemd da, barfüßig. Ihre größte Angst war, daß der weiße Spitz, den einer der Männer mitgebracht hatte und der schrill kläffend an den Frauen hochsprang, daß dieser nervöse Hund Valerie oder sie selbst in die nackten Füße beißen könnte.

»Stramm stehen, Hände an die Hosennaht«, bellte einer der Männer, und es war ersichtlich, daß er sich an seinen Kommandos erfreute, kindlich erfreute, und die anderen gingen mit ebensolcher Lust daran, in jedem Zimmer Schränke und Schubladen aufzureißen und den Inhalt auf den Boden zu kippen.

»Ist noch jemand außer euch im Haus?«

»Nein, niemand.«

»Wieso fragst du die, das Judenpack lügt doch wie gedruckt.«

Der Hundebesitzer blieb bei den Frauen zurück. Mit einfältigem Stolz blickte er auf den Spitz, dessen hysterisches Kläffen jetzt in ein heiseres Keuchen übergegangen war. Das Tier schnüffelte nervös um die Füße der Frauen herum. Der Besitzer sah Therese lauernd an:

»Das ist Flocki, wenn es gestattet ist. Mein Beschützer.« Sein Lachen hatte Ähnlichkeit mit dem Bellen des Hundes, doch seine Augen lachten nicht, sie beobachteten tückisch die Reaktion der Frauen, und Therese wußte, daß er Beifall erwartete für sich und seinen Hund. Sie sah am bemühten Lächeln Mutters und Sybilles, daß sie die Gefahr erkannt hatten.

»Was passiert mit meinem Vater?« fragte Therese.
»Das geht dich einen Dreck an, hier haben nur wir Fragen zu stellen.«
Der vierte SS-Mann, offenbar fertig mit seiner Hausdurchsuchung, hatte Thereses Frage noch mitgehört. Er trat nahe zu ihr hin, schaute auf Valerie mit einem Gesichtsausdruck, den Therese nicht deuten konnte, aber drohend empfand. Sie drückte Valerie fester an sich, und das Kind schrie wieder zeternd, der Spitz kläffte und röchelte, Therese wußte nicht mehr, ob Valerie den Spitz halb wahnsinnig machte oder der Spitz Valerie. Die Männer schienen zufrieden mit diesem Ergebnis, einer machte eine Bewegung mit dem Kopf zur Tür hin, und dann gingen sie. Dirigenten in Konzerten der Angst, die sie selber arrangieren konnten, wann ihnen danach zumute war. Es lag bei ihnen, ob sie es zum äußersten treiben wollten. Ein schönes Gefühl, eine große Zeit, ein herrlicher Führer, der ihnen das alles möglich gemacht hatte. In einer Villa wie dieser, die sie noch vor zehn Jahren nur von weitem hätten bestaunen können, in diesen Häusern waren nun sie die Herren. Und Damen wie die Suttners, hochmütig und unerreichbar, hatten sie früher nur mal im offenen Wagen gesehen. Königlich fast, mit großen Hüten, Handschuhen und Sonnenschirmen. Und jetzt? Nur noch Schatten zitternder Angst. Sie mußten endlich arbeiten wie andere Leute auch, und das geschah ihnen recht. Hochmut kommt vor dem Fall.
Therese wußte, sie würden wiederkommen. Überall machte die SS bei Juden Kontrollen, es war nur ein Zufall, daß sie so lange verschont geblieben waren. Woher hatten sie nur die Sicherheit genommen, daß ihnen nichts passieren würde? Es war natürlich keine wirkliche Sicherheit gewesen, sie hatten nicht ernsthaft geglaubt, daß ihr Haus eine Arche Noah sein könne. Aber man lebte, als wäre es so. Doch heute hatten sie

Vater gezeigt, was ein Jude ist, und Therese war dabeigewesen. Das waren keine Gerüchte mehr, die man verdrängen, beiseiteschieben, auf morgen vertagen konnte. Die Männer, die Vater traten, auf ihn einschlugen, sie waren eine neue Realität, die jede Illusion von Geborgenheit, von Sicherheit und Nocheinmaldavonkommen endgültig zerstörte. Therese wußte, die Männer, die ihren Vater mitgenommen hatten, konnten ihn erschießen oder erhängen, obwohl es dafür keinen Grund gab. Oder viele Gründe.
Diese Gründe schallten tagtäglich aus dem Radio, sie standen in den Zeitungen, im *Stürmer*, im *Völkischen Beobachter*, in Hitlers Buch *Mein Kampf*.
Therese brachte Valerie wieder zu Bett, Mutter stand am Fenster und sah dem Wagen hinterher, der Vater wegbrachte. Therese zog für Valerie die Spieluhr auf. In das Lied »Guten Abend, gute Nacht« hinein sagte Sybille, daß Vater jetzt wohl nicht mehr so tun könne, als sei er arisch.
Die Nationalsozialisten hatten Thereses Vater, den Textilfabrikanten und Kaufhausbesitzer Richard Suttner, bislang in Ruhe arbeiten lassen. Die Firma SUTTNER IMPORT/EXPORT stellte bereits in der dritten Familiengeneration vor allem Trikotagen her, Unterwäsche von feinster Qualität. Eigentlich hatte es mit Socken begonnen, Wollsachen, die der Urgroßvater auf einem Wirkstuhl strickte, den er von Hugenotten erworben hatte. Im Laufe der Jahrzehnte waren Wirkwaren dazugekommen, der Ein-Mann-Betrieb hatte sich zur Fabrik ausgewachsen, die Jersey- und Strickstoffe herstellte für Pullover, Kleider und Bademoden. Die Kriegsjahre 1914/18 zerstörten die bald internationale Bedeutung der Firma, doch Thereses Vater hatte nicht aufgegeben, und derzeit erzielte die Fabrik wieder Millionengewinne, die den Nazis wohlgefielen, obgleich ein Jude sie er-

wirtschaftete. Doch im Mai 1935 klebte auch auf dem Firmenschild der Suttnerschen Strickwarenfabrik das Wort JUDE, und ein weiteres hing am Fabriktor mit den Worten RAUS MIT DEN JUDEN. Dr. Anton Huber, der arische Prokurist des Hauses, beschwerte sich umgehend bei der Reichsleitung. Eine Weile blieben die Firmenschilder unbeklebt, doch eines Tages stand dort wieder das Wort JUDE. Die Arbeit der Firma blieb jedoch zunächst noch unberührt.

Das Kaufhaus der Familie im Rosental dagegen war nicht so lange unbehelligt. Therese erinnerte sich, wie es zum ersten Mal passierte. Die Familie saß gerade beim Essen, als das Telefon läutete. Blumauer war am Telefon, Vaters engster Mitarbeiter, der das Kaufhaus führte. Als Vater zurückkam aus seinem Arbeitszimmer, schien er Therese auffallend blaß, jedoch er setzte sich und aß weiter.

»Was ist los, Vater?« fragte Therese schließlich, und als sähe er die Sinnlosigkeit seines Schweigens ein, gab ihr Vater Auskunft:

»Sie haben im Kaufhaus die Fenster beschmiert, das Übliche, was sie jetzt überall hinschmieren. Beim Uhlfelder waren sie auch. Sie drängen sich in das Haus, wollen die Kunden hinauswerfen, bieten den Angestellten Prügel an. Blumauer hat schon das Überfallkommando angerufen.«

Es war Vater sichtlich unangenehm, Tatsachen zu berichten, die zu verdrängen er sich immer stärker bemühen mußte.

Sybille hatte ihm gespannt zugehört. Ihr weiches, schönes Gesicht war zornig, angespannt, sie sprang auf:

»Papa, das lassen wir uns aber nicht gefallen. Wir müssen was unternehmen!«

Vaters Kinnmuskeln zuckten. Er legte seine Serviette

hin. Er hatte es satt. Er stand auf, sagte im Hinausgehen zu Sybille, daß sie völlig recht habe:
»Ich muß was unternehmen. Ich, und nicht du oder ihr. Setz dich hin und iß weiter.«
Sie erfuhren dann, daß sämtliche jüdischen Geschäfte in München überfallen worden waren. *Bach* in der Sendlingerstraße, *Rothschild* im Färbergraben, *Elko* und *Eichengrün* in der Karmeliterstraße. Auch in der Kaufingerstraße bei *Bamberger* und bei *Hertz* hatten die Trupps der SA versucht, Kunden aus dem Geschäft zu weisen, arische Angestellte zu verprügeln.
Gegen das ausdrückliche Verbot des Vaters gingen Therese und Sybille ins Rosental. Sie hatten schon früher gesehen, daß die Gehsteige mit weißer Ölfarbe beschrieben waren. JUDENSAU, JUDEN UNERWÜNSCHT. An den Schaufensterscheiben stand KAUF NICHT BEIM JUDEN.
Sybille und Therese hatten sich fest untergehakt, und Therese spürte, daß Sybille an sich halten mußte, um nicht in die Gruppen der Leute hineinzuschreien, die sich vor dem Kaufhaus zusammengedrängt hatten. Es waren SS-Leute, Männer von der SA und Zivilisten. Dicht beim Eingang postierten sich vor allem SA-Männer. Sie glotzten jeden drohend an, der ins Kaufhaus hinein wollte. Auch Therese und Sybille schrien sie ihr »Kauf nicht beim Juden« entgegen.
Die Schwestern sahen sich verblüfft an, dann mußten sie lachen. Die Männer schienen zunächst unsicher, doch Therese nickte ihnen strahlend zu:
»Wir versprechen ihnen, wir kaufen hier nichts.« Sofort löste sich der Haß auf den Gesichtern der Männer, alles wurde blank vor Zufriedenheit und Verbrüderung.
»Ihr seids halt richtige deutsche Madln.«
»Ja, mei« hörte Therese sich sagen, »echtes Münchner Gwachs.«

Therese verachtete sich zwar dafür, daß sie sich vor den Nazis immer wieder die Rolle des arischen Mädchens zuschieben ließ, doch neben der Verachtung war auch eine trotzige Lust in ihr. Sie liebte es, Heil Hitler zu sagen, denn es war ihr als Jüdin verboten. Sie verachtete die anderen, die sich von ihr belügen ließen, denn die Nazis prahlten neuerdings damit, daß sie Juden schon von weitem von richtigen Deutschen unterscheiden könnten.
»Die kann man ja riechen, die Juden« hatte neulich ein Mädchen in der Floriansmühle zu ihrer Freundin gesagt, als die beiden sich in der Umkleidekabine umzogen. Auch Therese hatte dort ihren nassen Badeanzug gegen Shorts getauscht, sie fühlte sich nach dem Wettschwimmen mit Sybille stark und kämpferisch.
»Hast du schon mal an einem Juden gerochen?« fragte sie herausfordernd das vielleicht sechzehnjährige Mädchen, dessen Augen vor Überraschung fast hervorquollen. Therese hieb ihr leicht den nassen Badeanzug ans Bein, sagte:
»Also, versuch's doch mal«. Dann ging sie nach draußen zu Sybille, die wie immer im nassen Badeanzug in der Sonne lag und sich trocknen ließ. Therese hörte noch, wie ihr das andere Mädchen nachschrie, daß sie es vielleicht mal bei ihr versuchen wolle. Da ging Therese noch einmal zurück zu den beiden, ganz nah, sie sah die blankgeschrubbten Gesichter, die Angst, die sich hinter der Aggression verbarg.
»Wenn ich Jüdin wäre«, sagte Therese leise, »dann hätte ich euch eins in die Fresse gegeben.«
Therese setzte sich zu Sybille. Erst jetzt spürte sie, daß ihr Herz stark klopfte, ihre Kehle wie ausgetrocknet war. Sybille lag auf dem Bauch, den Kopf in die Armbeuge geschmiegt. Schlief sie? Gerade noch hatte sie Therese beim Wettschwimmen weit abgehängt.

»Mei, schwimmt die gut«, hatten einige Mädchen anerkennend gesagt. Später fragten sie Sybille, ob sie nicht Lust hätte, in den Schwimmverein zu kommen. Schließlich versprach Sybille, zum Training am kommenden Wochenende einmal vorbeizuschauen.
»Wenn die wüßten«, sagte Sybille mit schiefem Grinsen zu Therese.
Therese sah das schwere dunkle Haar der Schwester, das in einem dicken Zopf über ihrer Schulter lag. Sybilles Haut war unempfindlich gegen die Sonne, seidig und glatt hob sie sich ab von dem weißen Strickstoff des Badeanzuges. Wie eine Skulptur lag Sybille da, wie eine schön gemeißelte Statue, jedenfalls fand das Therese, und sie dachte bitter und wütend, daß alle verdammt sein sollten, alle. Sybille war begabter, schöner und klüger als die meisten hier im Schwimmbad, und doch hatte sie kein Recht, hier zu sein. Ebensowenig hatte Therese das Recht dazu. Immer mehr fühlte sie sich in ihrem Leben, als sei sie im Theater ohne Eintrittskarte. Dabei hatte sie früher einen Logenplatz gehabt. Ohne sich das bewußtzumachen, empfand sie sich als etwas Besonderes. Sie wußte, daß sie Therese Karoline Suttner war, Münchnerin, Bayerin. Es war für sie von Anfang an gewiß, daß ihr Leben in geräumigen Häusern stattfand, auf Parkettböden, die von Zugeherinnen mit Bienenwachs zum Duften und Glänzen gebracht wurden. Daß Väter blütenweiße Stehkrägen und englische Sakkos trugen, im Automobil verreisten und eigentlich nicht besonders schmerzlich vermißt wurden, bis sie dann wieder am Frühstückstisch saßen und Zigarillo rauchten.
Mütter trugen weiße Seidenkleider, spielten auf dem Flügel oder malten, wie Thereses Mutter in ihrem Atelier, wo es nach Ölfarben roch und nach Terpentin. Gerüche, die Therese ebenso liebte wie die nach Rumaro-

ma und Mandelöl, wenn das Dienstmädchen Anni Torten buk oder bayerische Creme rührte. Düfte, Lichter, Wärme, und jede Abwesenheit von Mühsal war für Therese selbstverständlich gewesen.

Einer der sichtbaren Garanten für dieses helle, sorglose Leben Thereses war das Kaufhaus der Familie Suttner im Rosental. Früher ein riesiger Bauchladen, hatte Thereses Vater es in ein modernes Kaufhaus verwandelt, mit Aufzuganlagen und Registrierkassen. Besonders als Kind war Therese gern mit Anni hingegangen, die dort oft Verwandte aus dem Isarwinkel traf.

Später wurde für Therese Vaters Fabrik interessanter. Die großen Stricksäle, erfüllt vom Rattern der Rundstühle, faszinierten sie. Die Arbeiterinnen und Arbeiter grüßten Therese freundlich, ganze Familien arbeiteten bei den Suttners. In der letzten Zeit jedoch war Therese nicht mehr in die Fabrik gegangen. Sie wollte den Arbeitern und Angestellten den Konflikt ersparen, als Arier eine Jüdin so ehrerbietig grüßen zu sollen, wie sie es noch vor wenigen Jahren selbstverständlich getan hatten.

Ihre Vergangenheit erschien Therese wie ein heller, warmer Raum, in dem vielfarbiges Licht sich spiegelte. Die Menschen kamen und gingen, schienen leicht und konturenlos wie Bilder französischer Impressionisten. Aber dann, wenn die Erinnerung kraftvoll zurückkehrte und wie mit Messern jede einzelne Figur aus Thereses Bildern herausschnitt, dann war sie in ihren Alpträumen gefangen, angekettet an die dunkle Zeit, in der Therese lernte, daß Glanz zum Makel wird, Glücksmarie zur Pechmarie. Frühere Bewunderer riefen Jude. Immer seltener ging Therese durch München. Es war ihr, als sei sie der Stadt, in deren glänzende obere Etage sie hineingeboren war, nun ausgeliefert. Dunkle Gestalten, die sie vorher nicht wahrgenommen hatte, herrsch-

ten jetzt über die Straßenschluchten und über die erleuchteten Tempel der Künste und Wissenschaften. Daß München, ja ganz Deutschland, ihr nun feindlich gesinnt schien, ließ Therese kaum noch schlafen. Ständig wachte sie auf, wurde sich nach wenigen Sekunden bewußt, daß ihr Bett nur geliehen war, eine Frage der Zeit. Wie lange würden die Nazis sie noch darin schlafen lassen? Therese lauschte klopfenden Herzens auf jedes Geräusch. Kamen sie wieder? Heute nacht? Oder morgen?
München, das war Heimat gewesen. Die schönsten Straßen, die stattlichsten Häuser waren ihr vertraut. Alle standen sie noch da, aber für Therese waren sie rätselhaft geworden, gefahrvoll, eine einzige große Frage. Warum? Therese sah die weichen Grünflächen im Englischen Garten, die Weite, die jede Vorstellung von Gefangennahme aufzuheben schien. Der Anblick der herrschaftlichen Ludwigstraße ergriff sie schmerzlich. Die früher so beruhigende Behäbigkeit der Theatinerkirche, die Türme des Liebfrauendoms – alle vertrauten Räume hatten für Therese jetzt etwas Ungewisses, nicht mehr Verläßliches. Es war, als könnten sie jeden Moment einstürzen, um Therese unter sich zu begraben.
Dazu war noch Winter. In den schmuddligen Schnee der Straßen fiel feiner Nadelregen. Therese und Sybille gingen, dick in ihre Mäntel vermummt, durch die Kaufingerstraße hinunter ins Tal, wo sie im Sterneckerbräu etwas Heißes trinken wollten. Doch dann sahen sie die Flagge mit dem Hakenkreuz über dem Gasthaus, und Therese erinnerte sich sofort daran, daß dieses alte Münchner Lokal jetzt einer der Treffpunkte der Nazis war. Therese hängte sich fester bei Sybille ein, und sie gingen weiter. Es war später Nachmittag, auffällig viele Menschen hasteten über die Gehsteige, es schien Therese, als seien alle Leute unruhig und beeilten sich, ihre

Besorgungen zu machen und heimzukommen. Allein die SS- und SA-Leute schienen guter Laune. In Gruppen marschierten sie über die Straße, machten sich Platz. Die Menschen wichen ihnen ohnehin aus, wo es nur ging. Doch die Uniformierten wollten nicht ausweichen, sie wollten rempeln, Angst machen, Macht spüren. Sie blieben vor Passanten stehen, musterten sie forschend und voller Häme. Wer ruhig weiterging, dem geschah nichts. Wer jedoch Angst zeigte, war verloren. Therese sah, wie ein Trupp SA-Leute einen Mann grob vom Gehsteig stieß. Der Gestoßene fiel hin, rappelte sich beschämt auf, rannte weg unter dem Hohngelächter der Uniformierten. Therese und Sybille waren jetzt auf der Höhe der SA-Leute, die sofort auf die beiden Mädchen aufmerksam wurden. Einer sah sie triumphierend an: »Wir haben ihn laufen lassen, den Jud. Großzügig wie wir nun mal sind. Stimmt's oder haben wir recht?« Sie lachten selbstgefällig.
Therese und Sybille versuchten gleichgültig auszusehen, nur weg wollten sie, weg. Sie nickten, um die Uniformierten nicht gegen sich aufzubringen. Jetzt hörten sie aus einiger Entfernung wüstes Geschrei, Krachen und Splittern und Johlen. Rasch bogen Therese und Sybille in die Sparkassenstraße ein. Sie sahen, wie Zivilisten in die Richtung des Lärms rannten. Sie hörten Rufe:
»Nieder mit der Judensau.« Andere Leute riefen nach der Polizei. »Heil Hitler« schrien die SA-Leute und rannten zufrieden und voller Erwartung den Zivilisten hinterher.
Es war dunkel geworden. Therese und Sybille beeilten sich, heimzukommen. Sie konnten nicht reden, doch jede wußte, was die andere dachte. Therese sah, daß auch Sybille schluckte, daß ihnen beiden das Weinen nah war. Im warmen gelben Licht der Gaslaternen gingen

sie nun die Maximilianstraße hinunter, rasch, hastig, als erwarteten sie den Augenblick, wo auch sie in ihrem Jüdischsein entdeckt und vom Gehsteig auf die Straße gestoßen würden.
Sie gingen heim. Im Herzogpark waren sie zu Hause. Nur – wie lange noch. Aus einem Wirtshaus hörten sie grölende Männerstimmen. Dazwischen immer wieder ein scharfes, lautes »Sieg Heil, Heil Hitler«. Die Vorstellung, daß diese singenden Männer jetzt auf die Straße kommen könnten, trieb Therese und Sybille zu noch größerer Eile an. Es schien Therese, als wären die Menschen nur noch eine bedrohliche, von Uniformierten gesteuerte, Heil-Hitler rufende Masse, die sich langsam in Bewegung setzte, langsam aber stetig auf Therese und ihre Familie zuwalzte, um sie schließlich zu überrollen.

Doch es gab Anni. Anni machte es nicht einen Tag, nicht einmal eine Minute lang Konflikte, daß der Zufall ihrer Geburt die Familie Suttner zu Juden gemacht hatte, daß sie durch die Machtergreifung Hitlers Verfemte wurden. Aussätzige, ein lebensgefährlicher Umgang. Auch für Anni.

Von Anfang an war Anni bei Therese gewesen. Jedenfalls schien das Therese so. In Wahrheit war Therese schon fast fünf, als die sechzehnjährige Anna-Maria Lechner aus Steinbach im Isarwinkel ins Haus der Familie Suttner nach München kam. Thereses Schwester Sybille war geboren, und Anni sollte Mutter bei der Pflege des Säuglings unterstützen. Doch schon nach drei Tagen gehörte Anni für immer Therese. Jedenfalls stand sie ihr näher als dem Vater oder der Mutter, denen sie mit frisch gebürstetem Haar und sauberen Kleidern zugeführt wurde. Therese aß zwar gemeinsam mit den Eltern, doch schon den Nachtisch durfte sie bei Anni in der Küche einnehmen. Meist hatten die Eltern Gäste, und Therese war ohnehin überflüssig. Auch an den Gesellschaftsabenden der Eltern, an denen sogar manchmal das in der ganzen Stadt berühmte und begehrte Ehepaar Thomas Mann teilnahm, war Therese jedesmal erleichtert, wenn sie nicht mehr beim Musizieren und Rezitie-

ren stillsitzen mußte. Therese fand, daß sie zu Anni und in die Küche viel besser paßte als zu ihren gebildeten Eltern. Ihrer Schulfreundin Delia Rosental ging es genauso. Ihr Vater war Opernsänger, ihre Mutter eine bekannte Pianistin. Doch Delia wollte ebensowenig wie Therese Gesangsstunden nehmen oder gar Klavierunterricht. Therese und Delia hatten sich vorgenommen, niemals in gewienerten Salons bei Kerzenschein zu sitzen und sich anzuhören, wie ältere Damen Arien sangen oder Gedichte deklamierten. Therese und Delia gingen lieber, angetan mit den Hüten ihrer Mütter, in Kinovorstellungen, in denen sie als Vierzehnjährige noch nichts zu suchen hatten. Doch die Kinobesitzer, auf jeden zahlenden Kunden angewiesen, ließen sie hinein. Delia rauchte heimlich. Sie hatte das im humanistischen Domgymnasium in Freising gelernt, einer Klosterschule für Buben, die Pfarrer werden wollten. Delia war dort das einzige Mädchen gewesen, und sie war froh, als ihre Eltern von Freising umzogen nach München. Im Max-Gymnasium lernten sich Therese und Delia kennen. Delia war Christin, katholisch, ihre Eltern waren getaufte Juden.
Einmal, in einer Pause, kam ein Kind auf Delia und Therese zu und zischte:
»Ihr seid Juden. Juden sind böse, sie haben Jesus Christus ans Kreuz geschlagen. Sie sind schuld, daß er gekreuzigt wurde.« Therese und Delia hatten sich betroffen angesehen, schließlich beschlossen sie, daheim nachzufragen. Therese wandte sich an Anni, aber die mochte das nicht glauben. Damit war auch für Therese das Thema erledigt, und auch für Delia gab es Wichtigeres, und zwar drehte sich alles um Anni, die einen Verlobten hatte, nicht nur einen Verehrer, nein, seit einer Woche trug sie einen Ring am Finger und war verlobt. Er hieß Georg Klaffenböck, wurde aber Girgl genannt.

Therese fand diesen Verlobten enttäuschend, viel zu klein und schmächtig für die blühende Anni. Für sie wünschte Therese sich einen der Prinzen oder Großherzoge von Schloß Hohenburg im Isarwinkel, von denen Anni so viel erzählte. Aber da war nichts zu machen. Anni war stolz auf Girgl, denn er war ein Studierter und würde einmal Lehrer sein. Zu Anni aufs Zimmer, das im Dachgeschoß des Suttnerschen Hauses lag, durfte Girgl nicht. Er selbst wohnte in einem katholischen Jung-Männerheim, und deshalb kam Therese dazu, wie er es mit Anni im Bügelzimmer machte. Niemals würde Therese das vergessen. Zunächst war sie erschrocken, als sie Anni sah, deren Haare völlig aufgelöst waren, und ihre Röcke kringelten sich irgendwo oben am Hals. Therese wußte jedoch instinktiv, daß Anni keine wirkliche Gefahr drohte, und so schaute Therese für einen Moment vor sich hin auf den Boden des Bügelzimmers, wo die Nachmittagssonne Muster malte und wo Sonnenstäubchen auf- und abschwebten. Ein kurzer Moment der Verlegenheit. Therese sah durchs Fenster. Sie sah die Rasenfläche des Gartens, und alles, was sie sah, sah sie sehr genau, wie zum ersten Mal und wie verschärft durch diese Verlegenheit, und es war ihr völlig gleichgültig, bedeutete nichts, gemessen an dem, was Anni und Girgl in diesem Moment taten. Therese dachte, daß es nicht recht war, hier zu stehen. Sie hätte sofort hinausschleichen sollen, doch Therese wußte, daß sie hier bleiben mußte und leise sein und sehen, was sie niemals zuvor erlebt hatte, und morgen würde sie alles Delia erzählen. Delia ließ Therese auch keine Ruhe mehr, als sie begonnen hatte, ihr das mit Anni und Girgl zu erzählen. Wie schlecht kam sich Therese vor. Sie war eine Verräterin, eine üble Lauscherin und Petze, und das wußte sie, und trotzdem erzählte sie Delia alles, denn Delia hatte daheim nur Berta, das langjährige Hausmädchen. Berta war über Fünfzig, und mit ihr ging kein Mann ins Bügelzimmer. »Also nochmal von Anfang an«, bettelte Delia, »wie hat er das gemacht, zuerst das Mieder auf, und dann am Busen gedrückt und wie ging es dann weiter?«

Therese fand sich wieder gemein, und doch konnte sie nicht mehr zurück, und sie mußte auch alles erzählen, weil das Erlebte mächtig in ihr war und übersprudelnd, und weil es ihr ein Gefühl im Bauch machte, das tief war und süß und ziehend, so daß sie die Bilder wieder und wieder heraufbeschwor. Flüsternd stürzten die Worte aus ihr heraus:

»Dann hat die Anni gestöhnt und ›Neinnein Girgl‹ gesagt und ›eskanndochjemandkommenGirgl‹. Doch Girgl hat noch mehr gestöhnt als Anni und hat sich zwischen ihre Beine geschoben, und Anni hat gesagt ›daßdumiraberfeinaufpaßtGirglgell‹ und Girgl hat ›Jaja‹ gesagt und hat Anni auf die Kommode mit der Bettwäsche gedrückt. Die Hose ist ihm heruntergerutscht und Anni hat ihre Beine oben um Girgl gelegt, und bald hat Girgl gesagt ›JetztmußinausAnni‹ und Anni ist hochgekommen und hat beim Girgl was gemacht und er bei ihr auch, und Anni hat gesagt ›jetztdarfstfeinetaufhörenGirglgell‹ und Girgl hat nicht aufgehört, bis Anni gesagt hat, ›jetztisausGirgl‹.

Da bin ich ganz schnell rausgeschlichen und bin in den Garten gerannt. Nachher bin ich laut reingerumpelt in die Küche. Da hat Anni für Girgl Kaffee gekocht, und ich hab auch einen gekriegt, mit viel Milch, und Anni hat gefragt: ›WowarstdudennTherese?‹ und ich habe gesagt: ›IchkommgradausmeinemZimmerAnni‹ und dann habe ich ›GutenTagGirgl‹ gesagt. Anni hatte schöne leuchtende Augen, ihr Mund war rot, viel röter als sonst und Girgl war größer als sonst und er hat stolz auf Anni geschaut und mir wurde ganz komisch.«

Delia wollte dann unbedingt einmal mitkommen ins Bügelzimmer, aber da war Therese hart geblieben. Sie selbst war auch nicht mehr hingegangen, wenn Girgl da war, und bald darauf hatten Anni und Girgl ohnehin geheiratet. Weil sie kein Geld hatten, gab Thereses Mutter Anni ihr Hochzeitskleid und den Schleier und die Spitzenhandschuhe, und Anni sah so vornehm aus, daß Therese sie sich gar nicht mehr auf der Wäschekommode vorstellen konnte. In der Kirche dachte Therese dauernd daran, daß die beiden es von nun an immer im Bett tun würden. Therese spürte wieder die wilde, unnennbare Süße in sich, wie eine glutrote Welle, die sich in ihrem Inneren brach und zerbarst. Und die nächste Welle kam, und dann immer wieder eine, und zuletzt war das Kirchenschiff ein Ozean, über dem silberne Möwen kreisten, immer höher, immer weiter, und Therese fühlte sich seltsam leicht und frei und voller Erwartung.

Anni hieß nun Frau Klaffenböck, aber nur Thereses Eltern nannten sie so, Sybille und Therese sagten weiterhin Anni. Anni kam ins Haus der Familie Suttner zur Arbeit wie immer. Girgl hatte noch keine Anstellung als Lehrer gefunden, aber er war trotzdem nie daheim. Therese sah Girgl ebenso wie Anni bald in einem anderen, schärferen Licht. Vielleicht lag es daran, daß Thereses Leben sich ihr öffnete, daß sie mehr und genauer sah und hörte, was um sie herum geschah. Doch immer noch war Anni und damit auch Girgl Thereses unmittelbare Welt, beide schienen ihr geheimnisvoll und hochinteressant, waren ihr viel näher als die Eltern, deren persönliches Leben sich hinter weiß lackierten Türen abspielte, in Räumen, die Therese natürlich nicht verboten waren, die sie jedoch mied, wenn man vom Atelier der Mutter absah, in dem sie manchmal viele Stunden zubrachte, ohne der Mutter auch nur sekundenlang nahe zu sein. Mutter schien besonders beim Malen nur sich selbst zu gehören, sie war in einer derart starken Intensität in ihre Arbeit versunken, daß sie Therese fremd blieb.

Anni hingegen war für Therese jederzeit begreiflich. Durch Anni bekam Therese auch eine Ahnung von Girgl, und mit der neuen Sicht auf ihn wuchs Thereses

Respekt. Anni erklärte Therese, daß Girgl Sozialdemokrat sei und fast ständig in der Zentrale seiner Partei in der Pestalozzistraße arbeite. Auch bei den Naturfreunden war Girgl Mitglied. Anni war stolz auf ihren Mann, aber sie hatte auch Angst um ihn. Die Sozialdemokraten kämpften gegen die Nationalsozialisten. Mitglieder der SA und der SS brachen in Versammlungen der SPD ein, mißhandelten die Teilnehmer. Es gab Morde. Girgl, eher klein und mager, war wie viele seiner Genossen im Judokampfsport trainiert. Er war schon oft bei Zusammenstößen mit den Nazis verletzt worden.
Thereses Vater warnte Girgl, bat ihn, in Annis und seinem eigenen Interesse die Arbeit in der SPD aufzugeben, aber Girgl sah Vater nur kopfschüttelnd an. So sehr er den Arbeitgeber seiner Frau respektierte, ihn menschlich schätzte – politisch schien Dr. Richard Suttner Girgl völlig weltfremd. Dabei war der Mann Jude. Wo hatte der seine Augen und seine Ohren, lebte der nur für Soll und Haben, für sein Automobil, für seine Telefonate, seine Briefe, seine Depeschen? Einmal hörte Therese, wie Girgl zu ihrem Vater sagte:
»Lesen Sie das Buch Hitlers, dann werden Sie einsehen, daß wir etwas tun müssen, daß auch Sie etwas tun müssen.«
Therese wußte nicht mehr, was ihr Vater geantwortet hatte. Wahrscheinlich war er wortlos in sein Zimmer gegangen, wie immer, wenn ihm ein Gespräch zu unbequem wurde. Therese hatte auch niemals gesehen, daß ihr Vater Hitlers Buch in die Hand genommen hätte.
Für Girgl wurde es immer schwieriger, seine gefahrvolle Arbeit gegen die NSDAP fortzusetzen. Im März war das Münchner Gewerkschaftshaus gestürmt worden. Glücklicherweise hatte Girgl noch gemeinsam mit seinem Freund Nepomuk Fuchs Karteikarten und die Schreibmaschine herausgeholt, die Nepomuk gehörte.

Seitdem war es nicht leicht gewesen für Girgl und Nepomuk, sich zu orientieren. Es gab überall Mißtrauen. Viele Genossen schwenkten um in das Lager der Nationalsozialisten. Jugendliche, die früher bei Girgl und Nepomuk in der Kindergruppe waren, begegneten ihnen plötzlich in der Uniform der Hitlerjungen. Ein wirklicher Schock war es für Girgl, als ihm der Bindinger Sepp in der Dienerstraße entgegenkam. Der Bub, der im Jugendheim an der Dom-Pedro-Straße in Neuhausen immer der Eifrigste gewesen war, trug jetzt die HJ-Kluft. Girgl erinnerte sich, wie verzweifelt Sepp weinte, als die Nazis versucht hatten, das Jugendheim in Brand zu stecken. Sepp wußte viel über die politischen Ziele der Gruppe. Dies alles schoß Girgl durch den Kopf, und daher ging er auf den Bindinger Sepp zu, der ihn offenbar nicht gesehen hatte. »Grüß di, Sepp«, sagte er und faßte den Überraschten unter. »Denk dir nichts, aber wir zwei müssen reden«, und er setzte sich mit Sepp ins *Augustiner*, und dann erfuhr er, was er sich schon gedacht hatte. Der Sepp hatte sich um eine Lehrstelle beworben, er wollte Bäcker werden. Wo er sich auch beworben hatte, immer hieß es, er müsse bei der Hitlerjugend sein. Der Sepp fand es gut, daß er als Bäckerlehrling in der Nacht arbeiten und am Tag schlafen mußte. »Da muß ich nicht dauernd zum Appell.«
Girgl schärfte dem Sepp ein, niemals auch nur ein Wort über die Zeit bei den Kinderfreunden in Neuhausen verlauten zu lassen, und Sepp versprach es. Von dem Tag an erschien der Sepp auch wieder im Helferkreis der Kinderfreunde. Heimlich, ohne HJ-Uniform. So langsam sammelte sich wieder eine Gruppe, vorzugsweise in der Großmarkthalle. Sie bekamen auch Kontakt mit einer Regensburger Gruppe, die machte sogar eine Zeitung. Das war der *Neue Vorwärts*, den die Münchner Gruppe dann weiterverteilte.

Eines Morgens holte die Gestapo Girgl aus seiner Wohnung in der Tengstraße. Als Anni am Spätnachmittag von der Arbeit heimkam, empfing sie der Hauswart im Treppenhaus:
»Jetz ham's ihn abgeholt, den Herrn Gemahl«, sagte er mit seinem fettigen Grinsen, und Anni rannte sofort in die Briennerstraße in das Palais der Gestapo. Sie fragte den ersten Polizisten, der ihr in dem dämmrigen Flur begegnete:
»Wo ist mein Mann? Georg Klaffenböck. Er ist heute morgen aus unserer Wohnung abgeholt worden.«
Der Beamte schickte sie gelangweilt weiter. Zimmer 34, erster Stock. Anni rannte hinauf, kam in einen Raum, in dem viele Leute warteten. Zwei Beamte nahmen Protokolle auf. Anni wandte sich an einen der Beamten, rief, daß er entschuldigen solle, aber ihr Mann – die Wartenden murrten. Der Polizist beschied Anni kühl, daß sie aufgerufen werde wie alle anderen. Anni sah, daß auf jeden Beamten mehr als zehn Leute kamen, die alle möglichen Angaben machten, die von den Beamten umständlich aufgeschrieben wurden. Anni konnte sich ausrechnen, daß sie hier noch Stunden warten mußte. Sie entschloß sich, in der Zwischenzeit in die Nymphenburger Straße zu laufen, zu Nepomuk Fuchs, sie mußte ihn warnen. Leise drückte sie sich zur Tür, niemand beachtete sie, und dann rannte sie von Furcht gehetzt in die Nymphenburger Straße, schellte, doch niemand machte ihr auf. Schließlich klingelte sie bei der Hausmeisterin, und da erfuhr sie, daß der Nepomuk schon in der Nacht abgeholt worden sei. Seine Frau, die sei gleich heute morgen mit dem ersten Zug zu ihren Eltern nach Augsburg gefahren. Als Anni zurückkam in die Briennerstraße, hatte sich der Raum geleert. Die Beamten, schon im Weggehen, musterten sie unfreundlich und mißtrauisch. Was sie denn jetzt noch hier wolle.

»Mein Mann«, sagte Anni atemlos. »Mein Mann, Georg Klaffenböck, heute morgen haben sie ihn abgeholt.«
Die Beamten musterten verdrossen ihre Listen.
»Ich hab' nichts«, sagte der eine erleichtert und klappte sein Heft zu. Auch der andere Beamte sichtete unlustig seine Unterlagen.
»Klaffenböck, hier ist nichts eingetragen«, dann hämisch in Richtung Anni: »Ham wir nicht, Fräuleinchen, kriegen wir auch nicht mehr rein.«
»Aber wo könnte er denn sein, er ist doch abgeholt worden?« Der preußisch sprechende Beamte riet ihr großmütig, es doch mal in der Ettstraße zu versuchen.
Inzwischen hatte es angefangen zu regnen, und Anni kam ganz naß und völlig außer Atem auf dem Frauenplatz an. Dick standen die Türme des Doms unter dem bleifarbenen Himmel. Anni huschte rasch in das Gotteshaus. Herrgott, jetzt hilf dem Girgl. Dann war sie schon wieder draußen. Vor dem Portal in der Ettstraße stand eine Wache.
»Ja, wo wollen denn Sie noch hin?«
»Mein Mann«, sagte Anni wieder, »mein Mann, Georg Klaffenböck, heut morgen haben sie ihn abgeholt.«
»Ja mei«, der Beamte tat bekümmert, »woher soll ich das wissen, hier herinnen sind so viele, kommens morgen wieder, heut dürfens eh nicht rein, oder versuchen es in der Briennerstraße.«
»Da komm ich doch her«, sagte Anni, und es schien ihr für einen Moment, als müsse sie mit ihrem Kopf gegen diese Türe schlagen, gegen dieses Portal, über dem geschrieben stand: »Nach seinem Sinne leben ist gemein, der Edle strebt nach Ordnung und Gesetz«. Anni las es und las es auch nicht. Sie dachte, Girgl, Girgl, und daß sie einen Wettlauf verlor, auf den sie nicht vorbereitet war, bei dem sie keine Chance hatte.
Am nächsten Morgen ging Anni wieder in die Brienner-

straße. Diesmal gehörte sie zu den ersten der Wartenden, und diesmal hatten zwei andere Beamte Dienst.
»Ach, Sie suchen jemanden?« fragte der für Anni Zuständige. Er fragte es höflich, interessiert, so daß Anni für einen Moment Hoffnung schöpfte.
»Ja,« sagte sie hastig, »ja, meinen Mann suche ich. Klaffenböck Georg, Lehrer, 30 Jahre alt.«
Der Höfliche kramte in seinen Karteikarten:
»Kaiser, Kerschbaum, Kirchner, Klaffenböck, ja, hier. Georg Klaffenböck – der ist hier.«
Anni liefen die Tränen durchs Gesicht. Gott, Jesus und Maria, Girgl war hier. Er war hier, ihr Girgl.
»Kann ich ihn sprechen, ich bin seine Frau, wann kommt er raus?«
Der Höfliche sah sie bedauernd an:
»Tut mir leid, Frau Klaffenböck, ihr Mann ist heute Nacht gestorben.«
Der Beamte führte Anni zur Tür. Die Wartenden machten ihr Platz. Anni ging hinaus. Sie stand auf dem Platz. Stürzten die Häuser auf die Straße? Begruben die Bäume, die Laternenmaste sie unter sich? Anni stützte sich an eine Hauswand. Sie spürte, daß der Putz kalt war und naß. Es hatte wieder zu regnen begonnen.

Thereses Vater ließ Girgl in dessen Heimatort überführen. Dort richtete er ein Begräbnis aus, wie es üblich war. Therese hörte, wie die Verwandten sagten, man könne Anni um so eine Herrschaft beneiden; erst die großartige Hochzeit beim *Aumeister*, und jetzt ein so schönes Leichenbegängnis.

In ihrem schwarzen Trachtengewand stand Anni am Grab Girgls. Es war Therese, als wüchse Annis Rock in die Erde um Girgls Grab, als würde Anni eins mit der Erde und mit Girgl. So unbeweglich stand Anni da, und erst beim Trommelwirbel der Antlaßschützenkapelle, als sie den Sarg hinunterließen, da schienen sich Annis Füße vom Boden zu lösen. Anni schien zu schwanken, jedenfalls schien es Therese so, und sie schob ihre Hand zwischen Annis verkrampfte Finger, die sich öffneten und Thereses Hand umschlossen. Therese hielt still, hielt Annis Hand wie etwas Kostbares, Verletzliches. Sie traute sich kaum, sich zu bewegen. Das Grab vor ihr, die Menschen in ihren Trachten, der Pfarrer, die Meßbuben, alles schien vor Therese zurückzuweichen.

»Anni hat ja uns« dachte Therese, und sie wußte auch, daß es kein Trost sein konnte, daß sie vielmehr sich selber tröstete, sich davon abzuhalten suchte, noch tiefer in Annis Schmerz hineinzuversinken. Für einen Moment

sah Therese dankbar auf ihre Eltern, die, mit Sybille an der Hand, mit ernsten, traurigen Gesichtern am Grab standen und den Worten des Pfarrers zuhörten, der jetzt geweihtes Wasser auf den Sarg Girgls sprengte und dann Erde darauf schaufelte. Therese sah, wie Sybilles kindlich weicher Mund zuckte, wie die Zehnjährige gleich allen anderen versuchte, nicht zu schluchzen, so stark und mutig zu sein wie es Girgl gewesen war. Therese liebte in diesem Moment Anni und Sybille mit der ganzen Tiefe ihrer Empfindung, sie wollte gut sein und klug und kämpferisch, um Anni und Sybille zu beschützen. Zum ersten Mal dachte sie daran, was der Pfarrer gerade aussprach, daß alle Menschen auf die Welt kommen und wieder weggehen und zu Staub werden. Therese begriff es mit ihrem Verstand und mit ihrer Seele, und in diesem Moment würgte sie der Verlust Girgls. Nie mehr würde sie ihn sehen, seinen schmalen drahtigen Körper, das Leuchten seiner großen Augen, wenn er Anni ansah, wenn er Therese die Gleichungen korrigierte oder mit Sybille ein Diktat übte. Erst jetzt begriff Therese, daß Girgl stumm war und tot.
Es war ihr, als sähe sie auch Anni zum ersten Mal. Anni, erst sechsundzwanzig, aber in diesen Tagen war sie alt geworden. Annis große dunkle Augen, ›Kirschenaugen‹ hatte Girgl sie bewundernd genannt, Annis Augen waren klein und rot vom Weinen, und sie sahen aus wie blutende Wunden in Annis weißem Gesicht. Die Nazis hatten Girgl erschlagen. Auch Anni war tot. Ihre Welt war ohne Leben. Therese hatte das in den vergangenen Tagen deutlich gespürt. Anni war nicht anwesend. Müde und zermürbt ließ sie alles über sich ergehen. Nur einmal, und nur zu Therese, sagte Anni, daß Girgl fort sei:
»Er ist tot, Resei, tot. Er kommt nie mehr. Verstehst du das, Resei?«

Resei, so hatte Anni Therese genannt, als Therese noch ein kleines Kind und Anni ein junges Mädchen war, und jetzt war Anni eine Frau, und höllische Schmerzen zerrissen sie, und sie mußte doch dastehen und in das Grab schauen, das für Girgl geschaufelt war. Girgl kam nicht mehr zurück.

Anni blieb bei Therese, bei den Suttners. Auch noch, als die Suttners keine Herrschaften mehr waren, sondern Judenpack. Besonders Thereses Vater beschwor Anni, sich eine neue Stellung zu suchen, bei Ariern.

»Anni, Sie kennen die neue Verordnung. Wir dürfen Sie nicht mehr beschäftigen. Sie werden bestraft, wenn Sie weiterhin zu uns kommen, Sie und wir alle.«

Zum ersten Mal sah Therese, daß Anni, die sonst nicht viel sprach, schon gar nicht mit Thereses Eltern, die Anni zwar lieb, aber nicht vertraut waren – daß Anni sich einer Anordnung nicht fügte, die Thereses Vater ausgesprochen hatte.

»Anni«, sagte Vater, und Therese spürte, daß seine Geduld, Annis Unverständnis zu akzeptieren, schon zu Ende ging, daß er dennoch gerührt war über Annis Widerstand:

»Anni – Sie wissen, daß Sie sofort ins Zuchthaus kommen, wenn irgend jemand Sie denunziert und wir – die warten ja nur darauf, daß sie Juden am Zeug flicken können. Anni, Sie müssen gehen, alles andere wäre sinnlos, wäre Dummheit.«

In der Folgezeit entwickelte Anni eine nie dagewesene Liebe zum Englischen Garten und zum Herzogpark. Sie radelte dort herum, stach jungen Löwenzahn oder suchte Kräuter für Tees. Plötzlich war sie im Keller der Suttners, deren Haus im Herzogpark lag. Als nach und nach den Suttners alles genommen wurde, was ihr Leben als angesehene Bürger der Stadt München bereitgehalten hatte, als sie kein Telefon mehr besaßen, kein Auto, kein

Fahrrad, kein Radio, keine Bankverbindung, keinen Paß, sondern nur noch eine gelbe Karte, die sie als Juden auswies, da war Anni die einzige Verbindung zur Außenwelt, und Thereses Vater übersah es schweigend. Offiziell arbeitete Anni in der Metzgerei Hallhuber in Schwabing. Therese, Sybille und Anni selber aßen kaum Fleisch, aber Anni hatte schon in guten Zeiten immer gesagt:
»Des können wir dem Herrn Hallhuber nicht antun, daß wir vegetarisch werden.« Schon wegen der vielen großen Gesellschaften waren die Suttners immer gute Kunden gewesen, und Hallhuber gab Anni auch dann noch Fleisch für die Familie, als Juden keinen Anspruch mehr darauf hatten. Metzger Hallhuber nannte Hitler oft »einen Deppen, der gar nichts Bessres bringt als die alte Regierung. Der kann doch nur im Flugzeug umeinanderfliegen und die SA, das ist doch nur a Kasperltheater, die tun doch nix anders als Rumexerzieren und dem Herrgott die Zeit stehlen und die SS bestiehlt in Dachau die Gefangenen«.
Die Frau des Metzgers, eine kleine zarte Person mit ständig blauen Lippen, bat ihren Mann immer wieder, doch seine losen Reden zu lassen:
»Halt doch dein Maul, Michel, oder willst nach Dachau?« fragte sie ihn zitternd. Doch Hallhuber schielte böse unter seiner speckigen Lederkappe hervor:
»Wenn es doch wahr ist, Halunken sind sie, und was die mit unseren Kindern machen, zum Spein. Mein eigener Bub will mir klarmachen, was ich zum Denken hab. Die Rotzlümmel, die gscherten. Da kannst warten, bis die eigenen Kinder die Eltern hinhängen. Gesindel, Diebe, jagen die Leut aus dem Land und dann wird alles beschlagnahmt. Gestern haben sie dem Hoegner seine Möbel abgeholt, Saubärn dreckige.«
Anni erzählte Therese, daß Toni, der Sohn Hallhubers,

ständig in seiner HJ-Uniform durch die Metzgerei marschiere und die Leute mit seinem zackigen Heil-Hitler begrüße. Der Vierzehnjährige wisse genau, daß er seinen Vater damit stocknarrisch mache. Darum täte er es ja, aber nicht nur darum.
Hallhuber wurde abgeholt. Er kam vors Sondergericht, wurde der Heimtücke angeklagt, fand aber einen milden Richter, der ihn mit einer saftigen Geldstrafe davonkommen ließ. Schließlich war Hallhuber wohlhabend, ihm gehörten zwei Filialen in der Stadt. Zu seinen Kunden zählten einflußreiche Familien. Normale Leute dagegen, die beim Friseur oder im Milchladen oder auch nur im Hausflur den Mund aufmachten, kamen nicht so glimpflich davon. In dem Haus in der Tengstraße, wo Anni seit ihrer Heirat wohnte, hatte der Hauswart seine Augen und Ohren überall. Anni fürchtete ihn:
»Der will sich bei der Partei beliebt machen, weil er sonst nichts kann. Er paßt immer auf, daß alle im Haus mit Heil-Hitler grüßen und den Arm hochtun. Wer das nicht macht, den zeigt er sofort an.«

Thereses Vater, den die SA bei der nächtlichen Kontrolle abgeführt hatte, saß immer noch ein, bis es schließlich Dr. Huber, dem arischen Prokuristen, gelang, seinen Chef aus dem Keller der Gestapo herauszuholen.
Als Richard Suttner heimkam, wollte seine Frau ihn umarmen, doch er ging an ihr vorbei, schloß sich im Bad ein. Im Vorbeigehen sagte er zu Therese, daß er nun wisse, daß er kein Deutscher sei, er wolle auch keiner mehr sein.
Therese wußte, daß ihr Vater sich schämte. Sie selbst schämte sich auch, vor Mutter, vor Sybille, vor Anni – und vor dem Vater. Schließlich spürte sie jeden Tag die Verachtung, den Haß. Hatte sie nicht geschwiegen, als sie um Milch angestanden war und die Verkäuferin der alten Dame die leere Kanne zurückschob mit der triumphierenden Bemerkung: »An Juden verkaufen wir nicht.« Mit zittrigen Händen hatte die Frau ihre Kanne genommen, war wortlos gegangen. Therese hatte so viel Wut gespürt, ihr Herz pochte bis in ihre Ohren, am liebsten hätte sie der Verkäuferin ihre Kanne ins Gesicht geworfen und wäre mit der Frau aus dem Laden gegangen, aber nein. Sie hatte Angst gehabt, selber als Jüdin entdeckt zu werden, keine Milch, keine Butter mehr zu bekommen.

Therese konnte nichts anrühren von der Milch, sie konnte auch niemanden ansehen. Sie fühlte sich leer und müde. War sie falsch, durchtrieben, egoistisch, wie die Juden jetzt überall geschildert wurden? Therese, die früher leicht und frei durch ihre Stadt gegangen war, voller Erwartung auf ein noch schöneres Morgen, Therese sah nun, wie andere aus Häusern geprügelt wurden, aus Kinos herausgerufen. Jedesmal schoß der Zorn wie eine Stichflamme in Therese hoch. Jedesmal wollte sie solidarisch sein, und doch blieb sie stumm, duckte sich, damit sie noch einen Tag länger unentdeckt bliebe. Mit jedem Tag lockerten sich die Verflechtungen, die Therese in ihre Stadt eingebunden hatten.
Warum waren die Suttners nicht überhaupt weggegangen aus München, als es noch Zeit war? Die ewige Frage. Mutters Bruder war in England. Die Friedmanns, engste Freunde der Eltern, lebten schon seit sechs Jahren in den Staaten von Amerika. Therese wußte, daß ihre Eltern sich im stillen Vorwürfe machten, daß sie nicht wenigstens die Töchter in Sicherheit gebracht hatten. Gesprochen wurde darüber nicht mehr. Doch Therese fragte sich, wie Vater sich wohl immer beschwichtigt haben mochte. Hatte er derart intensiv für seine Firma gelebt, für seine Geschäfte, daß er die Gefahr nicht in ihrem ganzen Ausmaß erkennen konnte? Hatte er die Nationalsozialisten, denen er politisch und wirtschaftlich nichts zutraute, hatte er sie nicht maßlos unterschätzt? Vaters Geschäftsfreund Tietz hatte Deutschland längst verlassen, die Bernheimers waren gegangen, die Wallachs. Delia lebte mit ihren Eltern in Rio de Janeiro.
Doch jetzt, nach der Zeit im Keller der Gestapo, jetzt konnte auch Vater nicht mehr glauben, daß ihm, dem im geschäftlichen Ausland Angesehenen, schon nichts passieren würde.

Wie oft hatte Therese ihren Vater in der Vergangenheit sagen hören, daß er Deutscher sei und Deutschland sein Vaterland. »Das Vaterland ist da, wo die Seele des Menschen ist. Für uns ist das in Deutschland, wo wir seit Generationen leben. Deutsch ist unsere Muttersprache, wir gehören zum Deutschen Volk. Hier und nur hier ist unsere Heimat. Die lassen wir uns doch nicht wegnehmen durch ein paar Schwachsinnige, die es emporgeschwemmt hat. Es hat schon immer Judenfeinde gegeben, das kann mich nicht beirren. Schließlich gebe ich über tausend Leuten Arbeit und Lohn. Wie soll mich da die Angstpolitik einiger Antisemiten irremachen.«
Therese verstand gut, daß der Vater sich jetzt in sein Zimmer einschloß, daß er niemanden sehen mochte. Therese hätte ihn auch nicht ansehen mögen. Es schien ihr, als seien sich ihre Blicke ausgewichen. War das schon immer so gewesen, oder hatte die neue Zeit auch diese Verlegenheit gebracht? Therese hätte ihren Vater so vieles fragen mögen, aber sie fühlte sich linkisch, unfähig, einen Anfang zu finden. Sie suchte nach Worten, aber es standen ihr keine zur Verfügung.
Früher, in der Freiheit, war Vater ihr jemals näher gewesen? Oder war es nicht vielmehr so, daß Therese freier im Haus umherging, wenn Vater verreist war? Hatte seine Anwesenheit sie nicht oft genug bedrückt? Und doch – wenn sein Platz am Tisch leer war, der Geruch seiner Zigarillo nicht in der Luft hing, verspürte sie Sehnsucht. Konnte es sein, daß sie ihren Vater ersehnt und gefürchtet zugleich hatte? Es hieß allgemein von Therese, daß sie sehr viel Ähnlichkeit mit ihrem Vater habe. Er war groß, mager, ja mager. Seine Schultern waren eckig. Er hatte seltsam hohe, dünne, sehnige Beine. Bei ihm konnte man nicht gemütlich auf dem Schoß sitzen. Therese hätte viel darum gegeben, nicht so groß und eckig wie Vater zu sein. Viel lieber wäre sie, wie ihre

Schwester Sybille, ihrer Mutter ähnlich gewesen, an der alles rund schien, weich, warm und feminin.

Die Haut des Vaters war dunkel, auch bei großer Hitze trug er meist hohe blütenweiße Hemdkrägen, Anzüge aus feinstem Tuch. Im Sommer wie im Winter trug er Hüte teurer italienischer Hutmacher. Auch wenn Vater daheim war, schien er auf merkwürdige Weise abwesend. Er durchschritt alle Zimmer, tauchte unvermutet überall auf, schien jedoch niemanden zu sehen, sondern unter zusammengezogenen Brauen in Räume zu schauen, von denen Therese annahm, daß es dort Bilanzen gab und Zollabkommen. Dabei saugte Vaters Mund unter dem buschigen Schnauzbart nervös an dem Zigarillo. Selten, daß Vater redete. War er je zärtlich gewesen?

Doch, einmal. Da war Therese neun Jahre alt und ging in Venedig verloren. Das Wunder der Gondelfahrt, die Gondoliere, die einander riefen – Therese und den anderen war es nicht erklärlich gewesen, wieso Therese die Eltern, Sybille und das Gepäck aus den Augen verlor. Jedenfalls war sie plötzlich allein in dämmrigen Gassen. Sie lief an Kanälen vorbei, überall leckte dunkles Wasser an graue Mauern. Gierig schien es Therese, dieses Wasser, bedrohlich, denn die Kanäle waren die Straßen der Stadt, es gab keine Gehsteige. Mauern der Häuser und Paläste standen direkt im Wasser, es schien Therese gefährlich, aber auch unsagbar vornehm, märchenhaft, kühl, so als liefe Therese durch einen Traum. Doch bald machte ihr diese Entrücktheit Angst. Sie lief, rannte. Die Schritte rannten hinter ihr her, Therese sehnte sich nach den Eltern, nach Sybille, nach Kindern und Hunden, und da kam sie auch an einen Platz, der laut war und fröhlich und hell in der Sonne lag. Frauen zeigten Therese den Weg nach San Marco. Ein größerer Junge begleitete sie, und dann sah Therese ihren Vater, und es schien ihr wirklich, als habe sie alles geträumt. Vor allem das Gesicht des Vaters, bleich, mit großen Augen über den hohen Backenknochen, seine Arme, die Therese fest an sich drückten. Diese Zärtlichkeit verwandelte sich bald wieder in Distanz. Doch es hatte sie gegeben. Sie gehörte Therese, die sie versiegelte.

Damals schien es noch, als sei Therese die ganze Welt versprochen. Ihre Eltern konnten sie ihr schenken. Mutter hatte Verwandte in Schweden und Frankreich, sogar in Moskau. Vaters Bruder lebte in Amerika. An der Hand der Eltern besuchte Therese schon als kleines Kind New York, Stockholm und Paris. Die Reisen im mächtigen Bauch eines Schiffes, das Vibrieren der Motoren, das Wiegen und Stampfen, der Blick durch die Bullaugen bei Nacht – für Therese Unbegreifliches, das sie mit niemandem teilen und daher nicht fassen konnte. Ein Sturm kam, der blanke Hans. Doch er holte Therese nicht. Das Meer zog Therese an, doch vielmehr noch fürchtete sie es, sein drohendes Brüllen, vor allem in der Nacht auf dem Schiff, unter Therese die unfaßbare Tiefe. Niemals verließ sie die Angst.

Sie suchte Heil und Beruhigung in den heiteren und gelösten Gesichtern der Eltern. Doch vor allem in dem ernsten, hoheitsvollen Gebaren des Kapitäns, der zuweilen an den Tisch der Eltern kam. Dann saßen die Suttners, umsorgt von weißgekleideten Kellnern, beim Sieben-Uhr-Dinner, doch Therese fürchtete schon die Nacht. Man brachte sie zu Bett, sie hörte die Bordmusik. Seltsam tröstlich spielte sie gegen Thereses Angst an. Sie konnte keinen Blick lassen von der Finsternis des Meeres, das durch die Bullaugen Therese bedrohlich nahe schien. Ewig und mächtig, wie es war. Wenn dann der Wind heulte, den Aufruhr des Wassers im Sturm ankündigte, wenn die Wellen sich hoch gegen das Schiff auftürmten, als wollten sie es niederwalzen, dann vergrub sich Therese in den Kissen, fühlte sie sich ohne Schutz. *Näher mein Gott zu dir.* Therese wußte alles über das Geschick der *Titanic*, des königlichen Schiffes, das auf seiner Jungfernfahrt von Southampton nach New York rauschte und an einem Eisberg versank. Therese war froh, daß die Kapelle ihres Schiffes einen Foxtrott spielte und nicht *Näher mein Gott zu dir.* Sie wollte nicht zu Gott, sie wollte, daß ihre Eltern endlich kämen. Es war ihr in diesen Momenten der Angst ein Rätsel, warum die Eltern und dieser herrliche Kapitän sich auf ein tobendes Meer begaben, von unendlichen brüllenden Wassermassen nur durch den dünnen eisernen Bauch eines Schiffes getrennt. Dieses verdammte Meer, dachte Therese, es leckt nach mir, schwappt gefährlich an die Bullaugen, will rein zu mir, es bricht über das ganze Schiff herein, und alle tun so, als wäre nichts.

Viel lieber fuhr Therese im Schlafwagen, da war Boden unter den Füßen. Therese liebte Bahnhöfe mehr als Häfen. Sie liebte glitzernde Gleise, denen ihr Blick ungestört folgen konnte bis zum Horizont. Der Gesang der Räder auf den Schienen war ein Schlaflied, dem sie traute. Paris. Wann war sie in der Frühe am Gare de L'Est eingefahren? Palais d'Orsay hieß das Hotel, das am Quay d'Orsay lag und in Thereses Erinnerung groß war und glänzend und voller Diener im Frack. Ihre Zimmer hatten Kamin und große Betten, und zum Frühstück gab es Butterhörnchen, die Croissants hießen. Nur Sybille quengelte. Sie war erst fünf und wollte nicht in die Tuilerien und nicht in den Louvre. Trotzdem sahen sie sich später alles an. Vor allem beeindruckte Therese der Verkehr in Paris. So viele Autos, so viele Menschen, alles schien nervös zu flirren, schien groß und elegant und golddurchwirkt. Selbst die Luft, die Blätter der Bäume, die feinen Damen, die in den Augen des Vaters Lichter anzünden konnten. Therese hatte das schon oft beobachtet. Wenn daheim Gäste waren, begleitete Vater die eine oder andere Dame gelegentlich in den Garten oder auf die Terrasse, und Therese, die sich oft versteckt hielt und spähte, konnte einen verwandelten Vater sehen, einen, dessen Augen groß und eindringlich in die der Dame schauen konnten, der gar nicht abwesend oder gar abweisend wirkte und wohl kaum an Soll und Haben dachte.

Weder Therese, noch Sybille, noch Mutter konnten diesen Glanz, diese angespannte Wachheit in Vaters Augen hervorrufen. Das verwunderte Therese, und es schmerzte sie auch, obwohl sie sich das nicht eingestand. Und doch hätte sie für ihr Leben gern einmal diese strahlende Aufmerksamkeit des Vaters auf sich gelenkt. Nur einmal hätte er Therese an sich ziehen sollen, wie er es am großen Silvesterball mit einer Dame tat, die seit kurzer Zeit mit einem Vetter des Vaters verheiratet war und aus Zürich stammte. Therese hatte gesehen, daß sie von der allgemeinen Küsserei um Mitternacht mehr als schicklich Gebrauch gemacht hatten, und sie war dem Paar fortan wachsam gefolgt. Sie wußte nicht, wen sie mehr verabscheute. Den Vater, der dieser Frau ein Gesicht schenkte, das er Therese und ihrer Mutter nicht gab – oder diese Frau, die triumphierend ihrem kleinen blassen Ehemann heimzahlte, daß sie seine Frau sein mußte. Das wurde in der Familie erzählt.

Therese suchte immer besorgt im Gesicht der Mutter nach Zeichen eines Sturms. Was wußte Therese von ihrer Mutter? Daß sie aus der jüdischen Familie Cohen stammte und Malerin war.

»Meine Mutter ist Malerin«, erzählte Therese oft stolz, doch sie machte früh die Erfahrung, daß niemals ein Echo kam. Jeder schien darüber hinwegzugehen, niemals wurde in der Familie über Mutters Malerei gesprochen. Erst spät wurde Therese sich dessen bewußt, denn für sie war Mutters Atelier eine Art Wartesaal. Therese wartete dort auf ihre Mutter, auf einen Blick von ihr, auf ein Wort. Stundenlang hockte Therese neben den sonnengelben Vorhängen und schaute ihrer Mutter zu, wie sie zeichnete, die Rückansicht eines nackten Mannes malte; Therese sah die Schulterblätter, den Rücken, das Gesäß. Alles sah schutzlos aus, als würde der Mann sich genieren. Ein anderes Bild, das den Mann von vorne zeigte, war schon fertig. Nur trug der Mann auf diesem Bild eine Hose, und er genierte sich nicht, sondern hatte die Hände zu Fäusten geballt. Neben der Staffelei an die Wand gelehnt war Thereses Lieblingsbild, das Portrait einer Bäuerin aus dem Isarwinkel. Streng war das Haar unter schwarzem Tuch verborgen. Therese sah das Bild gern an. Es zeigte Annis Mutter. Es schien Therese, als sei in dem Gesicht viel Trauriges, Verlorenes, das sie sich nicht erklären konnte, das sie aber anzog. Wenn Therese bei den Eltern Annis im Isarwinkel zu Besuch war, suchte sie im Gesicht der Bäuerin immer das Portrait, das die Mutter gemalt hatte. Doch sie konnte es nicht finden. Doch niemals hätte Therese ihre Mutter danach gefragt.

Therese saß und sah zu, wie ihre Mutter sie malend vergaß. Therese wußte nicht, ob ihre Mutter begabt war, jedenfalls stellte sie niemals aus, sie verkaufte auch nicht. Sie malte. Jeden Tag saß sie an ihrer schwarz lackierten Staffelei, und ihre dichten Locken waren ebenso schwarz und glänzend wie das Holz. Mutter sah seltsam verändert aus, wenn sie ihr Malgesicht hatte, dachte Therese. Sie war dann ganz bei sich selbst, jedenfalls glaubte Therese das zu spüren und es tat ihr weh. Schon damals wollte sie intensiv teilnehmen, doch sie fühlte sich ausgeschlossen. Sie selbst hatte offenbar keinerlei künstlerisches Talent. Ihre Mutter zeigte ihr die Münchner etablierten Künstler, wie Lenbach, Franz von Stuck,

Kaulbach. Doch Therese brachte außer Staunen nichts zustande, was sie mit der Mutter hätte verbinden können.

Später, wenn Therese gefragt wurde, was sie denn einmal werden wolle, fiel ihr nichts ein, was sie wirklich interessiert hätte. Es lief ihr sozusagen aus der Familie zu, lag verzweifelt nahe, daß sie irgendwann sagte, sie wolle Medizin studieren. Großvater Suttner war Arzt, Onkel Julius ebenfalls. Seine amerikanische Frau war Professorin für Orthopädie in New York. Mit Thereses Eltern verkehrte Geheimrat Friedrich Müller, von allen Friedrich der Große genannt. Rhomberg war häufig zu Gast und Döderlein. Einmal kam Ferdinand Sauerbruch zum Essen. Therese mußte damals gerade zehn gewesen sein. Als er hörte, daß Therese später einmal Medizin studieren wollte, meinte er jovial, sie könne dann bei ihm Examen machen.

»Wir fangen gleich heute damit an«, sagte er und zog Therese zu sich.

»Also, was tun Sie, wenn zu Ihnen ein Patient kommt und sagt, Frau Doktor, ich habe einen kleinen Mann im Ohr?«

Alle im Raum lachten über diese Frage, schüttelten den Kopf, doch Therese gefiel diese Vorstellung. Sie sagte, ohne zu überlegen, daß sie den kleinen Mann großziehen und heiraten werde.

»Bestanden«, rief Sauerbruch begeistert.

»Sie haben bestanden, Frau Doktor.«

Leon studierte damals schon Medizin. Leon, Thereses späterer Mann. Er war zehn Jahre älter als Therese, er war ein Teil ihrer Kindheit und Jugend gewesen, so wie Anni, Delia und Rolf, der Berner Sennenhund. Die Suttners waren mit den Rheinfelders, Leons Eltern, eng befreundet. Dr. Rheinfelder, Internist und Lungenfacharzt, war der Hausarzt der Familie. Leon hatte Therese,

als diese noch ein Baby war, ständig herumgeschleppt und sich mit ihr beschäftigt. Später hatte er ihr Märchen vorgelesen und mit ihr gespielt. Als Leon dann um Therese warb und sie sich nicht sofort begeistert zeigte, wurden die Eltern nicht müde, sie daran zu erinnern, wie liebevoll Leon sich um sie gekümmert habe. In ihren Worten klang eine ernste Mahnung mit.
»Er hat dich total verwöhnt«, sagte Mutter, und es klang, als habe Therese das verschuldet. Therese schnappte auch sofort ein: »Was kann ich dafür, daß der mich dauernd rumgeschleppt hat, ich hab ihn nicht darum gebeten. Sag mal Mutter – durfte der mich auch wickeln?«
Mutter schwieg dazu. Sie mochte provokante Fragen nicht leiden. Statt dessen hatte Vater geantwortet, überraschend heftig. Dabei hatte Therese gedacht, er habe gar nicht zugehört.
»Seit zehn Jahren wirbt Leon um dich. Du kannst ihn doch jetzt nicht sitzen lassen.«
Therese war sicher, daß ihr Vater sie los sein wollte. Eine neunzehnjährige Tochter, die noch nicht in festen Händen war, beunruhigte ihn. Er selbst hatte Thereses Mutter geheiratet, da war sie gerade achtzehn, genau das richtige Alter, um sie nach seinem Bild zu formen. Dieselbe Chance sollte nun Leon auch bekommen, und der künftige Mann von Sybille ebenso.
Therese dachte oft, daß Leon besser Studienrat geworden wäre, oder Dozent an der Universität. Ihr schien, als belehre Leon seine Umgebung von morgens bis abends. Er wußte alles besser als andere Leute, und vor allem wußte er alles besser als Therese. Sie war sein Baby, sein Geschöpf, sie hatte die Welt durch seine Brille zu sehen.
Leon fand, daß Therese eine viel zu enge Bindung an das Hausmädchen Anni habe und daß es sich nicht gehöre, wie sie mit Rolf, dem Hund, sich auf den Wiesen

des Englischen Gartens herumbalge. Leon brachte Therese die Bücher Thomas Manns – Buddenbrooks, Zauberberg. Er brachte ihr Bergengruen, Malte Laurids Brigge von Rilke. Therese sollte ein Buch über die Bildhauerin Renée Sintenis lesen und Nietzsche und Platon. Leon fütterte sie mit Bildungsgut wie eine Krähe ihr Junges. Im Schleißheimer Schloß hörten sie Beethovens Klavierkonzerte, im Brunnenhof Messias von Händel. Therese liebte durchaus klassische Musik, die Brandenburgischen Konzerte waren ihr teuer und die Lektüre der Buddenbrooks faszinierte sie. Nur hätte sie lieber nicht alles Leon verdanken wollen.

Therese bewunderte Männer wie Thomas Mann, der den Nobelpreis bekommen hatte. Wie angezogen von einem Sog, las sie die Novelle *Tod in Venedig* und war dennoch glücklich, das Fremde, Dunkle, Geheimnisvolle, die flirrenden Bilder, die diese Lektüre in ihr hinterließen abzustreifen, daraus aufzutauchen. Wenn Therese mit Anni und Sybille zum Baden in die Floriansmühle ging, wenn sie prustend und jachternd um die Wette schwammen und sich nachher in der Sonne wohlig ausruhten, dann fühlte Therese sich seltsam leicht. Ja, richtig erleichtert war sie, denn gerade nach reichlicher Lektüre, die ihr den Kopf füllte mit Rätseln und Gewissensfragen, gerade dann tat es ihr gut, sich selbst im Wasser zu spüren oder im Gras zu liegen und den Geruch der Erde zu atmen und einfach nur zu leben, zu sein. Therese sehnte sich nach Wissen, nach einer Lebensphilosophie, die ihr gemäß wäre und logisch erschiene. Doch die Klassiker machten ihr Angst in ihrer Kompliziertheit. Da las Therese lieber Autoren, deren Sprache ihre eigene war. Aus deren Gedanken sie ihre eigenen Konflikte und Bedürfnisse erkennen konnte. So wie Irmgard Keun schrieb, fühlte auch Therese. »Immer ein Wollen, immer ein Suchen, immer Sehnsucht nach

Dunkel und Nichtwissen. Kein Wissen im Wohin, kein Wissen um Woher, Denken ohne Worte. Und einer sagt Leid, und einer sagt Schmerz, und einer Verbrechen – Schmutz – oder Gott. Kein Wort trifft zutiefst hinein. Was bin ich denn nur? Alles Böse und Gute, das ist der Mensch. Und Himmel und Hölle, das ist der Mensch, das Traurigste und Lächerlichste. Ein Mensch.«

Alles Böse und Gute, das ist der Mensch. Therese lernte jetzt jeden Tag eindrucksvoller, daß dies aber nicht auf Juden zutraf. Therese lernte es in Biologie, hörte, daß Juden eine minderwertige Rasse seien, die das Deutschvölkische zerstören wollten. Erst als Therese achtzehn war, erfuhr sie, daß sie etwas Abscheuliches, Minderwertiges war, eine Jüdin. Immerhin hatte Therese im Gegensatz zu der fünf Jahre jüngeren Sybille noch Abitur machen dürfen. Wie alle Schüler bekam sie im Auftrag des Führers von der Schulleitung das Buch *Mein Kampf* geschenkt. Therese wollte den Band in die Mülltonne werfen, doch Leon, der zum Gratulieren gekommen war, drang darauf, daß sie es lesen sollte.

»Bitte Therese, lies, es ist dringend notwendig, sonst lernst du nämlich nicht, in universellen Dimensionen zu denken.«

Leon hatte es zynisch, überheblich und bitter zugleich gesagt. Kein Wunder, denn er hatte als erster aus der Familie den gefährlichen Wind der neuen Zeit gespürt.

Therese, beflissen, las:

»Der Stärkste an Mut und Fleiß, erhält dann als ihr liebstes Kind das Herrenrecht des Daseins zugesprochen. Nur der geborene Schwächling kann dies als grausam empfinden. Dafür aber ist er auch nur ein schwacher und beschränkter Mensch; denn würde dies Gesetz nicht herrschen, wäre ja jede vorstellbare Höherentwicklung aller organischen Lebewesen undenkbar. Am Ende siegt ewig nur die Sucht der Selbsterhaltung. Un-

ter ihr schmilzt die sogenannte Humanität als Ausdruck einer Mischung von Dummheit, Feigheit und eingebildetem Besserwissen wie Schnee in der Märzensonne. Im ewigen Kampfe ist die Menschheit großgeworden – im ewigen Frieden geht sie zugrunde.«
»Du mußt dir das einmal vorstellen«, sagte Leon und schlug sich mit der flachen Hand an die Stirn, »nach dieser selbstgestrickten Theorie ist das Leben nichts anderes als ein einziger tödlicher Konflikt. Die Völker kämpfen mit allen Mitteln um Lebensraum. Das ist ihr einziges Interesse, der Sinn ihres Daseins. Alle kämpfen gegen alle, der Starke siegt dabei naturgemäß über die Schwachen.«
Therese las Leon die Stelle vor, wo Hitler die Gesellschaft mit dem Tierreich vergleicht. Hitler schreibt, daß die Natur nicht unmoralisch sei: »Wer hat die Schuld, wenn die Katze die Maus frißt. Ein Wesen trinkt das Blut des anderen. Indem das eine stirbt, ernährt sich das andere. Man soll nicht faseln von Humanität.«
»Nicht zu fassen«, sagte Leon, »wie der das alles auf einen Nenner bringt. Die rücksichtslosen Naturen sind den Empfindlichen überlegen. Die Kraft siegt über den Geist.«
Therese war gerade bei der Stelle, wo Hitler die Affen als Anschauungsmaterial bemüht. »Die Affen trampeln jeden Außenseiter ais gemeinschaftsfremd tot, und was für die Affen gilt, gilt in erhöhtem Maße auch für die Menschen.«
Außenseiter, das begriff auch Therese inzwischen, waren Sozialdemokraten, Russen, Kommunisten oder Franzosen, auch Pazifisten oder Christen, und vor allem die Juden.
»Der Jude«, so las sie, »ist und bleibt der typische Parasit, ein Schmarotzer, der sich wie ein schädlicher Bazillus immer mehr ausbreitet, sowie nur ein günstiger Nähr-

boden dazu einlädt. Die Wirkung seines Daseins aber gleicht ebenfalls der von Schmarotzern wo er auftritt, stirbt das Wirtsvolk nach kürzerer oder längerer Zeit ab.«

»Er sieht sich sogar als Erfüller des göttlichen Gebotes«, sagte Leon, »hier lies: Indem ich mich des Juden erwehre, kämpfe ich für das Werk des Herrn.«

Entweder war Hitler allzu einfach gestrickt, oder er war besonders raffiniert. Geschichtliche Entwicklung, alle Katastrophen großer Herrschaftssysteme führte er zurück auf die Mißachtung der Natur, insbesondere auf die Vermischung der Rassen untereinander. Jedes Lebewesen, so Hitler, beachtet strikt den eingewurzelten Trieb zur Rassereinheit. Meise zu Meise, Fink zu Fink, der Storch zur Störchin, Feldmaus zu Feldmaus. »Nur wir Menschen handeln diesen Gesetzen zuwider, begehen biologische Untreue. Die Blutsvermischung und das dadurch bedingte Senken des Rassenniveaus ist die alleinige Ursache des Absterbens alter Kulturen; denn die Menschen gehen nicht an verlorenen Kriegen zugrunde, sondern am Verlust jener Widerstandskraft, die nur dem reinen Blute zu eigen ist. Was nicht gute Rasse ist auf dieser Welt, ist Spreu.«

»Es kommt noch besser«, versprach Leon, »hier lies, sonst glaubst du es nicht, was für eine Phantasie dieser Hitler hat, der muß verrückt sein.«

Bestürzt las Therese: »Der schwarzhaarige Judenjunge lauert stundenlang, satanische Freude in seinem Gesicht, auf das ahnungslose Mädchen, das er mit seinem Blute schändet und damit seinem, des Mädchens Volke raubt. Mit allen Mitteln versucht er die rassischen Grundlagen des zu unterjochenden Volkes zu verderben. So wie er selber planmäßig Mädchen und Frauen verdirbt, so schreckt er auch nicht davor zurück, selbst im größeren Umfange die Blutschranken für andere einzureißen. Juden waren es und sind es, die den Neger an den Rhein bringen. Immer mit dem gleichen Hintergedanken und klaren Ziele, durch die dadurch zwangsläufig eintretende Bastardierung die ihnen verhaßte weiße Rasse zu zerstören, von ihrer kulturellen und politischen Höhe zu stürzen und selber zu ihren Herren aufzusteigen.«

»Millionenfach«, sagte Leon, »millionenfach wird dies wüste Werk aufgelegt, in viele Sprachen übersetzt, auch jedes Paar, das heiratet, bekommt *Mein Kampf* geschenkt. Was wundern wir uns denn da eigentlich? Gestern im Rundfunk hat er wieder gebrüllt: ›Wehe dem, der nicht glaubt‹.

Keine Angst, sie glauben ihm. Alle glauben ihm.«

Man konnte es hören, wenn sie in den Straßen grölten: Laß die Messer flutschen in den Judenleib, Blut muß fließen knüppelhageldick. Wir scheißen auf die Freiheit der Judenrepublik.

Therese begriff nichts. Wo war die Judenrepublik? Wer gehörte dazu? In München gab es 700 000 Einwohner. Davon waren, soviel Therese wußte, um die 10 000 Juden. Eine kleine Republik. Man sah nichts von ihr. Überall sichtbar und laut waren dagegen die Nationalsozialisten, die SS, SA, HJ, BDM und wie sie alle hießen. Therese sah in den Straßen blank polierte Stiefel, sie marschierten aufgereiht, kreuz und quer durch die Stadt. Sie trugen Fahnen vor sich her, schmetternde Marschmusik dröhnte. Fast jede Woche gab es Aufmärsche. Die Leute jubelten dem Führer zu. So stand es jedenfalls im *Stürmer* und so hörte Therese es aus dem Radio. Therese, ihre Schwester und auch ihre Eltern vermieden es, so gut sie konnten, in Münchens Straßen spazierenzugehen. Dort sah man kaum, so wie früher, elegante Leute. BDM-Mädchen mit dicken Zöpfen und derben Schuhen, und die Gestiefelten mit den braunen Hemden, sie waren die neue Eleganz. Die Eleganz der Parteibonzen, die ebenfalls in braunen Hemden und glänzenden Stiefeln durch die Straßen flanierten. Erwählt und selbstbewußt. Therese spürte, da lief ein Leben ab, das gegen ihr Leben gerichtet war. Auch gegen das Leben der Familie, gegen das Leben Leons.

An ihrem Hochzeitstag ließ sich Therese von allen Verwandten umarmen und küssen. Sie redete und lachte, ohne zu wissen warum. Jedenfalls schien ihr das später so. Wann auch immer sie sich erinnern wollte, sich ihre Gedanken und Empfindungen ins Gedächtnis zurückrufen, es gelang ihr nicht. Therese wußte nur, daß sie verheiratet war und daß ihr Mann, Leon, immer mehr den Boden unter den Füßen verlor. Leons Stellung als Oberarzt in der Uni-Klinik wurde ihm gekündigt. Er mußte auch aus der Geschäftsführung seiner Standesorganisation, des Deutschen Ärztebundes, ausscheiden. Dabei war er auf diese Berufung stolz gewesen. Jüdische Ärzte bekamen auch keine Zulassung mehr zu den Kassen. Daher konnte Leon sich nicht als Hautarzt niederlassen. Er durfte auch nicht befreundete arische Kollegen vertreten. Kein arischer Arzt durfte ihm Patienten überweisen oder ihn zu Beratungen zuziehen. Sonntagsdienst oder Nachtdienst durfte Leon auch nicht mehr machen.

Therese wohnte mit Leon im Haus ihrer Eltern. An eine eigene Wohnung für das Paar war nicht zu denken. Außerdem war im Suttnerschen Hause reichlich Platz. Daher verlief Thereses Leben äußerlich nicht wesentlich anders als vor ihrer Ehe. Therese war darüber froh. Jedoch Leon, den sie gut zu kennen glaubte, wurde ihr von Tag zu Tag unheimlicher. Therese fragte sich, ob das nur seine berufliche Tragödie war, die ihn so veränderte, oder ob ihm die Ehe nicht bekam. Schließlich war es seine Idee gewesen, zu heiraten. Therese konnte nicht umhin, ihn darauf manchmal hinzuweisen. Der früher so ruhige Leon, der sie freundlich und vielleicht auch nachsichtig aus seinen dunklen Augen angeschaut hatte, schien ihr jetzt oftmals wie ein gereiztes Krokodil. Plötzlich war er in Thereses Nähe, und es schien, als würde die Luft eisig. Therese fragte sich, was sie falsch gemacht hatte, und war zugleich zornig darüber, daß sie sich das fragte. Ihr Vater hatte ihr eigentlich gereicht als Spiegel ihrer eigenen Ungeschicklichkeiten. Jetzt, durch Leon, schien sie noch mehr zu schrumpfen. Therese war keine besonders gute Köchin. Sie komponierte aber immer gern die Salatsoßen, und sogar Anni hatte sie dafür gelobt. Leon jedoch verbot strikt, daß Therese den Salat anmachte, und sie erlebte, daß er ihr in seiner Gegenwart tatsächlich mißlang. Therese wußte doch ohnehin, daß sie mit Leons wachem, kritischem Geist nicht mithalten konnte. Doch wenn sie im Familienkreis etwas berichtete und plötzlich Leons Naja-Blick auffing, schienen ihr die eigenen Worte wie fremde Holzperlen aus dem Mund zu rollen. Also schwieg Therese meist in Leons Gegenwart. Dann fragte er todsicher nach kurzer Zeit, was sie denn gegen ihn habe. Er schalt Therese launenhaft.

»Sieh mal in den Spiegel, du siehst häßlich aus, wenn du deine Launen hast.«

Therese fand sich selber häßlich. Aber von Leon wollte sie das nicht hören. Sie schrie Leon an, daß sie auf ihn liebend gern verzichten könne und warum er denn eine so häßliche Frau geheiratet habe. Sie legte ihm nahe, doch wieder zu seinen Eltern in die Prinzregentenstraße

zu ziehen. Hier im Herzogpark könne man ohne ihn leben. Darauf meinte Leon, daß er nichts so sehr hasse wie hysterische Frauen.
»Immer schon hab ich die gehaßt. Und nun hab ich selber eine. Die hysterischste und verwöhnteste, die man sich denken kann. Ich Trottel.«
Zu dem Trottel hätte Therese Leon gerne gratuliert. Aber das ließ sie bleiben. Sie hatte gelernt, daß Leon aus den nichtigsten Anlässen, aus dem kleinsten Geplänkel heraus aggressiv werden konnte. Therese liebte kleine Geplänkel, aber Leon verstand es, daraus ungeheuerliche Beleidigungen zu konstruieren. Rohheiten, die Therese ihm an den Kopf geworfen habe. Dann konnte Therese noch so oft versichern, daß sie nichts Böses im Sinn hatte. Es half nichts.
Leon konnte in seinem Zorn völlig die Beherrschung verlieren. Er warf dann mit Geschirr oder Möbelstükken. Wie durch ein Wunder kamen ihm dabei aber immer Thereses Aussteuerstücke unter die Hände, niemals warf Leon mit seinem Eigentum herum. Machte Therese ihn auf diese Angewohnheit aufmerksam, schürte sie das Feuer erneut. Nur wenn Leon auf Therese in ihrer Eigenschaft als Ehefrau zu sprechen kam, schwieg Therese schuldbewußt. Sie wußte, daß sie versagte. Der Spaß verließ sie, wenn es ernst wurde mit den Ehegeschäften. Warum reicht es nicht, wenn zwei nebeneinander liegen, ein wenig schmusen und gemeinsam atmen? Warum muß da immer soviel passieren?
Daß ihre Hochzeitsnacht eine mißglückte Premiere war, glaubte Therese nicht besser verdient zu haben. Es wurde getanzt im Haus der Braut. Ein Fest mit jüdischen Gästen, aber es war keine jüdische Hochzeit, auch keine christliche. Es gab die Zeremonie auf dem Standesamt und sonst nichts.
Aber Walzer von Johann Strauß erklangen im Salon,

und da Leon als Nichttänzer bekannt war, bat Ivan Therese um den ersten Tanz. Ivan Gutman war Thereses Chef gewesen. Als sie die Uni verlassen mußte, hatte er sie in seiner Praxis eingestellt. Auch Ivan Gutman war Jude. Der erste Spezialist in München, der allergische Krankheiten diagnostizieren und behandeln konnte. Er arbeitete auch wissenschaftlich auf diesem Gebiet. Therese lernte, Allergen-Extrakte aufzubereiten, mittels derer Dr. Gutman testete, ob der Patient gegen Nahrungsmittel, Staub oder Tierhaare allergisch war. Patienten aus allen Teilen Deutschlands kamen zu Dr. Gutman gereist. Auch Kranke aus dem Ausland. Die Arbeit bei Gutman entschädigte Therese bald dafür, daß sie nicht studieren konnte, daß sie nicht studieren durfte. Gutman erklärte ihr geduldig immer wieder seine Testreihen, gab ihr Literatur darüber. Therese tippte seine Aufzeichnungen, und es faszinierte sie, die eigentlich niemals gerne gelernt hatte, immer neue Versuche und damit neue Erkenntnisse zu erarbeiten.
Ivan Gutman hatte offenbar keinerlei Interesse, Therese zu erziehen. Bei ihm konnte sie sein, wie sie war. Obschon Therese sofort spürte, wie klug Gutman war, obschon sie Respekt vor ihm hatte, konnte sie sich öffnen, sie selber sein, ohne Scheu ihre Gedanken laut zu Ende denken. Anders als Leon mußte Ivan Therese offenbar nichts beweisen. Er kämpfte nicht mit ihr, gab ihr bereitwillig ab von seinem Wissen. Und wenn Ivan lachte, wenn ihm etwas Freude machte, dann hätte Therese ihn gerne umarmt. Lachen, das war für Therese Anni gewesen, Sybille und Delia, das waren die Mitschüler in ihrer Klasse, aber es war niemals Vater und auch niemals Leon. Daher gab es Therese auch einen Stich, wenn Ivan lachte, wenn sich die Falten um seine Augen bildeten, seine Wangen sich verschoben, die kräftigen Zähne sichtbar wurden. Therese wußte nicht, was sie mit die-

sem Gefühl anfangen sollte, das sie durchflutete, wenn sie Ivan lachen sah, zumal wenn dieses Lachen ihr galt. Ivans Augen konnten so warm und offen sich auf Therese richten, sie hielt es kaum für möglich, daß ein Mann wie Ivan dieses Lachen für sie hatte. Für andere Menschen schon auch, aber eben auch für Therese.
Als es dann soweit war, daß jüdische Ärzte keine deutschen Patienten mehr betreuen und auch keine deutschen Angestellten mehr beschäftigen durften, machten alle Mitarbeiter der Praxis Dr. Gutman eine Reise, zum Abschied sozusagen. Therese und Ivan, Frederike und Irmtraud, die beiden Sprechstundenhilfen, fuhren nach Salzburg. Ein Konzert mit Furtwängler stand auf dem Programm. Ivan hatte gesagt, er wolle doch mal hören, ob Furtwängler jetzt anders dirigiere als früher, eben arisch. Nach dem Konzert sollte es Salzburger Nockerln im Felsenkeller geben. Dort schenkte Ivan jeder Mitarbeiterin eine Brillantbrosche zum Abschied. Die beiden Frauen mußten mit dem Zug am Abend zurückfahren, sie hatten Mann und Kinder zu versorgen. Ivan und Therese begleiteten sie zum Bahnhof. Weinend standen die beiden am Zugfenster, auch Therese weinte und sie konnte sehen, daß Ivan die Zähne zusammenpreßte. Das tat er immer, wenn ihn etwas bedrückte. Man konnte dann durch die Haut die Bewegung der Muskeln sehen. Therese spürte, daß auch sie Frederike und Irmtraud liebgewonnen hatte. Jede war herzlich gewesen und offen. Sie waren zwar sichtlich froh, nicht auch jüdisch zu sein, aber sie hatten soviel natürliches Taktgefühl, daß sie die Gründe für die Trennung von Dr. Gutman niemals erwähnten und wortlos die Konsequenzen zogen.
Therese fuhr mit Ivan nach Gnigl, wo seine Schwester Heidede wohnte, die dort mit einem Mathematikprofessor verheiratet war, einem Vetter von Thereses Mutter.

Durch ihn war auch die Vermittlung Thereses an Dr. Gutman zustande gekommen und daher hatte Therese die Einladung, in Gnigl zu bleiben, sehr gern angenommen. Das Haus der Verwandten lag an einem Hügel, am Heuberg, und Therese und Ivan gingen vor dem Essen dort hinauf spazieren. Es war ein Sommerabend, der Therese unlösbar mit Salzburg verbinden sollte.
Sie war froh, mit Ivan allein zu sein. Schon während der Fahrt von München nach Salzburg wußte Therese, daß die Landschaft in einem Zusammenhang stand mit der Unruhe in ihr. Therese sah Ivans blasses, mageres Gesicht, die randlose Brille, das jungenhaft gescheitelte Haar. Zerstreut freundlich war Ivan, wenn er nicht über seiner Arbeit saß. Jedenfalls schien es Therese so, als sei Ivan niemals ganz anwesend, wenn es nicht um Allergien ging. Therese fand, daß Ivan ein Lateingesicht hatte. Eigentlich hätte Ivan ständig Latein sprechen müssen, dabei hatte er keineswegs die Angewohnheit vieler humanistisch gebildeter Bayern, lateinische Redewendungen in seine Sprache einzuflechten.
Therese und Ivan gingen bergauf durch einen Wald. Die Sonne, schon im Untergehen, füllte die Räume zwischen den Stämmen mit ihrem Licht. Ivan ging in diesem Licht. Er trug ein weißes Hemd, die Ärmel waren hochgekrempelt, und Therese dachte, daß Ivan sehr jung aussehe. Er ging vor Therese, drehte sich nur zuweilen um, wenn er ihr bei einem steileren Stück Weges helfen wollte. Therese nahm seine Hand, die schmalen festen Finger, sie waren trocken und warm und Therese hätte sie am liebsten in ihrer Hand behalten. Aber Ivan ging weiter voraus, bis sie auf eine Lichtung kamen, eine große Wiese vielmehr, die auf der einen Seite von einem Bauernhof begrenzt war. Es roch nach Heu. Begierig sog Therese den Duft ein. Sie wollte ihn tief einatmen, tief, um ihn niemals zu vergessen. Es war Therese klar, daß

dieser Geruch nach Heu, die Wärme der Hände Ivans, das Weiß seines Hemdes nur heute und niemals wieder zu ihrem Leben gehören würden.
Beim Näherkommen sah Therese ein Mädchen und einen jungen Mann, beide in ihrem Alter. Sie rieben ihre Pferde ab, wohl nach einem Ritt. Es war eine starke Übereinstimmung im wortlosen Tun der beiden. Kein Zweifel, sie gehörten zusammen. Und Therese hätte dazugehören mögen. Mit Ivan, obwohl ihr dieser Wunsch völlig unverständlich war und dabei so stark. Ob die beiden Reiter, die ihnen jetzt freundlich zulachten und ihnen zuwinkten, ob sie so unbefangen mit ihnen umgehen würden, wenn sie wüßten, daß Ivan und Therese Juden waren? Therese wäre gerne mit den beiden ausgeritten. Sie hatte Reitunterricht gehabt bei dem Münchner Reitlehrer Fegelein. Er war ein Schwager von Eva Braun, ein hoher SS-Offizier. Natürlich konnte er Therese nicht mehr unterrichten, es gab keine Ausritte mehr nach Oberwiesenfeld oder in den Englischen Garten – aber hier auf diesem bäuerlichen Hofgut fragte vielleicht niemand danach, ob sie Juden waren, vielleicht hätten sie ja ausreiten können, sie und Ivan und das andere Paar.
Therese und Ivan setzten sich in die Wiese, und zum Gras- und Heugeruch stieg jetzt der Wäscheduft von Ivans Hemd zu Therese auf. Therese, die etwas höher saß als Ivan, sah seine dicken, schieferfarbenen Haare, die straff an den Kopf frisiert waren, aber an der Seite wegen ihrer Fülle abstanden. Plötzlich fiel Therese ein, daß ihre Mutter Ivan einmal gefragt hatte, ob er denn nicht heiraten wolle. Ivan war in Leons Alter, nein, drei Jahre älter, also zweiunddreißig, das wußte Therese genau aus den wissenschaftlichen Artikeln, die seine Vita enthielten. Ivan hatte Mutter mit einem leisen Lächeln geantwortet, daß er ja auch im stillen Gutes tun könne,

und im übrigen sollten Wissenschaftler nicht heiraten, so einer forsche ja Tag und Nacht und das mache dann die Frauen nur unglücklich und bald auch den Wissenschaftler.
Ivan drehte leicht seinen Kopf und schaute Therese an. Sie wußte seinen Blick nicht zu deuten und auch nicht den Tonfall seiner Stimme, als er »Therese« sagte und den Kopf wieder wegdrehte. Therese spürte, daß ihr Mund trocken war, sie schluckte, räusperte sich, wollte Ivan die Hand auf die Schulter legen. Aber er stand auf, ging weg. Blieb erst nach einigen Schritten stehen und drehte sich zu Therese zurück. Sie konnte sein eigentümlich verschattetes Gesicht nicht wirklich erkennen, zumindest hätte sie seinen Ausdruck nicht deuten wollen, sie spürte schon zu lange ihr schlechtes Gewissen. Sie wußte, daß es höchste Zeit war, an Leon zu denken, allerhöchste Zeit. Sie war sicher, daß Ivan den gleichen Gedanken hatte. Er hielt ihr seine Hände entgegen, damit sie sich auf dem abschüssigen Weg zurück zum Haus an ihm festhalten konnte. Für einen Moment sahen sie einander an, nah, und jetzt sah Therese Ivans Augen und sie sah in der dunklen Iris sich selber, Therese, und sie schaute angestrengt auf ihr Bild, winzig und doch groß genug, und sie sagte zu dieser Therese, daß sie mit Leon verlobt sei und gefälligst nichts Verwirrendes für Ivan zu empfinden habe. Aber es war heiß zwischen Thereses Ohren und noch stärker glühte es unten in ihrem Bauch. Therese konnte sich nicht erinnern, für Leon je so gefühlt zu haben. Das war ja, als hielte ein Schraubstock sie fest, einer, der glühend heiß war und ihren ganzen Körper in Hitze tauchte. Therese machte sich los von Ivan und rannte die Wiese hinab. Sie mußte ihre Konzentration darauf verwenden, nicht zu stürzen und sich nicht zu wünschen, daß Ivan ihr nachkomme, daß er sie einfangen, auffangen würde. Da war Ivan

schon hinter ihr und sie lachten und atmeten und Therese japste nach Luft. Ivan hielt sie fest an sich gedrückt und Therese bekam noch weniger Luft und glaubte vor Freude zu ersticken.

Obwohl Therese ihn ersehnte, obwohl ihr Herz so stark klopfte, daß sie nicht einschlafen konnte, kam Ivan nicht in Thereses Zimmer. Als es von einem Kirchturm viermal schlug, war Therese sicher, daß sie die einzige im Hause war, die noch nicht schlief, und sie nahm sich vor, über Ivans Zurückhaltung froh zu sein.

Zurück in München lasen sie auf Ivans Praxisschild JUDEN RAUS. Ein Hakenkreuz war groß auf die Hausmauer geschmiert und Ivan sagte zu Therese, daß es jetzt höchste Zeit werde. Therese wußte, daß Ivan schon seit längerem seine Auswanderung vorbereitet hatte, sein Affidavit für New York war eingetroffen. Arische Patienten hatte Ivan ja schon lange nicht mehr. In der letzten Zeit hatte er auch keine jüdischen mehr angenommen, hatte sich ganz darauf konzentriert, seine wissenschaftlichen Arbeiten für die Übersiedlung nach Amerika vorzubereiten. Bücher, Lexika und die Laborgeräte waren verpackt. Die Praxis Dr. Ivan Gutman war geschlossen. Ivan würde bis zu seiner Abreise an einem Buch arbeiten, das unter dem Namen eines arischen Kollegen in Deutschland erscheinen sollte. Auch für Therese war der letzte Tag ihrer Mitarbeit in Ivans Praxis gekommen.

Sie hatte Ivans Schreibtisch mit einem Tischtuch bedeckt, Kerzen angezündet. Ein Kuchen, den Anni gebacken hatte, blieb unberührt. Ivan und Therese waren allein. Stumm saßen sie einander am Schreibtisch gegenüber. Diesmal nicht, um Testreihen zu vergleichen. Das Fenster der Praxis war offen, doch wegen der heißen, grellen Augustsonne hatten sie die Jalousie halb heruntergelassen. Von der Straße hörten sie gedämpft die Stimmen der Passanten, das Bimmeln der Tram, Hundegebell. Sowie Therese an Salzburg mit einem eigentümlich wehen Gefühl dachte, so würde sie auch in Zukunft niemals mehr durch die Neuhauserstraße gehen können, ohne an Ivan zu denken. Mit dem Gefühl eines bitteren Verlustes.

Therese war fast übel von der Leere, der Stille in sich. Sie sah Ivan an, der den Kopf in eine Hand gestützt hatte und irgendwo in die Richtung von Thereses Fußspitzen schaute. Therese spürte plötzlich, daß ihr Tränen die Nase herunterliefen. Im selben Moment sah Ivan das auch. Er sprang auf, lief um den Schreibtisch herum, und Therese drückte sich eng an ihn. Sie spürte, daß ihr Weinen übermächtig wurde, ihren Körper schüttelte. Ivan wiegte sie, streichelte ihren Rücken, küßte wieder und wieder ihr nasses Gesicht. Therese drängte ihre Lippen in seinen Mund, der sich nur zögernd öffnete, und Therese wußte, daß dieser Kuß ohne alle Hoffnung und gegen das Leon gegebene Versprechen war. Doch sie drängte sich noch entschiedener an Ivan. Wollte sich um so heftiger nehmen, was ihr nicht gehören konnte, und sie spürte, daß Ivan darauf nicht vorbereitet war, daß er aber offenbar ebenso verzweifelt wie Therese jede Sekunde ihres Zusammenseins nutzen wollte. Doch schließlich schob Ivan Therese von sich weg, heftig, mit einer fast wütenden Geste.

»Therese, warum heiratest du Leon? Du hast doch Angst vor ihm, ich spüre das. Ich denke manchmal sogar, daß du dich von mir angezogen fühlst, weil du vor Leon flüchten möchtest. Tu das, verlaß ihn, du wirst sehen, es geht nicht gut, ich kenne Leon. Er ist so stark in sich selbst verstrickt, daß er niemanden neben sich wahrnimmt. Er ist weder gütig noch großzügig noch hat er Humor. Therese – ich würde das alles nicht sagen, wenn die Situation nicht so verzweifelt wäre. Ich weiß

auch nicht, ob ich der richtige Mann für dich bin. Ob ich überhaupt mit einer Frau auf die Dauer auskommen könnte. Aber du und Leon, das wird nichts. Leon könnte einem leid tun, wenn er nicht so gnadenlos selbstgerecht wäre, er wirbt um dich, weil er glaubt, daß du ein naives Kind seist, das ihm gefügig sein wird.«
Ivan kam jetzt wieder nahe zu Therese, er schüttelte sie: »Therese, wir Juden müssen fort aus Deutschland. Hier wird bald der Teufel los sein für alle, und Leon wird dir noch dazu eine private Hölle bereiten. Dann komm lieber mit mir. Und wenn du das nicht willst, du hast doch Verwandte in Palästina. Therese, geh weg mit Sybille, solange du noch rauskommst.«
Als Therese nach dem letzten Arbeitstag bei Ivan heimkam, den Kopf voll Gedanken an Ivan und sonst nichts und niemanden, saß Leon bei den Eltern im Salon und sagte, daß er froh sei, daß ihre Tätigkeit bei Gutman nun ihren Abschluß gefunden habe. Es wäre wichtiger für Therese, so meinte Leon, daß sie sich auf ihre neue Rolle als Ehefrau vorbereite. Personal könne man ja nicht mehr haben, seine Mutter, die als gute Köchin gelte, habe sich bereit erklärt, Therese in die Grundkenntnisse der Haushaltsführung einzuweisen.
Köchin, Küche? Therese sah zerstreut auf den polierten Kirschbaumtisch, auf dem vier Gläser standen und eine Flasche Weißwein. Therese schenkte sich in das vierte Glas hastig Weißwein ein. Sie ignorierte die erstaunten Blicke der Eltern, den Versuch Leons, ihr beim Einschenken zuvorzukommen. Therese, die eigentlich keinen Alkohol mochte, trank durstig den Wein aus und fühlte sich danach der Situation eher gewachsen.
»Ich weiß zwar im Moment nicht viel über mich«, teilte Therese Leon mit, »aber daß ich nicht bei deiner Mutter kochen lernen will, das weiß ich genau.«
Therese sah ihre Mutter an, die zwar schwieg, wie im-

mer, wenn ihr ein Thema zu heikel wurde. Doch Therese kannte diesen zufriedenen Zug um Mutters Mund, wenn die Entwicklung ungefähr nach ihrem Geschmack war. Auch Vater kam Leon nicht wie sonst zu Hilfe. Es schien Therese sogar, als sähe Leon sie mit einer Aufmerksamkeit an, die ihr neu an ihm war. Oft hatte sie das Gefühl, als sähe Leon sie überhaupt nicht an oder als höre er ihr gar nicht zu, weil er in sich immer noch das Bild hatte von dem kleinen Kind, mit dem er so gerne gespielt hatte. Die zwanzigjährige Therese interessierte ihn nur insoweit, als er ein Kleinkind schlecht heiraten konnte.

Therese spürte, wie sie heiterer wurde. Sie setzte sich auf den Stuhl vor ihr Weinglas und drehte es. Es war leer. Diesmal wartete sie, ob Leon ihr einschenkte. Doch er machte keine Anstalten, starrte sie nur an.

Leons Mutter war so ziemlich der letzte Mensch, den Therese jetzt um sich ertragen könnte. Jetzt, wo sie den Kopf voll mit Gedanken an Ivan hatte, sollte sie mit Leons Mutter – unmöglich. Auch ohne Ivan unmöglich, weil Leons Mutter unmöglich war. Eine Tyrannin. Von einer Minute zur anderen konnte sie ihre Launen wechseln. Nie konnte man vorher ahnen, ob sie einen überschwenglich empfing oder ignorierte. Einmal hatte Delia Therese zu Leons Eltern begleitet. Sybille wollte ohnehin nie mit dorthin, und allein hatte Therese noch viel weniger Lust. Also Delia. Leons Mutter war gerade wieder in Form. Sie hielt den beiden Mädchen vor, daß junge Leute sich nur ins gemachte Nest setzen, sich auf allem ausruhen, was die Eltern sich mühsam geschaffen haben, und dann seien sie auch noch schnippisch und undankbar. »Nie mehr«, schnaubte Delia später, »nie mehr kriegst du mich zu dieser Spinatwachtel.«

Und jetzt sollte Therese von ihr Kochen lernen. So ein absurder Vorschlag konnte auch nur von Leon kommen.

Er selber haßte seine Mutter, so wie man nur einen Menschen hassen kann, der einem nah ist und in seinen Reaktionen völlig fremd, für den man sich geniert, weil man ihn sich völlig anders wünscht. Leon ahmte die affektierte Sprechweise seiner Mutter nach, ärgerte sich bis zum Weißglühen über ihre offensichtliche Beschränktheit – aber Therese wollte er ihr in die Fänge treiben.
Doch diesmal würde sich Leon an Thereses Widerstand die Zähne ausbeißen. Nicht einmal Eierkochen wollte sie von ihrer zukünftigen Schwiegermutter lernen. Für Thereses Gefühl war Leons Mutter verrückt. Therese fand sie durchaus interessant, aber nur auf Distanz. Nicht als Autorität. Sollte Leons Mutter weiter ihre eigene Familie schikanieren, aber nicht Therese.
Sie sah sich ihren Verlobten an. Was hatte sie mit ihm zu tun? Was hatten sie gemeinsam, außer, daß sie beide Juden waren? Sie sah Leons Mund, er war ziemlich üppig, die Lippen hatten die Farbe von Himbeeren. Leons Mund war Therese das Liebste an ihm. Es sei denn, Leon gab daraus Überheblichkeiten von sich, die sich gegen Therese richteten. »Kleines, was weißt du denn schon.« Auch wenn Leon es nicht aussprach, glaubte Therese, daß er sie nicht ernst nahm, in ihr das unfertige Kind sah, das in der Welt herumirrte und ohne ihn verlorengehen müsse.
Therese spürte heftige Sehnsucht nach Ivan. Darum goß sie sich noch ein Glas Wein ein. Sie sah ihren Vater an, der ruhig an seinem Zigarillo sog. Er war in seinen Gedanken weit weg, überließ Therese Leon. Er hatte sie schon lange Leon überlassen. Und Mutter? Vielleicht malte sie schon längst wieder an dem Akt des Alten, der neuerdings mittags kam und ihr Modell saß.
Ivan, dachte Therese, Ivan. Warum sprang sie nicht auf und rannte in die Neuhauserstraße in Ivans Praxis, wo

er jetzt wahrscheinlich seine letzten Bücher einpackte? Was hielt sie daheim? Vaters Abwesenheit, Mutters Malgesicht? Waren es die Himbeerlippen Leons, die verächtlich geschürzt sich jetzt ihrem Gesicht näherten? Doch plötzlich wurde Leons Gesicht weich, offen, sein Mund schloß sich um den von Therese. Nur für Sekunden, aber endgültig.
»Therese muß wissen, wohin sie gehört«, sagte Leon gerade. »Jetzt, wo sie nicht mehr bei Gutman arbeiten kann, sollten wir nicht mehr länger warten. Sie braucht eine Aufgabe, ich möchte, daß wir heiraten.«
Und heute war Hochzeit und Therese tanzte mit Ivan, weil Leon nicht tanzen konnte. Und morgen würde Ivan nach Hamburg fahren und von da mit dem Schiff in die Staaten, und Therese sah ihn an und konnte es nicht begreifen. Nichts begriff sie. Auch Ivan nicht. Wenn er es wirklich ernst gemeint hatte, wenn er wirklich wollte, daß Therese mit ihm ging, warum hatte er bis heute geschwiegen? Warum war er nicht gekommen? Hatte versucht, Therese zu gewinnen? Traute er sich nicht? Traute er sich selber nicht? Therese sah sein blasses Gesicht unter dem Seitenscheitel. Er war ein Junge, trotz seiner Erfahrung. Er hatte gesagt, daß er nicht wisse, ob er auf die Dauer mit einer Frau auskommen könne. Sicher hatte Ivan ebenso viele Zweifel und Ängste wie Therese. Außerdem, wie hätte sie mit ihm ausreisen können? Bis sie ein Affidavit bekam, konnte es noch Monate dauern, und Ivan hatte bereits alles vorbereitet.
Diese Gedanken schossen Therese durch den Kopf, wirr und ungenau. Sie sah immer Ivans Augen, hörte die Musik, spürte seinen Körper, das weiche Tuch seines Anzugs, und wieder berauschte seine Nähe sie so wie damals in Salzburg. Es war wieder Sommer auf dem Heuberg und wieder der letzte Tag mit Ivan in seiner Praxis, als er sie heimbegleitet hatte und sie gemeinsam

die Maximilianstraße hinuntergingen. Therese, eng neben Ivan, bis er endlich ihren Arm ergriff und sich bei ihr einhakte, seinen Schritt ihrem anpassend. Wieder spürte Therese den Stoff seines Anzugs. Wieder schien von dieser Berührung ein Feuer überzugreifen, das Thereses Körper erfaßte, sie erhitzte und ihr den Kopf füllte und zu sprengen drohte.

Es war Ivan, der Therese zurückholte, sie zurechtrückte in ihre Position als Braut Leons. »Therese, ich glaube wir müssen aufhören mit Tanzen, Leon bekommt schon schmale Augen.« Therese war Leons Frau, sie hätte es schon jetzt allzu gerne vergessen. Leon hatte keinen Grund, schmale Augen zu bekommen. Schließlich konnte Therese während des Essens beobachten, wie Leon bereitwillig auf Dinah reagierte, die junge Frau von Thereses Onkel Robert Suttner, der schon ein wenig bresthaft war. Daher fühlte sich Dinah als Ehefrau offenbar nicht völlig ausgelastet und suchte sich im Verwandten- und Bekanntenkreis ein wenig zu entschädigen. Dinah flirtete, wenn es sein mußte, auch mit Thereses Vater, ihrem Schwager. Therese hatte das mehrfach erlebt. Vater liebte es ja, mit anderen Frauen zu flirten. Leon liebte das gleichermaßen, obwohl er sich immer einen Anstrich von Unschuld gab und es heftigst bestritt, wenn Therese ihm nachwies, daß er wieder einmal eine Frau mit Jagdaugen, wie Therese das nannte, angeschaut hatte.

Therese erinnerte sich an eine Ausstellung, zu der eine bekannte Kunstverlegerfamilie eingeladen hatte. Leon war zu spät gekommen. Der Sohn der Familie, ein Kulturhistoriker, hielt einen Vortrag über lithographische Reproduktionen von Meisterwerken der Dresdner Gemäldegalerie, die sein Großvater veröffentlicht hatte, ehe er sich der Photographie zuwandte. Therese saß ziemlich weit vorne, hatte aber Leon zufällig gesehen, als er hereinkam und sich nach einem Platz umschaute. Nach Ende des Vortrags, als alle begeistert applaudierten und die Hausfrau einige Gäste, darunter auch Therese und ihre Mutter, bat, noch zum Wein dazubleiben, suchte Therese Leon mit den Augen. Sie sah ihn im lebhaften Gespräch mit einer jungen Frau, und Therese ging hin, Leon zu begrüßen. Als sie sich durch die hinausstrebenden Gäste in seine Nähe geschoben hatte, hörte sie die Frau zu Leon sagen, daß man diese erfreuliche Bekanntschaft doch unbedingt bei einem Glas Wein fortsetzen sollte. In diesem Moment sah Leon Therese, ließ die Frau stehen und bestritt anschließend entschieden, auch nur einen Blick mit ihr getauscht zu haben. Das bilde sich Therese alles ein, sie neige ja zu richtig türkischer Eifersucht.

Therese kannte die Männer, dessen war sie sicher. Diesen Jagdblick, wie ihn Katzen haben, wenn sie auf einen Vogel lauern, diese angespannte Wachheit stellte Therese oftmals bei Leon fest. War es beim Skifahren, wenn sie auf der Hütte einkehrten, war es in der Pinakothek; Leon fand immer eine Frau, die er interessiert anstarren konnte, und jedesmal stritt er vehement mit Therese, wenn sie es ihm nachwies. Leon und Therese spielten ein Spiel, das Mutter nie mit Vater gespielt hätte, soviel glaubte Therese immerhin von ihren Eltern zu wissen. Mutter hatte Vaters Liebeleien wohl immer souverän ignoriert. Dazu neigte Therese nicht. Auch wenn sie Leon wahrscheinlich nicht liebte, auch wenn ihr Kopf ausgefüllt war von Ivan, so sollte Leon trotzdem in ihrer Begleitung nicht Gefallen an anderen Frauen finden. Und das auch noch zeigen. Das, so fand Therese, war eine Absage an sie, die sie nicht billigen konnte. Schon gar nicht an ihrem Hochzeitstag.

Die Flirterei mit Dinah wurde Leon natürlich nicht angekreidet. Dagegen war es weder Thereses noch Leons

Mutter verborgen geblieben, daß Therese so lange und so innig mit Ivan Gutman getanzt hatte.

»Therese, solltest du dich nicht wieder einmal um deinen Mann kümmern?« fragte Leons Mutter spitz, wobei sie mit ihrem Stock in Richtung Leon wies. Leons Mutter litt an einer Knochenkrankheit, sie mußte meistens an Krücken laufen, die sie aber auch dazu benützte, um ihren Mitmenschen damit zu drohen. Da jeder ihr zutraute, daß sie die Krücken auch schlagend einsetzen würde, parierten alle.

Thereses Hochzeitsnacht verlief entsprechend den Vorzeichen. Ivan hatte sich nach dem Tanz mit Therese verabschiedet, kurz nur, und nur von Therese. Leon war dazugekommen.

»Man könnte direkt meinen, Sie seien der Bräutigam«, sagte er wütend zu Ivan.

»Vielleicht wäre das besser für Therese«, entgegnete Ivan ernst, und für eine Sekunde sahen sich die beiden Männer an, und Therese wartete auf Leons Reaktion. Nichts passierte.

Als Ivan ging, wußte Therese, daß sie versagt hatte. Sie mußte sich das einfach einreden, denn sonst hätte sie zugeben müssen, daß Ivans Interesse an ihr doch nicht elementar sein konnte. Warum sonst hatte er nicht eindringlicher um sie geworben? Diesen Gedanken jedoch schob Therese rasch von sich. Lieber wollte sie sich selbst die Schuld geben. Ihrer Ratlosigkeit, ihrer Unschlüssigkeit, ihrer Folgsamkeit Leon und den Eltern gegenüber.

Was konnte Therese sich noch alles vorwerfen, um den Gedanken zu verdrängen, daß Ivan sie nicht wirklich gewollt hatte? Salzburg. Wie war Ivan in Salzburg gewesen? Natürlich sagte Therese sich immer wieder, daß Ivan an diesem Abend, nach den Stunden in der untergehenden Sonne, nicht in ihr Zimmer gekommen war.

Als Braut Leons mußte Therese sich das immer wieder sagen. Aber was war in Wahrheit geschehen? War nicht die Tür gegangen, leise, unmerklich, und hatte sich dies Geräusch nicht eingebrannt in Therese? Hatte es ihr nicht den Mund ausgetrocknet und alles an Hitze, was in ihr war, in ihren Kopf gejagt? War nicht Ivans nackter Körper trotz der Sommernacht kühl gewesen und hatte er sich nicht zitternd erst an Thereses Wärme beruhigt? War sie nicht wieder dagewesen, die Flamme, entfacht in Thereses Bauch, und hatte sie nicht, als das Schwere und Süße in ihr höher und höher kam und schließlich heiß sich entlud, hatte sie da nicht nur diesen Moment leben wollen und nur noch diesen und dann nicht mehr? Therese wollte dies alles nicht wahrhaben. Sie war entschlossen, alles als ihren Traum zu betrachten. Trotzdem liebte sie Ivan seit dieser Nacht in Salzburg jeden Tag neu, und sie glaubte, daß es das Wesen der Frau sein müsse, jeden Tag neu zu lieben. Ein Mann, in diesem Fall Ivan, liebte vielleicht einen Tag lang wirklich. Was darüber hinausging, hielt er für übertrieben.
So, glaubte Therese, könnte das mit Ivan gewesen sein. Sicherlich war es mit Vater ebenso gegangen. Er hatte Mutter sicher auch für einen Tag geliebt, und alle weiteren Gefühle verschwendete er an andere Frauen und an sein Segelboot. Thereses Vater hatte einen großen Teil seiner Kindheit am Chiemsee verbracht, wo die Familie ein Haus direkt am See hatte. Seit seiner Studentenzeit war Vater im Akademischen Segelverein. Er hatte ein Kielboot mit 30 qm Segelfläche und war ein erfolgreicher Regattasegler. Schon als kleines Mädchen lernte Therese die Vorschot zu bedienen, eine Wende oder Halse zu fahren, Mann-über-Bord-Manöver zu üben. Bei Sturm, besonders, wenn es dabei regnete und man das Seeufer nicht mehr erkennen konnte, segelte Thereses Vater am liebsten. Nicht die attraktivste Frau konnte

einen derart erwartungsvollen und gleichzeitig strahlenden Gesichtsausdruck in Vaters Zügen bewirken, wie es ein aufkommender Sturm auf dem Chiemsee zustande brachte. »Ich glaub, da hinten braut sich etwas zusammen«, sagte Vater dann und rieb sich die Hände, während alle anderen im Boot sich festhielten oder nach der Schwimmweste suchten. Wenn dann der Regen das Wasser attackierte, der grüne Chiemsee eine zentimeterhohe Gischtkrone hatte, der Sturm die Wellen wieder und wieder über das Schiff stürzte – wenn die Krängung so stark war, daß die *Möwe* jede Sekunde zu kentern drohte, dann leuchteten Vaters sonst eher unbeteiligt wirkende Augen. Er lachte milde über die Angst eines Segelgastes, der sich zitternd in die Kajüte verkroch, und er war stolz auf Therese, die sich gegen die Bordwand stemmte und ihm half, die Segel zu reffen. Dann, sekundenlang, fühlte Therese sich von ihrem Vater geliebt.

Hatte Leon Therese geliebt? Auch einen Tag lang vielleicht, aber an welchem? Ganz sicher nicht am Hochzeitstag.

Therese wußte, was Leon über sie dachte. Therese war eine ungezogene, würdelose Braut. Wie konnte sie es wagen, so vertraut mit diesem Gutman zu tanzen. Der Kerl war arrogant genug, dabei war ihm alles in den Schoß gefallen. Leon konnte sich immer maßlos aufregen über Kollegen, die mit Geldmitteln reich ausgestattet waren, während Leon von seinen Eltern knapp gehalten, immer nur gerade so über die Runden gekommen war. Er hatte keinerlei Mittel, eigene Forschungsarbeiten zu finanzieren, wie es Ivan möglich war, der über ein großes Vermögen verfügte.

Die Tatsache, daß Thereses Eltern ebenfalls vermögend waren, hatte bei Leons Werbung um Therese eine Rolle gespielt. Daran hatte Therese keinen Zweifel. Es störte sie auch nicht. Wäre sie, Therese, arm gewesen, hätte sie sicher auch nach einem vermögenden Mann Ausschau gehalten. Mittellos zu sein, hielt Therese nicht für erstrebenswert, und so konnte sie Leon verstehen, daß er seine wirtschaftlich eher bescheidene Existenz durch eine vermögende Ehefrau verbessern wollte. Das war klug von Leon.

Dafür fand sie es albern und spießig, wie Leon ihr den Hochzeitstag vermieste. Doch dann verstand sie es auch wieder. Schließlich war sie selbst während des ganzen Tages in einem Zustand gewisser Verblödung gewesen. Schon auf dem Weg zum Standesamt hatte sie nur gehofft, daß es doch schon vorbei sein möge. Als sie schließlich vor dem Standesbeamten standen, hatte plötzlich Sybille hinter Therese getuschelt: »Wenn du es nicht willst, warum tust du es dann?«

Am späten Abend im Bett neben Leon fiel Therese diese Frage Sybilles wieder ein. Warum lag sie hier neben dem fest schlafenden Leon? Thereses Beine waren kalt bis hinauf zu den Knien, sie mochte sie massieren, soviel sie wollte. Schließlich bekam sie noch einen Krampf in den Fußsohlen. Schöne Hochzeitsnacht. Leon hatte Therese beschimpft. Sie eine eitle, gefallsüchtige Gans genannt. Durchtrieben sei sie. Wenn er, Leon, das nur geahnt hätte! Ausgerechnet diesem Gutman, diesem blasierten Affen, mußte Therese sich an den Hals werfen. Ihn vor seinen Kollegen derart zu blamieren.

Im Grunde war Therese ganz froh über diese mißliche Entwicklung der Dinge. Sie hätte heute keine Lust gehabt, mit Leon zu schlafen. Sie hatten schon einige Male geübt. Meistens im Wald, wo Käfer auf Therese herumkrabbelten und Steine oder spitze Gräser sie piesackten. Wo sonst hätten sie der Lust Leons nachgeben können? Im Hause Suttner waren Intimitäten vor der Ehe nicht im Programm, jedenfalls nicht für die Tochter, und

Leon war ohnehin ein Naturliebhaber. Beim ersten Mal war Therese von einem Insekt an ihrem Fuß derart abgelenkt gewesen, daß sie den leisen Schmerz ihrer Entjungferung erst empfand, als schon alles vorbei war. Leon hatte gerührt ihre Tapferkeit gelobt. Er hätte sich bei dem Käfer bedanken sollen.

Therese drängte nichts danach, mit Leon zu schlafen, doch es mißfiel ihr auch nicht. Sie spürte die Bewegungen Leons nicht ungern. Sie hätte das viel länger haben mögen. Wenn es dann soweit war, fragte Leon jedes Mal: Was spürst du? Was spürst du? Für Sekunden schien er offen. Ein Mann, der Schmerz empfinden konnte und verletzbar war. Jedenfalls sah Therese das so. Hätte sie ihm sagen sollen, daß da so eine Ahnung in ihr war? Eine Hoffnung? Fast ein Flehen, daß irgend etwas aufbrechen möge, durchbrechen, daß sie den echten Leon finden möge, den, dessen Gesicht tiefe Spuren zeigte, die ihm seine Lust eingrub. Der aber dann, wenn er mit kleinen Schreien auf ihr zusammenbrach, allzu schnell wieder Leon war, der Schulmeister, der disziplinierende, Gehorsam fordernde.

Einmal, sie hatten gerade miteinander geschlafen, Leon lag ruhig und auch Therese blinzelte mit seltsam schläfriger Zufriedenheit in die Sonne, da sagte Leon unvermittelt mit harter Stimme: »Es wird höchste Zeit, daß Sybille mal Manieren beigebracht werden. Wenn sie keine Lust hat, grüßt sie mich nicht einmal.« Therese hatte Sybille verteidigt. Sie wollte Leon erklären, daß Sybille manchmal verträumt sei, in sich verstrickt, daß sie es jetzt gerade in der Schule so schwer habe. Erst gestern habe ihr Lehrer gesagt, daß Juden bei ihm nichts zu melden hätten. Da sei Sybille den ganzen Tag verstört und in sich gekehrt gewesen. Leon jedoch war nicht auf Thereses versöhnlichen Ton eingegangen. Er hatte sie angeschrien, daß sie natürlich niemals auf seiner Seite sein könne. Und dann war auf Therese die übliche Flut von absurden Anschuldigungen niedergegangen, die ihre und Leons Streitgespräche einläuteten und an deren Ende Therese sich schuldig fühlte, damit sie nicht die Konsequenz aus Leons Verhalten ziehen mußte.

Auch ohne Paula wäre Thereses Ehe vermutlich ins Leere gelaufen. Eine Zeitlang hatte Therese noch versucht, sich selber zu belügen, vorzugeben, daß es Paula Berger gewesen sei, die ihr Leon weggenommen und dadurch Thereses Ehe endgültig zerstört hatte. Doch wenn Therese ehrlich zu sich selber war, sah sie die wahren Gründe für das Scheitern ihrer Ehe ganz woanders.

Viel stärker als Paula war das hilflose Entsetzen, das Leon und Therese voneinander trennte. Das Entsetzen darüber, daß ihre jüdische Abstammung sie brutal aus dem Lebensplan herausstürzte, den Leon für sie entworfen hatte. Natürlich sah Leon, daß außer ihm Tausende anderer Juden ausgesondert wurden aus der Gemeinschaft. Doch die Tragödien anderer erreichten ihn nicht wirklich. Leon interessierte sich nur für Leon. Nicht einmal Thereses Geschick beschäftigte ihn sonderlich. Als sie im zweiten Semester die Universität verlassen mußte wie alle jüdischen Studenten, scherzte Leon nur, daß ein Medizinstudium ohnehin für eine Frau nichts als Plackerei sei. Therese, die ihr Studium zunächst ohne allzugroße Neigung begonnen hatte, war gerade dabei, sich hineinzufinden, ging mit immer stärkerem Interesse in die Vorlesungen. Sie bekam eine gelbe Studentenkarte, die sie als Nichtarierin auswies. Die Kommilitonen hatten braune Karten. Gelbe Karten waren schlechte Karten. Sie bedeuteten schließlich das Aus.

Nie würde Therese den Tag vergessen, als sie aus der Universität kam und durch den Englischen Garten nach Hause ging. Es war ein warmer Junimorgen. Aus einem Haus in der Königinstraße, dessen Fenster geöffnet waren, hörte sie Hitlers bellende Rundfunkstimme, und sie erinnerte sich daran, wie sie ihn neulich wieder einmal gesehen hatte. Es war in Seebruck gewesen. Durch die Hauptstraße war Hitler gefahren, im gepanzerten Wagen. Therese hatte sein Gesicht teigig gefunden, vollmondig. Der herrliche Führer. Es hieß, in Berchtesgaden hätten Frauen den Kies verschluckt, über den Hitlers Füße gegangen waren.

»Mit uns zieht die neue Zeit.« Therese hörte die Schritte, die hellen jungen Stimmen. Das war wieder ein Trupp BDM-Mädchen, die im Englischen Garten Gymnastik und Tanz übten. Es war nur eine kleine Mädelschaft, die da heranmarschierte, vielleicht zwölf oder fünfzehn Mädchen. Alle im Alter von Sybille. Sie trugen blaue Röcke, weiße Blusen und Berchtesgadener Jäckchen, dazu ein schwarzes Halstuch und den Lederknoten. Naturgemäß gehörten weder Therese noch Sybille zum BDM, denn dort wurden nur deutschblütige, reichsdeutsche und erbgesunde Mädchen aufgenommen, wie es amtlich hieß.

Rasch, ehe die Mädchen näher herankamen, wechselte Therese den Weg, ging durch ein kleines Gehölz und rannte dann quer über eine Wiese, als könne sie dem Gesang entkommen. Therese sah die Bäume, das Grün, die Maulwurfshügel und die ersten Krokusse, und sie dachte, daß alles denen gehörte, den Sängern und Sängerinnen der neuen Zeit, den herrlichen Germanen, den Herrenmenschen. Ein paar Zeilen eines Gedichts von Erich Mühsam fielen Therese ein: »Ich seh auf Feld und Weide das Glück der Welt gedeihen. Für mich wächst kein Getreide, am Rebenstock kein Wein.« Letzten Sommer hatten die Nationalsozialisten Erich Mühsam ermordet. Es hieß zwar, Mühsam habe sich im Klosett erhängt, doch Anni wußte von Freunden Girgls, mit denen sie sich noch regelmäßig traf, daß die SS den Dichter grausam gefoltert und umgebracht hatte. Propagandaminister Josef Goebbels selbst sprach das Todesurteil über ihn. »Dieses rote Judenaas muß krepieren.« Judenaas. Das waren auch Therese, ihre schöne Schwester Sybille, ihre vornehme Mutter, ihr herrschaftlicher Vater, und Leon, und Ivan. Therese und Leon waren verheiratet und daher gab es aus ihrem Jüdischsein kein Entkommen. Es war Therese manchmal, als gebe Leon ihr daran die Schuld. Leon hatte Therese geheiratet, weil er sie seit zehn Jahren haben wollte, und nun sah er darin keinen Sinn mehr. Es schien ihr, als sei Leon tief in sein Selbst, in seine Seele verstrickt. Er konnte niemanden mehr wahrnehmen, außer sich selbst. Er war voller Angst, sich zu verlieren, sich hinzugeben. Obwohl Therese nahezu sicher sein mußte, in Ivan verliebt zu sein, konnte sie die sinnliche Nähe Leons jetzt durchaus genießen. Sie mochte den Puddingduft seiner Haut. In Leons Rasierwasser, es war ein französisches, mußten Vanillearomen enthalten sein. Jedenfalls konnte Therese sich oft nicht sattschnuppern an Leon, ihrem Pudding, wie sie ihn dann nannte. Widerwillig lachte er darüber. Dann hatte Therese Leon am liebsten, dann, wenn er lachen mußte, obgleich er sich dagegen wehrte. Leon sah dann auf eine sympathische Weise willenlos aus. Eigentlich war Leon jeden Tag anders für Therese. Sie kannte ihn schließlich seit zwanzig Jahren, wenn man die Zeit ihrer Windeln und Windpocken abrechnete.

Leon war dabeigewesen, als Therese im Badezimmer der Großeltern stürzte und auf die Tatzen eines Badewannenfußes aufschlug. Noch heute war die Narbe sichtbar, und Leon erzählte, daß Therese gar nicht daran gedacht habe, zu heulen. Erst als Mutter und Großmutter aufschrien, habe sie mitgebrüllt.
Leon, warum war er nur so sperrig. Schon sein Körper war so. Hager, knochig. Doch die Haut darüber war überraschend weich. Am liebsten hatte es Therese, wenn sie sich an den schlafenden Leon anschmiegen konnte. Ihn, den Ahnungslosen, in ihrem Schoß spürte. Doch wehe, sie gab dann ihrem Verlangen nach und streichelte Leon. Streicheln war für Leon offenbar das Kommando zur Attacke. Er drehte sich zwar knurrend, aber doch blitzschnell um und nahm Therese, was ihr gefiel, weil es rasch ging und doch lange spürbar war, wie ein kurzer, aber intensiver Kuß.
Am Tag jedoch, im Alltag, paßte Therese immer weniger in Leons Leben hinein. Therese spürte, daß sie Leons Bild nicht entsprach. Daß sie seine Vorstellungen von einer Ehefrau nicht erfüllte. Therese kochte noch schlechter als ihre Mutter. Leon machte sich nicht selten selber ans Werk. Aber bei ihm schmeckte alles nach Maggi, für das Leon offenbar eine Vorliebe hatte. Auch seine Hemden bügelte Leon selber, weil Therese oft Falten in den Kragen zwang. Und außerdem steckte sie immer mit Sybille zusammen, diesem arroganten Backfisch, den Leon nicht ausstehen konnte. Sybille tat alles, ihn darin zu bestärken. »Ach der Schwager Leon«, sagte sie, wenn sie ihn sah, und die ganze Verachtung ihrer fünfzehn Jahre sprach aus dieser Begrüßung. Und Leon wies beide, Sybille und seine Frau Therese, zurück in ihre Kinderstube.
Therese hatte am Anfang ihrer Ehe durchaus versucht, sich mit Leon zu verbünden, sich mit ihm zusammenzu-

tun. Schon deshalb, weil sie Ivans wegen ein schlechtes Gewissen hatte. Es überraschte sie selber, daß sie trotz ihrer Sehnsuchtsträume um Ivan Herzklopfen bekam, wenn sie im Bett lag und Leon ins Schlafzimmer kam. Leon arbeitete abends lange. Er las, übersetzte medizinische Artikel ins Englische, und Therese hörte ihn immer, auch wenn er noch so leise ins Bett schlüpfte. Und jedesmal war es ein Moment der Spannung, besonders wenn sie am Tag gestritten hatten. Die Fremdheit und die Streitereien zwischen Leon und Therese nahmen Leon offenbar nichts von seiner Lust – jedenfalls war Therese selten umsonst wachgeworden. Bei Nacht, so erklärte es sich Therese, war sie für Leon vielleicht wieder das schöne Kind, das er auf den Schultern getragen hatte. Wenigstens bei Nacht schien Therese Leons Träume zu erfüllen.

Das änderte sich auch nicht, als Leon Paula traf. Zumindest in der ersten Zeit nicht. Therese wußte, daß Leon Paula nicht liebte. Jedenfalls liebte er sie nicht, weil sie Paula war. Er brauchte sie, weil er sich in ihrer Gegenwart nur halb so jüdisch fühlte, weil sie den Leprageruch von Leon nahm, den Verachtungs- und Verwesungsgeruch. Paula gehörte zur Herrenrasse, sie war Arierin. Eine Berufskollegin von Leon, die als niedergelassene Ärztin in Ingolstadt lebte. Paula war drei Jahre älter als Leon und geschieden. Sie wollte das Risiko auf sich nehmen, Leon mit einem gefälschten Paß in ihrer Praxis mitarbeiten zu lassen. Leon sollte bei ihr im Haus wohnen und an den Wochenenden zurück nach München kommen.

Therese war von diesem Vorschlag nicht sonderlich überrascht, seit sie Paula bei Leons Eltern kennengelernt hatte. Als sie die Glitzerblicke sah, die Paula für Leon hatte, waren alle im Raum Statisten im erotischen Spiel zwischen Paula und Leon. Auch Therese hatte nur

eine Nebenrolle. Alle Trümpfe lagen bei Paula, der arischen Retterin Leons. Paula, eher klein und rundlich, mit einem üppigen Busen, war äußerlich geradezu ein Gegenstück zu Therese. Doch kein Zweifel, für Leon war sie eine große Chance. Mit Hilfe Paulas konnte er vielleicht durch das Netz des Terrors schlüpfen, von Paulas glitzernden Augen einmal ganz zu schweigen. Hätte Paula Therese nicht ständig mit so einem klebrigen Mitleidsblick angesehen, wäre sie Therese gar nicht einmal unsympathisch gewesen.
Sie hörte, wie Leon fragte, was Therese denn von Paulas Vorschlag halte. Therese fragte zurück, warum Leon denn nicht gleich um die Scheidung bitte, das sei doch ehrlicher. Für einen Moment war es still im Zimmer. Therese sah, wie Leons Mutter ihren Stock umklammerte, daß die Knöchel ihrer Hand hell hervortraten. Alle sahen auf Therese. Doch sie war völlig ruhig. Ihr erschien alles vernünftig und logisch, was da passierte. Trotzdem hätte sie dieser arischen Schlummerrolle, dieser dicken Paula, das Glitzern aus den Augen schlagen mögen. Wieso benahm die sich so gönnerhaft? Sprach mit Therese wie die gute Fee zum Aschenbrödel. »Sie tun mir ja so leid«, sagte Paula, und es war nicht ganz klar, ob sie damit nur Therese meinte oder die gesamte Familie Rheinfelder, in deren Mitte Paula die einzige erbgesunde Deutsche war. Jedenfalls fand Therese, daß Paula eine taktlose Männerfängerin sei, die sich unter dem Anschein des Mitleidens und Helfenwollens die trostlose Lage Leons zunutze machte. Diese Sicht der Dinge war sich Therese einfach schuldig. Hätte sie vor sich selber zugeben sollen, daß Leon Paula ihr vorzug? Daß er in Paula wirklich verliebt war? Vielleicht in ihren großen Busen? Oder was war an Paula sonst noch attraktiver als an Therese? War es das Glitzern in Paulas Augen, das Leon interessantere sexuelle Perspektiven

eröffnete? Auf jeden Fall hätte Therese es Paula am liebsten schriftlich gegeben, daß sie ohne die Rassengesetze Hitlers bei Leon keine Chance gehabt hätte.
Doch dazu war Therese inzwischen zu sanftmütig. So ganz konnte sie noch nicht begreifen, was sie seit drei Tagen wußte. Sie war schwanger. Auch das noch, hatte sie nach dem ersten Erbrechen gedacht, auch das noch. Da begreift man seine eigene Existenz als Jüdin nicht, und dann setzt man ein jüdisches Kind in die Welt. Ich bekomme ein Kind, dachte Therese. Ein jüdisches Kind. Und mein Mann ist gerade dabei, sich mittels einer Arierin von seinem Jüdischsein loszukaufen.
Therese ließ sich nur allzugern vom Tempo der Ereignisse lähmen. Sie nahm es quasi als Entschuldigung dafür, daß sie als Ehefrau völlig versagte, daß sie Leon Paula überließ, obwohl sie sicher wußte, daß die Tatsache ihrer Schwangerschaft Leon fest an sie gebunden hätte. Doch gerade das wollte Therese nicht. Leon sollte nicht gebunden sein an sie und an das Ungeborene, und schon kam sich Therese wieder verlogen vor. War sie nicht in Wahrheit froh, Leon, den anstrengenden Schulmeister ihres Alltags, auf diese Weise los zu sein? Hatte sie die fruchtlosen Diskussionen mit ihm nicht längst satt? Hatten die immer wiederkehrenden Vorführungen seiner intellektuellen Überlegenheit sie nicht schon längst mit Überdruß erfüllt? Sollte er doch vor Paula predigen. Obwohl Paula, so glaubte Therese, von Leon lediglich sexuell erlöst werden wollte und ansonsten nicht viel Verwendung hatte für Stefan George, André Gide, Nietzsche und Platon, mit deren Gedanken Leon Therese stets zu füttern getrachtet hatte. Füttern. Essen. Ekelhaft.
Nicht einmal an den Konsum literarischen Gedankengutes mochte Therese jetzt denken. Sie mußte alles erbrechen. Jeden Morgen. Und von daher ließ sie es zu,

daß die Geschehnisse über ihre Unentschlossenheit hinwegrollten. Sie war viel zu müde, viel zu elend, sich in irgendwelche Geschehnisse, in irgendwelche Entwicklungen einzuschalten, womöglich sich auch noch dagegenzustemmen. Wenn sie je hätte widerstehen wollen, dann wäre dieser Widerstand jetzt in ihrer morgendlichen Übelkeit untergegangen.
Paulas Pläne, Leon in ihre Praxis aufzunehmen, erwiesen sich als undurchführbar. Das Reichsinnenministerium hatte schon im Sommer 1935 ein Blutschutzgesetz verabschiedet, das die Eheschließung zwischen Juden und Ariern unmöglich machte. Darüber hinaus wurde außerehelicher Geschlechtsverkehr zwischen Juden und Ariern bei Zuchthausstrafen verboten. Im *Stürmer* las Therese, daß immer mehr Juden deutsche Mädchen schändeten, indem sie mit ihnen schliefen. Dabei könne schon ein einziger Beischlaf eines Juden mit einer Arierin die Schleimhäute ihrer Scheide durch den artfremden Samen derartig imprägnieren, daß diese Frau nie mehr reinblütige Arier gebären könne. Wäre also Leon denunziert worden, was nur eine Frage der Zeit gewesen wäre, Paula hätte sofort ihre Kassenzulassung und ihre Approbation verloren.
Leon und Paula bereiteten hastig ihre Reise in die Staaten vor, zu Thereses Verwandten, die noch nicht über die Scheidung informiert waren.
Wieder ein Jude weniger in München. Therese wußte, daß um 1933 mehr als 10000 Juden in der Stadt gelebt hatten. Jetzt hörte sie, daß davon bereits 3000 ausgewandert waren. Therese dachte an Ivan. Zu ihm ja, aber nicht mit Leons Kind.
Thereses Eltern erfuhren erst vom Zustand ihrer Tochter, als es nichts mehr zu verbergen gab. Nur Sybille hatte von Anfang an gewußt, daß Therese schwanger war. Als die Eltern Therese darauf hinwiesen, daß sie unbe-

dingt Leon davon in Kenntnis hätte setzen müssen, verteidigte Sybille ihre Schwester so vehement und endgültig, daß die Eltern schwiegen. »Hätte sie riskieren sollen«, fragte Sybille, »daß er aus Rücksicht auf ein Kind hierbleibt? Was hätte Therese davon? Einen ständig deprimierten Mann, der eine Eiseskälte um sich verbreitet, daß einem die Seele einfriert. Laßt den bloß mit seiner fetten Paula nach Amerika und laßt uns hier alleine weitermachen. Es ist schon schlimm genug, daß wir in dieser Zeit ein Kind kriegen.«

Im Dezember 1937 kam Valerie auf die Welt. Nachmittags, gegen 17.00 Uhr, setzten die Wehen ein. Vater benachrichtigte die jüdische Hebamme, die in der Ungererstraße wohnte. Mutter bestand darauf, Leons Eltern zu unterrichten, worauf Sybille meinte, daß dann auch die Großeltern Suttner ein Recht hätten, im Wege zu stehen. Sybille und Mutter hielten Thereses Hand, immer wenn die Wehenschmerzen ihr den Bauch und den Rükken zu zerschneiden schienen. Thereses Schmerzen wurden immer mächtiger, füllten sie aus. Schmerzen, die Therese sich nicht hatte vorstellen können.

Die Hebamme war glücklicherweise rasch da. Sie riß Therese das naßgeschwitzte Hemd herunter, frottierte sie, massierte sie, doch die barbarischen Schmerzen ließen nicht nach. Es schien Therese, als seien sie immer da gewesen, ohne Anfang, und Therese war sicher, sie würden auch kein Ende nehmen. Doch dann, kurz vor dem Wahnsinn oder mittendrin, war Valerie da. Mit grämlichem Gesicht lag sie zwischen Thereses Beinen auf dem Laken und hielt eine Hand gegen die Stirn gepreßt. »Sehen Sie«, sagte die Hebamme und hielt Valerie hoch, »ein kluges Kind. Sieht so aus, als wollte sie sagen, wär ich doch besser nicht gekommen. Ich weiß, ich rede gegen mein Geschäft, aber für uns Juden wäre es besser, nicht geboren zu werden.«

Sie redete und nabelte dabei Valerie ab, wusch sie, wischte ihr die Augen aus und gab sie Therese. Therese sah ihr Kind an, dann sah sie auf Mutter und Sybille, auf ihren Vater, dem die Tränen übers Gesicht liefen. Da spürte Therese, daß auch sie weinte. »Aber schön ist sie«, sagte die Hebamme, als wolle sie doch noch Valeries Geburt entschuldigen. »Nur, was wird aus ihr? Was wird aus uns? Keiner weiß es. Gutes kann jedenfalls von denen nicht kommen.«
In Therese war kein Platz für derlei Gedanken. In ihr war nur eine große Erleichterung, die ihr den Kopf ausleerte, ausspülte, nur Müdigkeit hinterließ. Therese wollte jetzt an Leon denken, an Valeries Vater. Sie konnte ihn sich kaum mehr vorstellen. Immer wieder sah sie Ivan und nicht Leon. Doch dann glitten Thereses Gedanken ab ins Dunkle, blieb ihr Blick am Fenster haften. Es war Abend. Der Garten hob sich ab wie ein feiner Scherenschnitt, und zum ersten Mal sah Therese, daß hinter den Bäumen im Garten ein Haus hervorsah, ein großes altes Haus. Hatte sie es noch nie wahrgenommen? Jedenfalls nicht so wie heute. Es sah aus wie ein Adventskalender kurz vor Weihnachten, wenn fast schon alle Fenster geöffnet sind. Wie mochte das Haus in New York aussehen, in dem Leon jetzt mit Paula wohnte? Für einen Moment tat der Gedanke weh. Fast drei Jahre war Leon Thereses Mann gewesen. Jetzt war sie knapp sechsundzwanzig, wie damals Anni, als sie Girgl verlor. Therese hatte Leon immer gern geküßt. Sein Mund schien ihr wie dicke reife Himbeeren. Aber das Leben war kein Himbeeressen. Nicht für Juden. Therese war müde, leer. Ivan, Ivan. Warum war Therese nicht in New York bei Ivan? Und warum war Valerie nicht Ivans Kind?
In diesem Moment legte sich eine Hand auf Thereses Arm. Es war Valerie Rheinfelder, Leons Mutter, die ge-

rade gekommen war, ihr Enkelkind zu begrüßen. Therese wußte nicht recht, ob Leons Mutter sie mochte, und sie wußte ebensowenig, ob sie selber Leons Mutter leiden konnte. Aber den Namen Valerie hatte sie immer schon hübsch gefunden. Und so sagte sie jetzt, daß ihr Baby Valerie heißen solle. Valerie Martha Sybille Rheinfelder.

»Ich weiß, daß Therese es nicht wollte«, hörte sie von weit her Leons Mutter sagen, »aber ich konnte es nicht über mich bringen. Ich habe Leon geschrieben, daß Therese ein Kind erwartet. Er hat telefoniert, er ist außer sich, er will zurückkommen. Er wird Paula nicht heiraten. Sie haben gemerkt, daß sie nicht zusammenpassen. Paula haßt New York. Sie will zurückkommen nach Ingolstadt, nach Deutschland.«
Paula mit den glitzernden Augen. Ihr singen überall die Vögel der Freiheit, dachte Therese. Sie kann mit meinem Mann nach New York fahren, wenn sie das will. Und wenn sie Heimweh bekommt, kann sie ohne ihn wieder zurückkommen nach Ingolstadt. Und Leon, wenn er zurückkäme? Diesen Gedanken brauchte Therese nicht zu Ende zu denken. Sie wußte, daß Leon niemals zurückkommen würde, auch wenn er es zehnmal telegrafierte. Nicht einmal wegen Valerie würde Leon zurückkommen. Im Grunde liebte er sich selbst viel zu sehr, um sich dieser Gefahr auszusetzen.
Valerie. Warum konnte sie nicht entkommen? Wenigstens sie! Weil einer herummarschiert, der uns alle schreiend frißt. Wir gehören nicht mehr uns, und nichts mehr gehört uns. Wir sind nackt und haben einen Stempel wie die Schweine im Schlachthaus.
Therese fühlte sich mit einem Mal so müde, daß sie die anderen bat, sie mit Valerie alleinzulassen. Die Hebamme hatte das Kind gebadet und angekleidet. Es

schlief neben Therese, die es jetzt behutsam in die Arme nahm. Plötzlich öffnete Valerie die Augen. Große blaue Babyaugen. Sie sah Therese an, mit einem Blick, der sie erschütterte. So allwissend schien er ihr und bereit zum Äußersten. Therese wurde getroffen von diesem Ernst im Blick des Kindes, er traf sie schmerzhaft und für immer.

Der blaue Blick ihres Kindes. Er erschien Therese wie eine Frage, der sie nicht ausweichen konnte. Dieser tiefe, sie zur Wahrhaftigkeit zwingende Blick ließ ihr keine Ruhe. Wie hatte sie Valerie auf die Welt bringen können? In ein Leben, das niemals ihr selbst gehören wird, in dem sie niemals sie selbst sein kann. Schon jetzt ist sie ausgesondert, gefährdet, stigmatisiert. Dazu ohne Vater, den Therese hatte ziehen lassen. Therese fand sich jetzt maßlos egoistisch, kurzsichtig, schuldig. Therese mochte nicht allein die Nazis für ihre und Valeries elende Lage verantwortlich machen. Sie mochte der braunen Meute nicht soviel Macht zugestehen. Lieber hielt sie sich selber für schuldig, als zuzugeben, daß die Nationalsozialisten sie in ihre elende Lage gebracht hatten. Nicht nur sie allein. Therese fand den Spruch unwahr, daß geteiltes Leid nur halbes Leid sei, im Gegenteil. Ihre Wut und ihr hilfloser Zorn steigerten sich noch, wenn sie daran dachte, wie vielen Menschen es noch viel schlechter ging als ihr. Wie viele Schriftsteller allein hatten Deutschland schon verlassen müssen? Verleumdet und verfemt. Nie würde Therese die Nacht vergessen, als auf dem Königsplatz die Bücher der berühmtesten Dichter Deutschlands verbrannt wurden.

Leon war gekommen, wie gehetzt, konnte kaum sprechen, so rasch war er geradelt. »Stellt euch vor, in der Uni, im Lichthof, da feiern sie. Die nationale Revolution. Es ist grotesk, ihr müßt mitkommen, sonst glaubt ihr es nicht.«

Thereses Eltern wollten nicht mitkommen. Natürlich nicht. Sybille, die sofort aufgesprungen war und rausstürzte, wurde vom Vater zurückgerufen. Sie ging schimpfend und türeknallend auf ihr Zimmer. Therese radelte mit Leon zum Siegestor. Da kamen sie schon aus der Universität und aus der Technischen Hochschule. Studenten und Professoren, SS und SA. Sie trugen teilweise Fackeln und zogen durch die Ludwigstraße zum Odeonsplatz. Leon und Therese konnten kaum ihre Räder auf dem Gehsteig schieben, so viele Menschen standen dicht gedrängt und sahen sich den Zug an.
»Was gibts'n?« wurde Therese gefragt und »Wissen Sie, was die vorhaben?«
Therese ging dicht hinter Leon. Sie sah seinen schmalen Kopf, die vollen dunklen Haare. Manchmal drehte er sich um zu Therese, schaute sie ernst an mit zusammengepreßten Lippen. Begreif' das hier mal, schien dieser Blick zu sagen. Begreifst du es auch wirklich? Therese begriff nichts. Wie immer. Aber sie fürchtete sich fast vor dem flackernden Licht der Fackeln, den Gesichtern der Menschen, die gespannt und aufgeräumt den Zug begleiteten. Leon hatte Therese auf dem Weg, als sie noch nebeneinander herfahren konnten, das Wichtigste erzählt. Ihr Lehrer hatte sie informiert. Die Nazis, so hatte Leon gesagt, wollten jetzt die deutsche Literatur erneuern, das hieß für sie, undeutsches Schrifttum zu verbieten und auszumerzen. Die Redner im Lichthof der Uni hatten gebrüllt unter dem Beifall der Studenten, daß sie jetzt endgültig gegen Dekadenz und moralischen Verfall kämpfen würden. Gegen Gesinnungslumperei und politischen Verrat, gegen Verfälschung der Geschichte und gegen volksfremden Journalismus jüdischer Prägung. Therese begriff nicht, wie die Studenten hatten beifällig brüllen können. Sie kannten sie doch, sie mußten sie doch kennen, die Schriften von

Heinrich Mann, Erich Kästner, Sigmund Freud, Erich Maria Remarque, Theodor Wolff, Alfred Kerr, Tucholsky und Ossietzky. Und jetzt wollten sie dabei helfen, sie zu verbrennen?

Therese wurde mit ihrem Rad vom Gehsteig heruntergedrängt. Sie ging nun neben einem Studenten, der eine Hakenkreuzfahne trug. Therese sah ihn an. Sein Blick war irgendwohin gerichtet. Er lächelte, schien seine Umgebung gar nicht wahrzunehmen. Hinter ihm kam eine Blaskapelle. Braunhemden, Wadlstrümpfe statt der blanken Stiefel. Aber auch sie gingen unterm Hakenkreuz. Wadlstrümpfe unterm Hakenkreuz. Therese schaute auf die Wadlstrümpfe, als könnten sie ihre Angst dämpfen, ihr Unbehagen, das diese Mainacht so schwer erträglich machte, ihre bange Stimmung, die von den schwer über der Ludwigstraße sich zusammenschiebenden Wolken noch verdichtet wurde. Durch die Briennerstraße wälzte sich jetzt der Zug weiter zum Königsplatz, wo schon ein Scheiterhaufen angezündet war. Therese konnte nicht sehen, was sich vorne ereignete. Nur wenn sie sich hochreckte, sah sie die Flammen, die Gesichter der Studenten und SA-Männer, die unter Johlen Bücher in das Feuer warfen.

Therese hörte auch den Namen Thomas Manns, und ihr Herz klopfte noch stärker. Mit seinem *Zauberberg* war sie noch nicht fertig geworden, und gerade schrie einer, daß er jetzt den *Zauberberg* in die Flamme werfe. Therese hörte, wie einer rief, ›Verschlinge, Flamme, den undeutschen Geist‹. Die Kapelle spielte Marschmusik. Es war ein Lärm, der sich mit dem Prasseln des Feuers vermischte, mit den Bravo-Rufen. Manche Leute waren völlig ruhig, sahen schweigend dem Spektakel zu.

Auf dem Nachhauseweg sagte Leon zu Therese, er habe erfahren, daß Göring schon früh in einem Interview mit der italienischen *Gazetta del Popolo* über das Judenpro-

gramm gesagt habe: »Wir werden alle Juden aus den leitenden Stellungen entfernen, aus der Presse, aus dem Theater, aus dem Film, aus der Schule, aus den Universitäten, aus jedem Amt, jeder Würde, jeder Stellung, in der sie ihren zerstörenden Einfluß zum Schaden des Deutschen Volkes ausüben können. Nur der anständige jüdische Kaufmann wird ungestört seinen Geschäften nachgehen können.«
Der anständige jüdische Kaufmann, war das Vater?
»Warum, Leon, warum planen sie das?« fragte Therese.
»Ich glaube«, sagte Leon, »daß es sinnlos ist, danach zu fragen. Es gibt zu viele Antworten. Oder keine.«
Er wußte es nicht. Leon wußte einmal etwas nicht. Es war Therese sehr sympathisch, daß Leon einmal etwas nicht ganz genau wußte. Doch gerade auf diese Frage hätte sie gerne eine Antwort gehabt. Sogar von Leon.
In den nächsten Tagen hörte Therese dann, daß in vielen Städten Deutschlands Bücher verbrannt worden waren, in Dresden, in Breslau, in Frankfurt und in Berlin, wo Propagandaminister Goebbels eine Rede gehalten hatte.
Therese las im *Völkischen Beobachter*, daß der berühmte Regisseur Erwin Piscator ausgebürgert worden war, weil er, so hieß es, im Juli 1934 für den Prager *Gegenangriff* einen Artikel mit blutrünstigen Verleumdungen über Deutschland geschrieben habe. Derzeit treibe Erwin Piscator sich in Moskau und Paris herum. Ebenso ausgebürgert war Klaus Mann, von dem es hieß, daß er im *Neuen Tagebuch* in Paris und Amsterdam Hetzartikel gegen Deutschland schreibe. Der Jude Alfred Kantorowicz, so las Therese weiter, sei ein kommunistischer Journalist und fanatischer Hetzer, der als Mitarbeiter der deutschfeindlichen Blätter *Freie Presse* in Amsterdam arbeite und für die *Blauen Hefte* in Wien schreibe. Auch die Schauspielerin Carola Henschke-Neher, die

Frau Klabunds, die, so fand Therese, wunderschön war und begabt, auch sie wurde ausgebürgert. Thomas Mann und Jakob Wassermann waren aus der Preußischen Akademie der Künste ausgeschlossen worden. Thereses Eltern hatten erfahren, daß die Familie Mann nach Amerika emigriert war. Die Tochter Erika, die zusammen mit Therese Giehse das Kabarett *Die Pfeffermühle* gegründet hatte, war mit ihrem Ensemble nach Zürich gegangen. Derzeit, so hatte Therese von ihrer Tante Otti erfahren, trat die Truppe mit viel Erfolg in Basel auf. Tante Otti verfolgte alles, was Therese Giehse anging, mit Neugier und gleichzeitigem Nichtbegreifen. Otti hatte mit Therese Giehse gemeinsam eine Mädchenschule in Schwabing besucht, in der Franz-Joseph-Straße. Eine Nichte des Pädagogen Pestalozzi, Julie Kerschensteiner, hatte dort ein Institut für Mädchen gegründet. Tante Ottilie berichtete halb geniert von sich, daß sie ein hübsches Mädchen gewesen sei, aber Therese Giehse ganz und gar nicht. Dick sei sie gewesen und habe basedowsche Augen gehabt, und nun sei sie eine berühmte Kabarettistin, unglaublich. Aus Tante Otti sprach die Blasiertheit der höheren Tochter, die mit diesem Status ins Grab sinken würde. Therese jedoch interessierte sich intensiv für ihre Namenscousine. Es erfüllte sie mit einer eigentümlichen Befriedigung, daß sie den gleichen Namen trug wie Therese Giehse. Könnte sie doch, gleich ihr, in Zürich leben und von dort aus ihre Stimme gegen Hitler erheben. Vielleicht mußte man dick sein und basedowsche Augen haben, um von seinem eigenen Ich loszukommen, ein Kabarett zu begründen. Wenn es mehr Menschen wie Therese Giehse und Erika Mann gegeben hätte, wer weiß, ob es dann nicht in Deutschland jetzt anders aussähe.
Manchmal hatte Therese das Gefühl, daß Deutschland von einem dichten Netz überzogen werde, von einem

Gitter, das sich immer enger zusammenzog, scharfe Kanten hatte, und dadurch jeden, der sich unvorsichtig bewegte, verletzte. Schon im März hatte der *Völkische Beobachter* geschrieben, daß es in Dachau jetzt ein Konzentrationslager gebe. Jeder, der den Nazis unangenehm auffiel, konnte ohne richterliche Erlaubnis von der Gestapo in Schutzhaft genommen werden. Anni hatte von einem Freund Girgls, von Fritz Endriß, gehört, daß in Dachau die Menschen geschlagen und gefoltert wurden. Daß sie bei den Rüstungsbetrieben BMW, Dornier und Messerschmitt unmenschlich hart arbeiten mußten, daß bereits einige Häftlinge dadurch gestorben seien oder zu Tode gequält wurden. Manchmal war es Therese, als hinge Furcht über dem Land wie eine Nebelwolke, die einem den Weg zu versperren schien. Irgendwann hob sie sich dann wieder ein wenig und ließ die Sonne durch, konnte sich aber jederzeit wieder erdrückend senken, so daß man sich in auswegloser Dunkelheit glaubte. Dunkelheit, das waren Tage, an denen die Nachricht vom Tode eines Menschen Therese tagelang niederdrückte. Als sie vom Tode Erich Mühsams erfuhr, las sie wieder seine Texte »Und ob sie mich erschlügen – sich fügen heißt lügen.« Wegen seiner Beteiligung an der Münchner Räterepublik war Mühsam mit Festungshaft bestraft worden. Hier schrieb er für seine Frau. »Angst packt mich an, denn ich ahne, es nahen Tage voll großer Klage. Komm du, komm her zu mir! Wenn die Blätter im Herbst ersterben und sich die Flüsse trüber färben und sich die Wolken ineinanderschieben, dann komm. Du komm! Schütze mich – stütze mich – faß meine Hand an, hilf mir lieben.«

»Ich bin ein Pilger«, auch das hatte Mühsam geschrieben, »der sein Ziel nicht kennt, der Feuer sieht und weiß nicht, wo es brennt; vor dem die Welt in fremde Sonnen rennt.«

Kurt Tucholsky, der Mühsams Freund gewesen war, verließ Deutschland schon 1933. Ob man ihn vom gewaltsamen Tod des Freundes benachrichtigte? Eines Tages las Therese im *Völkischen Beobachter* wieder einmal einen Artikel, der die Anmaßung der Juden beschrieb. Ferner von jüdischen Hetzern, die die Aufbauarbeit der Nazis verleumdeten. Der Artikel sprach von der Notwendigkeit, dem jüdischen Volke Bescheidenheit und vornehme Zurückhaltung in Form von Gesetzesparagraphen einzugeben. »Eine Notwendigkeit, welcher die deutsche Politik gerechtzuwerden sich bemüht.« Entsetzt las Therese weiter. »In diesen Tagen kam uns die Nachricht, daß der noch vor drei Jahren in Deutschland sehr bekannte Jude Kurt Tucholsky, der auch unter den Decknamen Theobald Tiger, Peter Panter, Ignaz Wrobel und Kaspar Hauser als Schriftsteller sein zersetzendes Gift verspritzte, in Göteborg in Schweden, wohin er bei der nationalsozialistischen Machtergreifung ausgewandert war, sich das Leben genommen hat. Er war es, der sich seinerzeit öffentlich rühmte, jederzeit bereit zu sein, militärische Geheimnisse des Deutschen Heeres an andere Mächte preiszugeben. In ihm hatte damals die Anmaßung des überstaatlichen Juden gegenüber seinem Gastlande den Gipfelpunkt erreicht.«
»Hier will ich einst begraben sein, in mein Verein«, hatte Kurt Tucholsky geschrieben. Ob er immer noch hier begraben sein wollte? In der täglich sich vergröbernden Kulisse von Radau, Unruhe, Provokation und Tod?
Dann wieder, wenn Therese mit Valerie und Sybille durch die Stadt ging, wenn sie den Kinderwagen am Königsplatz abstellten, sich auf die Stufen in die Sonne setzten und die Wärme auf dem Gesicht fühlten, dann schien die Bedrückung aufgehoben. Andere junge Mütter hatten ihre Kinderkarren zusammengestellt. Sie schaukelten sanft ihre Kleinen in den Schlaf oder fütter-

ten sie. Auch Väter waren dabei. Sie saßen jedoch meist ganz oben auf den Stufen und lasen oder rauchten oder ratschten miteinander. Größere Kinder spielten Ball oder Kästchenhüpfen.
Plötzlich rief einer »Schaut's, der Zeppelin«, und alle jubelten. Besonders die Kinder. Im föhnigen Blau des Himmels schob sich die Riesenzigarre lautlos über München hinweg.
Sybille und Therese hatten Äpfel dabei. Sie boten einer jungen Frau, die neben ihnen saß, auch einen an, hielten sich aber sonst ganz zurück. Sie hatten gelernt, daß man nicht mit jedem Unbekannten so einfach reden konnte. Es gab schließlich das Heimtückegesetz, und wer unvorsichtig über Hitler sprach oder sich über Goebbels oder die Zeitläufte kritisch äußerte, der wurde nicht selten denunziert und fand sich vor dem Sondergericht wieder. Oftmals war das der direkte Weg nach Dachau. Doch die junge Frau, die den Apfel verspeist hatte und jetzt ihrem kleinen Buben die Flasche gab, hatte offenbar keinerlei Angst oder Argwohn. Sie rückte näher zu Sybille und Therese und fragte, ob sie schon die Berufsaussichten von Göring, Goebbels und dem Münchner Stadtrat Christian Weber kennen würden. Nein, sie hätten keine Ahnung, sagte Therese wahrheitsgemäß. Daraufhin klärte die junge Frau sie darüber auf, daß Reichsmarschall Göring bald Weltmarschall werde, Propagandaminister Goebbels werde Halbweltmarschall und Christian Weber werde Senefeldmarschall. Therese und Sybille lachten. Sie wußten genau, worauf die Frau anspielte. Der Goldfasan Christian Weber, eine schillernde Existenz, wurde rasch der große Multifunktionär Hitlers. Er war Stadtrat in München und Reichstagsmitglied. Noch in den frühen Zwanzigern soll er ein gefürchteter Anführer der SA-Schlägertrupps gewesen sein. In mehr als einhundertfünfzig Gerichtsverfahren

war er verwickelt. Jetzt hatte er zahllose Ehrenämter. War sogar einer der Vorsitzenden der Münchner Kammerspiele, was deren Spielleiter sehr zu schaffen machte. Denn Webers künstlerischer Geschmack hielt sich in engen Grenzen. Er war nicht nur Präsident des Pferderennvereins München-Riem, ihm gehörte auch ein großes, gutgehendes Bordell in der Senefelderstraße, daher seine Ernennung zum Senefeldmarschall.

»Haben sie keine Angst, sich über die Nazis lustig zu machen?« fragte Sybille die junge Frau.

»Na, hab ich net«, gab die gleichmütig zur Antwort. »Sie werden mich bestimmt net hinhängen.«

Auf dem Nachhauseweg fragten sich Therese und Sybille, ob die Frau wohl geahnt habe, daß sie mit Jüdinnen zusammensitze. Daß daher ihre Furchtlosigkeit kam. Die ständige Angst, als Jüdin entdeckt zu werden, wurde von Tag zu Tag stärker. Außer im Gespräch mit den engsten Verwandten mußten sie sich jedes Wort überlegen. »Ich glaube«, sagte plötzlich Sybille in Thereses Gedanken hinein, »ich glaube, ich kann mich noch lange nicht daran gewöhnen, daß wir keine Rechte mehr haben. Daß jeder mit uns machen kann, was er gerade möchte. Ich fühle mich wie eine Puppe im Marionettentheater. Die Nazis ziehen die Fäden, und ich hab zu tanzen.«

Als sie von der Hohenzollernstraße einbogen in die Römerstraße, fiel es Therese ein, daß hier Karl Wolfskehl gewohnt hatte, der Dichter, der »Zeus von Schwabing« genannt wurde und der Kopf oder das Herz des literarischen Lebens in München war. Auch Wolfskehl hatte im Haus der Suttners verkehrt. Damals hatte das Therese nicht interessiert. Heute machte es sie beklommen, versuchte sie, sich an Wolfskehl zu erinnern, was ihr nur unvollkommen gelang. Daß dieser bedeutende Literat, befreundet mit allen Geistesgrößen der gegenwärtigen

Kunstwelt, daß er Deutschland verlassen hatte, verlassen mußte, weil er Jude war, das beschäftigte Therese. Mutter hatte Therese erzählt, daß seine Frau, eine Holländerin, mit den beiden Töchtern in München geblieben sei. Von ihr hatte Thereses Mutter erfahren, daß Wolfskehl gesagt habe, er wolle so weit weggehen, als dies überhaupt auf diesem kleinen Planeten möglich sei. Wolfskehl war nach Neuseeland emigriert. Dazu hatte er seine legendäre Bibliothek verkaufen müssen, von der es hieß, daß sie über zwölftausend Bände umfaßte.
Die früheren künstlerischen Gesangs- und Rezitationsabende im Hause der Eltern gab es nur noch in sehr eingeschränktem Umfang. Die Eltern wollten ihre arischen Freunde nicht in Verlegenheit bringen. Mutters engste Freundin, die Malerin Camilla Walter, kam ins Haus, als gäbe es die Nazis nicht. Und ihr Mann, ein bekannter Hotelier, spielte weiterhin mit Vater Schach. »Jetzt ist halt mal der Plebs dran, die Unkultur. Wir haben nicht aufgepaßt, aber die können sich doch gar nicht halten auf die Dauer. Die haben doch keine Ahnung von der Wirtschaft.« Noch mehr Respekt hatte Therese vor dem Kunsthändler Weinmüller, der seine Galerie im Palais Leuchtenberg in der Fürstenstraße hatte. Er verehrte Mutter und hielt viel von ihrer Malerei. Er beschwor sie oft, ihm doch Bilder in Kommission zu geben, doch Mutter wollte nicht. Weinmüller kam trotzdem immer wieder. Brachte Blumen für Mutter und Karlsbader Oblaten für Therese und Sybille. Er kam auch noch, als er bereits das goldene Parteiabzeichen hatte und persönlich mit Hitler und seinem engsten Kreis bekannt war. Einmal hatte Therese gehört, wie er zu Vater sagte, daß niemand etwas für seine Abstammung könne. »Wenn du nicht Jude wärst, wärest du sicher auch in der Partei.«
Dieser Gedanke war für Therese kühn und verwirrend.

Vater als Nazi? Eine überraschende Vorstellung. Aber war sie wirklich absurd? Und was wäre, wenn ihr, Therese, nicht der Eintritt in den BDM versperrt gewesen wäre? Vielleicht würde sie ja mitmarschieren? Willig die Fahne schwenken. Therese mußte lachen, aber mehr aus Verlegenheit, denn sie wußte nicht so genau, ob sie es nicht doch ärgerte, daß sie nicht freiwillig auf die BDM-Schar verzichten konnte, sondern ausgeschlossen war. Erst im Frühjahr hatte Goebbels an BDM-Mädchen, die schon lange dabei waren und führende Positionen bekleideten, Volksempfänger verschenkt. Sybille hatte auf dem Heimweg von der Schule einige Mädchen gesehen, die einen Volksempfänger heimtrugen. »Ich hätt auch gern einen«, hatte Sybille gesagt. »Aber nicht, wenn ich dadurch eingebunden werde in Halstuch und Knoten.«

Eingebunden in das Hakenkreuzzeichen wurde auch die Stadt München. Hakenkreuzfahnen wehten überall. Am Karlstor waren riesige Plakate aufgehängt, auf denen zu lesen war, daß Hitler in letzter Minute Deutschland gerettet habe und daß alle Deutschen ihrem Führer die Stimme geben müßten. In letzter Minute. Die Stunde mahnt. Adolf Hitler, der Führer. Im August, an Hindenburgs Geburtstag, flaggten auch Privatleute üppig. Überall wehten die Fahnen mit dem Hakenkreuz. Selbst kleinste Balkone hatten Platz für Fahnen und Fähnchen.

Eine Stadt voller Hakenkreuze, eine bekreuzigte Stadt. Oder eine gekreuzigte Stadt. Aufmärsche, überall und jederzeit. Therese sah Kolonnen im Gleichschritt marschieren, Männer in braunen Hemden mit Hakenkreuzbinden und blanken Stiefeln, hunderte, endlose Reihen, begleitet von Wehrmachtssoldaten im Stahlhelm. Münchner Schüler standen an den Straßen, wenn am 9. November der Reichstrauertag gefeiert wurde, oder wenn im April Hitler Geburtstag hatte. Am größten war der Jubel, als beim Münchner Abkommen Mussolini und Daladier München besuchten und von Hitler, Göring und Hess in einem Wagenkonvoi durch die Straßen Münchens geführt wurden. Überall an den Fahrwegen standen Schulkinder. Sie schwenkten Fahnen. Die Bevölkerung war begeistert auf den Beinen, Jubelnde säumten die Straßen, die festlich geschmückt waren. Hitler war der Held. Er hatte den Frieden für Deutschland erhalten.

Therese und vor allem Sybille gingen immer mal wieder zu Kundgebungen. Es faszinierte sie, unerkannt unter Hunderten von Menschen zu stehen. Die Straßen waren mit Pylonen bestückt, auf denen in Feuerschalen Öl brannte. Man hörte Pferdegetrappel, Blasmusik, und dann kamen sie. Voran Hitler. Dicht hinter ihm meist Göring, Goebbels und Hess, Christian Weber und mit großem Abstand die Hundertschaften der SS und SA. Meist marschierten sie zur Feldherrnhalle. Immer wenn Wahlen oder ein Fest anstanden, erschienen Plakate mit Hitlers Bild. Hitler war an allen Anschlagtafeln zu sehen, in allen Schaufenstern. Auch in den Fenstern der Privathäuser. Jede Straßenbahn fuhr mit seinem Bild, jeder Eisenbahnzug, jedes Autofenster zeigte Hitler. Sybille fand sich »mit Hitler genudelt wie eine Gans, die eine große Leber kriegen soll«. Die Eltern gingen niemals auf die Straßen, wenn wieder einmal eine Demonstration der nationalsozialistischen Herrlichkeit anstand. Sie verließen ohnehin kaum noch das Haus.

Als im Sommer 1937 München Kunststadt wurde und Hitler den Münchnern das *Haus der deutschen Kunst* schenkte, gab es eine große Kunstausstellung mit Werken, die den Nazis genehm waren. Und natürlich gab es einen gigantischen Festzug. Diesmal gingen Therese und Sybille nicht hin. Sie hörten von Anni, der es in der

Metzgerei erzählt worden war, daß dreißig Wagen, fünfhundert Reiter und fast fünftausend Menschen in historischen Kostümen durch die Straßen gezogen seien. Und daß so komische Leute auf Stelzen immer der Straßenbahnoberleitung ausweichen mußten.
Die Familie Suttner ging in eine andere Ausstellung. Es war nach langer Zeit das erste Mal, daß sich alle gemeinsam aus dem Haus begaben. Sie gingen in den Hofgarten, wo in den Arkaden, parallel zur Ausstellung im *Haus der deutschen Kunst*, entartete Kunst gezeigt wurde. Kunst als abschreckendes Beispiel. Kunst, wie sie nicht sein durfte. Vor allem Mutter hatte gehofft, daß nur wenige Leute die Bilder sehen wollten, die von den Nazis als Werke von Idioten bezeichnet wurden.
In der Galeriestraße war jedoch ein solch starker Andrang, daß die Suttners zunächst nicht zu den Bildern gelangen konnten. Vater wollte schon wieder fortgehen. Doch als Mutter sich mit zu jeder Geduld entschlossener Miene in die Reihe der Wartenden stellte, blieb auch er, und langsam rückten sie vor in die Nähe der ausgestellten Bilder. Später erfuhren sie, daß an diesem Tag an die dreißigtausend Menschen diese Ausstellung besucht hatten. Da schien es Therese ein Wunder, daß sie überhaupt die Bilder in Ruhe hatten ansehen können. Es waren Arbeiten des *Blauen Reiter*, der *Brücke*. Therese sah sofort die Bilder ihres Lieblingsmalers Kandinsky hängen, Arbeiten von Klee. Zeichnungen von Käthe Kollwitz lagen lieblos gestapelt in einer Ecke. Vor einem melancholischen Matisse standen Bilder Cézannes. Mutter rückte das Bild, das zwischen zwei Max-Ernst-Landschaften fast verschwand, hervor. Sie sagte zu Therese, daß Picasso fünfundzwanzig Jahre alt gewesen sei, als er dieses Bild malte. Mutter hatte Therese schon öfter zu erklären versucht, was Malerei sein kann. Therese hatte sich immer bemüht, das zu verstehen. Mit Mut-

ters Augen zu sehen. Weniger wegen der Bilder, sondern aus dem brennenden Wunsch heraus, etwas mit Mutter gemeinsam zu sehen, zu verstehen. »Wir sehen nur die Oberfläche der Dinge«, hatte Mutter einmal gesagt, als sie in einer Ausstellung einen Raum betraten, in dem ausschließlich Picassos hingen. »Ein wirklicher Künstler jedoch«, hatte Mutter weiter erklärt, »erkennt die Dinge, die hinter der Oberfläche liegen. Manchmal sind sie nur unscharf zu erkennen, aber sie sind da, sind Realität. Es sind die Dinge, die von der Welt Besitz ergreifen, Neues schaffen. Althergebrachtes umwälzen, um Neuem Raum zu geben. Künstler können in uralte Mythen eindringen, sie zu unserer Zeit in Beziehung setzen.«
Therese wußte, daß ihre Mutter Picasso bewunderte. Daß sie in jeder Stadt zuerst in Museen und Galerien ging, um Picassos Arbeiten wiederzusehen. Jetzt streichelte sie über die Bilder. Badende Frauen, Stilleben. Es schien Therese, als nehme ihre Mutter Abschied. Therese merkte auch, daß einige Besucher zuhörten, was Mutter zu den einzelnen Bildern Therese, Sybille oder Vater erklärte. Sie hörten auch jetzt zu, als Mutter über die Bilder Picassos sprach, die sie gleichzeitig in ein gutes Licht zu rücken versuchte. »Es gibt Maler, zum Beispiel Monet, aber auch noch andere, die sehen vornehmlich mit den Augen. Daher können sie auch nur das Außenbild der Dinge wiedergeben. Viele, so wie Matisse, sehen Oberflächen, die sie mit Farben sättigen.« Dabei strich Mutter über das weiße Kleid des sitzenden Mädchens von Henri Matisse, das Therese spontan sehr gut gefiel. So wie Mutter hatte sie das Bild noch nie betrachtet. »Andere Maler«, fuhr Mutter fort, »suchen Strukturen der Dinge. Picasso dagegen ist ein Maler, der zuerst mit seinen Händen die Dinge der Welt begreifen will. Er wiegt sie in seinen Händen,

mißt Gewicht und Größe, sieht ihre Position im Raum.« Ein Mann in Joppe und Schiebermütze trat verächtlich gegen das Bild Picassos. Es zeigte einen Kopf, 1907 von Picasso gemalt. »Das soll Kunst sein, das sind doch bloß Striche. Das kann jedes Kind besser.« Sofort rief eine Frau, die ihren Kopf über die Schulter der vor ihr Stehenden reckte, daß das alles bloß des Kaisers neue Kleider seien, weiter nichts. Und eine andere Frau kreischte fast: »Und dafür haben die dem Pinselquäler Hunderttausende in den Rachen geworfen.«
Ein noch sehr junger Mann, die Mütze weit aus der Stirn geschoben, spuckte bei den Worten der Frau zustimmend in Richtung eines Landschaftsbildes von Max Ernst. In Therese wurde es ganz kalt. Sie sah, wie Mutter zusammenzuckte, wie Zorn ihr Gesicht versteinerte. Doch Mutter wandte sich ab. Ging weg. Vater folgte ihr sofort. Sybille wechselte kurz einen Blick mit Therese. Auch sie wagten es nicht, den breitbeinig Dastehenden ihrerseits zu provozieren. Sie schwiegen, wandten sich ab. Das gehörte zum Programm. Um keinen Preis auffallen, nie, nirgends. Langsam schoben sie sich zurück, dem Ausgang zu, wo über einer Gruppe von Bildern zu lesen war: »So schauten kranke Geister die Natur«. Therese hatte schon oft gehört, wie Hitler in Ansprachen gegen den jüdischen Ungeist in der deutschen Kunst wetterte. Auch bei der Einweihung des *Hauses der deutschen Kunst* hatte er sich gegen die Kleckereien der sogenannten modernen Kunst gewehrt, die durch eine ebenso gewissenlose wie charakterlose Literatentätigkeit hochgelobt worden sei. Es sei sein unabänderlicher Entschluß, sagte Hitler, »genau wie auf dem Gebiet der politischen Verwirrung werde ich auch hier mit den Phrasen im deutschen Kunstleben aufräumen. Kunst kommt immer noch von Können. Und Deutschsein heißt Klarsein.«

Therese konnte nur ahnen, was Hitler damit meinte. Wahrscheinlich die von ihm favorisierten Maler, wie Constantin Gerhardinger, Hans Schmitz-Wiedenbrück oder Hermann Otto Hoyer, deren Werke seelenvolle Erbauung ausstrahlen oder Heroismus. Bäuerliche Familienszenen. Bauern bei der Feldarbeit, während im Hintergrund die Soldaten zu Pferde in die Schlacht ziehen. Die Idealisierung von Hitlers Kampfzeit war Schwerpunkt in den Arbeiten Hoyers. Der Maler Adolf Ziegler, der auch die Ausstellung entartete Kunst organisiert hatte, malte fleischesfrohe Frauenkörper, wobei sein detailgeübter Pinsel ihm im Volksmund den Namen ›Meister des Schamhaares‹ einbrachte. Hitlers Starbildhauer, Josef Thorak, wurde allgemein wegen seiner Vorliebe für herkulisch gebaute Männer Professor Thorax genannt. Propagandaminister Goebbels hatte sich vor allem auf die Kunstkritik eingeschossen, die für seine Begriffe »in völliger Verdrehung des Begriffs Kritik in der Zeit jüdischer Kunstüberfremdung zum Kunstrichtertum geworden war«.

Therese waren derlei Auseinandersetzungen um künstlerische Qualität im Grunde völlig gleichgültig. Sie war bereit, jedem einzelnen seinen mehr oder weniger guten Geschmack zuzugestehen. Ob jemand Simples, Althergebrachtes mochte oder die Vertreter der Moderne, das Geifern Goebbels' und Hitlers begriff sie nicht. Vielleicht hätte auch sie die Hoyers oder Fiedlers lieben gelernt, wenn Mutter sie nicht schon als kleines Kind mitgenommen hätte in die Ausstellungen der Maler, die ihr wichtig waren. Wenn es allerdings stimmte, daß Hitler sämtliche Entartete verbrennen lassen wollte, so wie damals die Bücher, ließ dieser Gedanke Therese erstarren, und sie tröstete sich damit, was andere vermuteten, daß die Bilder ins Ausland verkauft würden. Die Nationalsozialisten hingen am Geld, davon konnte man aus-

gehen. Sicher würde der Geschäftssinn der Nazis die Bilder retten.
Therese war müde. Sie hatte keine Lust mehr, auf diese Bilder zu starren, die sie wahrscheinlich heute zum letzten Mal sah. Und sie wollte auch nicht mehr Mutter zusehen, die im Weggehen versuchte, Bilder, die aus dem Rahmen gerissen waren, vom Boden aufzuheben, sie über andere Rahmen zu hängen. Bilder – das war, soweit Therese das beurteilen konnte – was Mutters Leben bestimmte. Weil Therese die Murnauer Landschaften von Kandinsky mochte, auch das Bild der Kirche in Murnau, war Mutter eigens mit Therese und Sybille hingefahren. Mutter zeigte Therese und Sybille das Haus, in dem Kandinsky gewohnt und gemalt hatte. »Die Kirche hat er auch von seinem Atelier aus gesehen. Den Giebel, den Turm der Kirche, hier, die Hausdächer, im Vordergrund die Bäume der Kottmüller-Allee. Weil Kandinsky hier auf die Präzision der Nähe und der Details verzichtet hat, dominieren die Farben das Bild in der Weise, wie Kandinsky die Landschaft gesehen hat. Abbilden wollte er die Landschaft ja nicht.«

Wenige Tage nach dem Besuch der Ausstellung erfuhr Vater, daß er nicht mehr Mitglied im Akademischen Seglerverein war. Er hatte damit gerechnet. Es war inzwischen selbstverständlich. Selbstverständlich war auch, daß Therese nicht mehr mit Mutter im Café Stefanie sitzen konnte, wo sie immer die neuesten Kunstzeitschriften miteinander angesehen hatten. Auch im Café Luitpold stand jetzt auf einem Schild, daß Juden unerwünscht seien, ebenso im Café Annast und bei Erbshäuser. Und hier, wo man die Suttners seit Jahren kannte, konnte Therese nicht darauf vertrauen, daß sie für eine Arierin gehalten wurde.

Wie weit, fragte sich Therese, kann sich ein Mensch in sich selbst zurückziehen? Wie weit konnte sie die Absonderung aushalten? Es war Therese, als habe sie früher die Hände voller Glücksversprechen gehabt, und nun rann ihr alles durch die Finger und sie konnte nichts festhalten. Wo auch immer sie hinging, überall waren die Hakenkreuze schon da, und aus den Straßen schien es ihr entgegenzuhallen, daß sie Jüdin war.
Wäre sie es doch. Wäre sie wenigstens so jüdisch wie Sybille es war, seit sie die jüdische Schule besuchte. Sybille hatte jetzt wenigstens einen Gott, den Gott Abrahams, Isaaks und Jakobs. Der jüdische Gott, so hatte es Therese von Sybille erfahren, ist nicht der transzendente Gott der Christenheit. Er wendet sich direkt an den Menschen, und der Mensch ist ihm gegenüber verantwortlich. Gott kommt dem Menschen entgegen, aber der Mensch muß auch Gott entgegenkommen. Sybille wollte Therese einbeziehen in die Rituale des jüdischen Alltags und der jüdischen Feste. Doch was wußte Therese von Pessach, von Rosch-Haschana, von Jom Kippur oder Chanukka? Es waren schöne fremde Worte für Therese und sie blieben eigentümlich leer.
Sybille dagegen war fasziniert von der jüdischen Glaubenslehre. Sie hielt den Sabbat ein und ging regelmäßig in die Synagoge in der Reichenbachstraße. Einmal, an Rosch-Haschana, war Therese endlich mitgegangen. Doch sie hatte große Scheu gehabt vor den rituellen Kleidern und Gebärden der Männer, vor dem durchdringenden, fast angsteinflößenden Ton des Schofarhorns, des Widderhorns, der die Menschen aufrütteln, zur Umkehr zwingen soll.
Therese sah Sybille an, wie sie konzentriert der Lesung aus der Thora und aus den Prophetenbüchern folgte. Es tat fast weh zu sehen, wie Sybille sich in einer Welt einzurichten versuchte, zu der sie sich nun zugehörig fühlte.

Therese fragte sich, ob es ihr selber an Phantasie mangele, sich einen Gott zu wünschen. Sie fühlte sich merkwürdig allein in der Gemeinschaft der Juden. Es fiel Therese auf, daß viele Frauen in der Synagoge elegant gekleidet waren und natürlich geschminkt. Typisch Judenfrauen. Schminken galt als völlig undeutsch. Schminke, so sagten die Nazis, ist nur für die dicken Lippen und sinnlichen Gesichter der Levantinerinnen geeignet. Eine deutsche Frau mit orientalischer Kriegsbemalung – widerlich. Deutsche Frauen rauchen auch nicht, tragen keine Männerhosen. Am liebsten hätten die Nazis alle Frauen in BDM-Uniform mit Gretchenfrisur gesehen.
Wußte Therese schon nicht, was eine Jüdin ausmachte, so wußte sie ebensowenig, was das eigentlich war, eine deutsche Frau. War Mutter eine gewesen bis zum Jahr 1933? Daß zumindest Therese keine echte deutsche Frau war, das wußte sie.
Wahrscheinlich war Emmy Göring, geborene Sonnemann, eine deutsche Frau. Es hieß, daß die Dienstboten sie ›Hohe Frau‹ nennen mußten. In der Metzgerei Hallhuber erzählte man sich vorsichtig, daß Frau Göring künstlich befruchtet werden müsse, weil der fette Hermann nichts zuwege bringe.
Michl Hallhuber. Anni hatte ihm erzählt, daß der Herr Suttner nicht mehr Mitglied in seinem Segelclub sein konnte. Daß er jetzt nicht wisse, wohin mit seinem Boot. Spontan sagte Hallhuber, das Boot, das werde er dem Herrn Doktor abkaufen. Die ängstliche Frau Hallhuber bekam sofort noch blauere Lippen. Sie gab zu bedenken, daß ihr Mann doch gar nicht segeln könne. »Du kannst ja net amal schwimmen.« Hallhuber erklärte ihr überlegen, daß er diesen Kahn ja nicht besteigen wolle, er denke gar nicht daran. So was Wackliges sei nichts für ihn. »Ich kauf des Boot doch nur so lang, bis wieder andere

Zeiten kommen. Dann derf der Herr Doktor auch wieder segeln.«
Hallhuber wachte persönlich darüber, wie Suttners Kielboot von seinem Liegeplatz am Harras in eine Werft verfrachtet wurde. Man war bereit, das Boot dort bis auf weiteres aufzudocken. Hallhuber nickte wissend, als die Männer sein sturmstarkes Boot lobten, die dreißig Quadratmeter Segelfläche. »Mit dem kannst schon hart an den Wind, gell?« Dafür, daß man ihm das zutraute, hatte Hallhuber den Männern noch ein sauberes Trinkgeld extra gegeben. Und alle versicherten ihm, daß sie auf sein Boot ein Auge haben würden.
Annis Haß auf die Nationalsozialisten, die ihr Girgl genommen hatten, war uferlos und ohnmächtig zugleich. Nach Girgls Tod war die Gestapo fast täglich bei Anni in der Tengstraße aufgetaucht, und sie hatten ihr die Wohnung durchsucht. Sogar die Bettbezüge wurden aufgeschlitzt, die Federn durchsucht, ob Girgl nicht Dokumente versteckt hatte. »Ihr Mann hat doch den neuen *Vorwärts* überall verteilt. Sie wollen doch nicht behaupten, daß Sie davon nichts gewußt hätten.«
Gerade das behauptete Anni. Ihr Mann habe ihr niemals etwas von seiner Arbeit erzählt, sie habe keine Ahnung. Anni erzählte Therese, daß sie sich innerlich immer ganz kalt fühle, wenn die Gestapo bei ihr Durchsuchung mache. »Was können die mir denn wollen? Sie haben meinen Girgl umgebracht – mehr können sie mir nicht mehr antun. Vor denen habe ich keine Angst. Jetzt nicht mehr.«
Mit Hallhuber, seiner Frau und Anni gingen Therese und Sybille aufs Oktoberfest. Valerie in ihrem Kinderwagen war natürlich dabei. Therese dachte, daß sie sich gemeinsam mit Anni und den Hallhubers schon viel weniger jüdisch fühle. Sie hütete sich aber, dies Sybille mitzuteilen, die sich neuerdings auch weigerte, die Hand

zum Hitlergruß hochzuheben. Neulich, im Englischen Garten, war ihnen ein SA-Mann begegnet, der sofort seine Hand hochreckte und sein Heil-Hitler schrie. »Und Sie, was ist mit Ihnen?« fragte er sofort, als Therese und Sybille an ihm vorbeigingen. »Was ist, wollen Sie nicht grüßen?« Seine Stimme war schon lauernd und drohend, so daß Therese den Arm hochhob, worauf sich der SA-Mann trollte. Es machte Therese sogar Spaß, den Arm zum Hitlergruß hochzurecken, sie fand es grotesk, wenn ein Nazi es von ihr verlangte, und tat es dann um so lieber.

Hier auf dem Oktoberfest war auch reichlich mit Hakenkreuzen geflaggt. »Dafür gibt's keine Hendl«, murrte Metzger Hallhuber. »Ein Oktoberfest ohne Hendl, ja gibt's des a.«

Sie aßen dann Steckerlfisch und sahen sich den Trachtenfestzug an und das anschließende Feuerwerk. Ein großer Zug BDM-Mädels kam ihnen entgegen. Ebenso Hitlerjungen im Gleichschritt. Hallhuber zeigte wieder listige Augen unter seiner speckigen Lederkappe. Er wandte sich an Anni, Therese und Sybille, so daß seine Frau nicht mithören konnte. »Was heißt eigentlich BDM? Ich sags Ihnen: Bald Deutsche Mutter oder Bedarfsartikel Deutscher Männer.«

Frau Hallhuber hatte es aber doch gehört und schimpfte ihren Mann aus, soweit sie es sich traute. »Du willst unbedingt nach Dachau – du kommst schon noch hin.«

Doch Michl Hallhuber war noch nicht am Ende mit seiner Lästerung der Nationalsozialisten, die in seinen Augen nur Unglück über Deutschland bringen würden. »Die tun immer so moralisch, dabei hams gar keinen Anstand. Am Reichsparteitag vor zwei Jahr in Nürnberg, da san hunderttausend Hitlerjungen und BDM-Mädchen gwesen. Neunhundert von die Madln sind schwanger zruckkomma. Wenn des koa Sauerei is.«

Und Hallhuber schimpfte weiter, daß die Nazis nichts anderes könnten als mit den Leuten umeinandermarschieren und paradieren. Alle, die ganze Familie, das sei ja nur noch ein Naziverein. »Der Papa ist SA-Mann, die Mama ist in der SS-Frauenschaft, der Sohn in der HJ und die Tochter beim BDM, und wenns Glück ham, treffen sie sich einmal im Jahr beim Parteitag in Nürnberg.«
Dann, mit einem vorsichtigen Blick auf seine Frau, setzte Hallhuber bitter hinzu: »Die Hitlerjungen, die sind allesamt Raudis, und der unsrige ist einer von die schlimmsten.«
Frau Hallhuber schwieg. Erst letzte Woche hatte sie mit ihrem Mann in die Schule kommen müssen. Ihr Sohn hatte das Kruzifix von der Wand gerissen, es durchs Fenster auf die Straße geworfen und gebrüllt: »Da gehörst du hin, Saujud.« Seitdem wollte Hallhuber seinen Ältesten nicht mehr sehen. Es sei denn, er käme, um sich zu entschuldigen. Doch Anni hatte zu Therese gesagt: »Da kann der Hallhuber lange warten. Der Toni, der ist ein ganz scharfer Nazi. Der bläst sich auf, als wenn ihm ganz München gehören tät. Und der verkauft auch seinen Vater an die Partei, wenn es ihm zu blöd wird. Der Hallhuber muß sich vorsehen vor seinem eigenen Fleisch und Blut. Soweit ist es schon gekommen.«

Es war in der Novembernacht. Als sie hörten, daß die Synagoge in der Herzog-Rudolf-Straße brannte, wollte Sybille dorthin, obwohl die Eltern es ihr sofort untersagten. Trotzdem zog Sybille ihren Mantel an, und Therese sah an ihrem Gesicht, daß sie nicht umzustimmen war. Deshalb begleitete sie Sybille. Beide rannten durch die graukalten Novemberstraßen. Therese spürte die Winterluft, die ihr Schauer über den Rücken jagte. Sie sah viele Menschen vor der Synagoge stehen, Leute mit Fahrrädern, Mütter, Kinder, Gesichter ohne Namen. Stumm schauten sie zu, wie vor der rauchenden Synagoge ein Lastwagen beladen wurde. SA-Leute trugen Teile des Thoraschreins hinaus. Thorarollen, Ornate der Rabbiner. Sie ließen achtlos Gewänder auf den Boden fallen. Sie lagen da wie Flecke, wie Löcher im Boden. Therese fühlte ihr Gesicht brennen, als habe jemand die Haut abgezogen.
Therese hatte nichts wissen wollen, nicht denken wollen. Doch jetzt stieg Angst in ihr auf. Sie spürte, wie Sybilles Hand sich in ihrer verkrampfte. Eiskalt war Sybilles Hand, und beide gingen, so rasch sie konnten, weg. Zurück zum Herzogpark. Zum Haus der Eltern. Aus dem Salon hörten sie Klavierspiel. Sie wußten, daß die Mutter jetzt am Flügel saß. Vater spielte Schach ge-

gen sich selber. Das war Thereses Deutschland. Ihr Elternhaus. Ein Kulissendeutschland. In dem lebte Therese mit den Eltern, mit Sybille und Valerie. Sie taten so, als lebten sie wie immer, und wußten doch, daß alles nur geliehen war. Sie besuchten inzwischen niemanden mehr und wurden von niemandem besucht, außer von Anni, die manchmal nachts zu ihnen schlich. Sie hatten nur noch einander, und zwar so rettungslos wie nie.
Als sich alle schlafen gelegt hatten, klingelte es. Wieder und wieder. Therese dachte, daß es wieder einmal die SS sei, oder die SA, wieder der Kerl mit seinem nervösen Hund. Sie griff im Aufstehen den Morgenmantel, der über ihrem Bett lag. Sie rannte die Treppe hinunter, um zu öffnen, denn die SS wartete nicht gern. Auch Vater, Mutter und Sybille kamen, eng in ihre Morgenmäntel gewickelt. Doch seltsam, an der Haustür und auch auf der Straße war nichts zu sehen. Dabei trat die SS immer in Horden auf. Sie wollten sich schon wieder zurückziehen, an einen Streich glauben. Da flog wie ein Nachtfalter eine Gestalt aus der Nische der Kellerfenster. Libeth. Sybilles Freundin Libeth Rebmann lief auf Sybille zu, aber es war nicht die Libeth, die sie kannten. Es war nur ein verstörter, verzweifelter Schatten von ihr. Ein erschöpftes Gesicht mit leeren Augen und blassem Mund. Libeth besuchte mit Sybille die jüdische Schule. Ihr Vater war ein bekannter Arzt in der Leopoldstraße.
»Bitte, kommen Sie«, flüsterte Libeth, »meine Eltern, meine Brüder. Die SS schlägt alles kaputt. Sie schlagen meinen Vater, sie haben Revolver. Alle sind in unserer Wohnung.« Libeth war im Nachthemd. Sybille holte ihr einen Mantel. Vater versuchte Libeth zu erklären, daß sich niemand von der Familie Suttner jetzt in der Leopoldstraße sehen lassen dürfe. »Sie nehmen uns sofort in Schutzhaft«, sagte Vater, »und du weißt, was das bedeutet.« Therese sah, wie Libeths flehende Augen dun-

kel wurden, still. Libeth begriff, daß sich die Suttners anklammerten an ihr Haus, das noch nicht zerschlagen worden war. Das konnte heute geschehen oder morgen. Aber so lange es noch nicht geschehen war, hielten alle still und haßten sich dafür. Wer wußte, ob die SS nicht schon im Anmarsch war auf das Haus? Sie baten Libeth zu bleiben, sich im Haus zu verstecken, um wenigstens ihr Leben zu retten.

Am Morgen auf dem Weg zur Arbeit ging Therese durch entstellte Straßen. Kalte Luft schnitt ihr ins Gesicht und in die Waden. Es war kurz nach fünf Uhr in der Früh, noch niemand zu sehen. Die Geschäfte der Juden, bislang nur besudelt, waren zerstört, ausgeraubt. Therese war, als riefen sie um Hilfe. Die Scherben der Schaufensterscheiben lagen in den Straßen. Therese mußte achtgeben, daß sie sich nicht die Füße verletzte. In den Scherben lagen Textilien, zerbrochenes Geschirr, Bücher, Bilder mit Messern zerfetzt. Auf dem Praxisschild von Dr. Rebmann stand JUDA VERRECKE. Auch hier lagen überall Bücher, Geschirr, eine verbogene Minora, Gebetsriemen. Die Tür des Hauses stand auf. Therese schlich sich hinein. Tastete sich am Geländer hoch in den ersten Stock, denn die Treppe lag voll mit Hausrat und Scherben. In der Wohnung war das Glas wieder fußhoch geschichtet. Therese konnte kaum gehen. Ihr war übel, der Mund ganz trocken. Sie sah die schweren geschnitzten Eichenmöbel, die Glasvitrinen, die Konsolen. Alles war zertrümmert, offenbar durch Beilhiebe. Der Flügel stand da, viehisch zerhackt. Stumm für immer.

Plötzlich hörte Therese ein Geräusch aus der Küche und dachte erschreckt an späte Plünderer. Doch eine Frauenstimme, klein und zittrig, kam aus dem Dunkeln. Ida, das Hausmädchen der Rebmanns. Therese konnte sie nicht deutlich sehen, doch Ida flüsterte, daß sie Kerzen suche. Therese tastete sich weiter vor, und da flammte ein Streichholz auf. Ida hatte beides gefunden, Streichholz und Kerzen.

Im Flackern des Lichts sah Therese Idas Augen. Ihr Gesicht war ein blinder Fleck voller Schatten und Angst. Ida war aufgewacht in der Nacht, hatte nicht mehr einschlafen können trotz des Veronals vom Doktor. Da war sie halt in den Keller gegangen, wollte Anmachholz, Kohlen und Briketts raufholen für den nächsten Tag. Als sie im Keller war, hörte sie plötzlich Lärm im Hausflur. Wüst. Ein Lärm wie noch nie. Schläge mit dem Beil an die Türen. Männer schrien Juda verrecke und Mörderjuden und jetzt wollen wir es der Judensau mal zeigen. Und dann waren sie die Treppe raufgerannt. Ida blieb hinter der Kellertüre stehen. Sie hatte gehört, wie die SS oder SA die Glastüren oben einschlugen. Sie hörte Frau Rebmann schreien und die Stimme vom Herrn Doktor. »Und dann hörte ich meine Jungen, den Aaron und den Daniel. Sie brüllten immer ›Papa, Papa‹ und die SS-Leute schrien, sie sollten das Maul halten, sonst würden sie abgeknallt. Und dann hörte man immer mehr Brüllen und Schreien und immer mehr SS rannte die Treppe rauf und es krachte und klirrte, und meine Frau Rebmann weinte, sie sollten doch wenigstens die Jungen lassen, das seien doch Kinder, und ich hörte, wie einer schrie, daß Juden Mörder seien und Verbrecher, und daß Kinder von Juden demnächst auch Mörder und Verbrecher werden.«

Therese streichelte Idas Hände. Sie zitterten, waren kalt wie der Tod. »Sie haben meine Rebmanns mitgenommen und ich habe mich hinter den Briketts versteckt. Sie kamen ja auch in den Kellerraum, holten alle Vorräte raus, die wir hatten.« Therese umarmte Ida. »Es ist noch dunkel, Ida, gehen Sie jetzt zu meinen Eltern. Libeth ist auch da. Dort sind Sie vorerst sicher.«

Therese wußte, daß sie log, und Ida wußte das auch. Trotzdem tat sie, was Therese ihr vorschlug, und Therese machte sich auf den Weg zu Jakob Salzmann, dem gehbehinderten jüdischen Anwalt, dem sie seit einiger Zeit den Haushalt führte. Salzmann mußte viel liegen und hörte ständig ausländische Sender. Therese fürchtete, daß er einmal denunziert werden könne.
Sie rannte durch die Straßen. Überall die gleichen Verwüstungen und kaum ein Mensch zu sehen. Es war, als müßten alle ausschlafen nach der Schwerarbeit in der Nacht. Therese sah in den dunklen Himmel. Ihr kam ein Wort in den Sinn von der Größe, der Kälte des Universums. Kein Platz für die Juden.
Von Jakob Salzmann erfuhr Therese dann den Grund für die Verwüstung. Herschel Grünspan, ein junger polnischer Jude, hatte in Paris auf den Deutschen Gesandtschaftsrat Ernst von Rath geschossen. Die vergangene Nacht war die Nacht der Rache. Viele Juden im Reich wurden jetzt mißhandelt, beraubt, erschlagen oder in Gefängnisse geworfen. Tausende erschlagener Juden, Millionen zerschlagener Scheiben für einen Arier.
Therese half Jakob Salzmann bei seinem morgendlichen Bad. Sie kaufte für ihn ein und bereitete ihm das Essen zu. Heute tat sie das alles mechanisch, abwesend. In ihr war nur mehr ein Gedanke – ich will, daß sie alle noch daheim sind, wenn ich zurückkomme. Was ist, wenn die Verwüstung, die Rache weitergeht? Therese sah sich daheim in den Scherben waten, nach den Eltern, nach Sybille und Valerie rufen. Wie lange würde ihr Haus noch verschont?
Therese umarmte Valerie und Sybille heftig und zärtlich, als sie heimkam. Gegen elf Uhr abends schellte die Gestapo, und Therese beteuerte, daß sie weder Libeth Rebmann noch das Dienstmädchen Ida gesehen habe. Die beiden Beamten holten Libeth und Ida aus dem Kel-

ler, und Therese sagte wieder, daß sie keine Ahnung habe, wie die beiden da hineingekommen sein könnten. »Verlogene Judensau«, sagte der eine Beamte, und daß Therese gleich mitkommen solle. Vater bat, ihn statt seiner Tochter mitzunehmen. Er habe die beiden Frauen im Keller versteckt. Therese wisse in der Tat von nichts. Die Polizisten bellten ihn an, ob er vom letzten Mal noch nicht genug habe. Hier hätten sie zu bestimmen, wer verhaftet würde, und wenn er nicht gleich den Mund halte, würden sie ihn fertigmachen.
Der ältere Polizist, ein untersetzter Mann mit einer auffälligen Hasenscharte, ging mit Libeth und Ida vorweg. Der andere, ein Blasser, mit sauberem Wasserscheitel und vorspringendem Kehlkopf, trieb Therese förmlich vor sich her, ihr ab und zu einen Stoß versetzend. Nebel war aufgestiegen, Schwaden umflossen die Bäume des Englischen Gartens, ließen die Beamten zu Schemen verschwimmen, Libeth und Ida im bläulichen Licht dahinschweben. Der Mond stand hoch, beleuchtete Pappeln, Eichen und Ahorne. Sie gingen vom Ostteil des Englischen Gartens quer in Richtung Königinstraße. Therese wunderte sich, dachte vage an Flucht. Lächerlich, die beiden hatten Waffen. Therese wollte nicht daran denken. Es gab keine Worte für die Angst in ihr. Valerie. Was ist, wenn sie mich wegbringen? Nicht mehr nach Hause zurückgehen lassen? Wenn sie zuerst mich und dann die anderen in Schutzhaft nehmen?
Die Bäume um Therese, das Laub, die Erde, alles war auf eine gleichgültige Art fremd, hatte nichts zu tun mit Therese. Kein Trost, kein Denken, kein Wollen, nur Gehen; der Atem des Polizisten, der Therese zurückriß, wenn sie zu rasch ging. Der erste Beamte war mit Libeth und Ida schon an der Gabelung des Weges. Er schaute kurz zurück. Es war Therese, als gäbe er ein Zeichen. Und der andere hinter Therese packte sie, stieß sie weg

vom Weg, hielt ihr die Pistole an den Hals und zischte, daß sie ja keinen Muckser machen solle. Judenschlampen gehöre es nicht anders. Therese spürte den hartgefrorenen Boden, einen Stein am Hinterkopf. Alles gerann zu einem jähen Schmerz, als er sich auf sie warf. Doch dann riß er sie wieder hoch, lachte wiehernd. Ob sie denn wirklich gedacht habe, er würde sich an einer Judenschlampe vergreifen, ob sie sich wirklich so viel einbilde. Und jetzt könne sie machen, daß sie heimkomme. Er schien unglaublich viel Vergnügen an seinem Scherz zu haben. Immer wieder brach er in prustendes Lachen aus. Therese war es gleichgültig. Sie war wie erstarrt und leer vor Erleichterung, daß der Kerl von ihr abgelassen hatte. Sie rannte zurück, das Gesicht naß von Tränen. Sie weinte vor Erschöpfung und vor Glück, daß sie Valerie in die Arme nehmen konnte. Valerie, Mutter und Sybille, und Vater auch. Sie schämte sich, daß sie erleichtert war, während Libeth und Ida mit den Polizisten ins Gefängnis gehen mußten.

Therese erinnerte sich oft daran, daß Girgl gesagt hatte, München sei nicht die Hauptstadt der Bewegung, München sei vielmehr die Hauptstadt der Gegenbewegung. Das war lange her. Im Bürgerbräukeller, im November 1939, hatte tatsächlich einer versucht, Hitler umzubringen. Feiger Mordbubenanschlag auf den Größten aller Zeiten. So einer hat sieben Leben wie die Katzen, hatte Anni bitter gesagt. So einen wie den Hitler, den bringt nichts um.
Frauen, junge Mädchen schluchzten in den Straßen. Hitler selbst sei bleich, aber gefaßt, hörte man im Radio. Und die Nazis siegen. Bald werden die Hitlerdeutschen den Erdball überschwemmen. Aus allen Lautsprechern erschallte die Stimme Hitlers. An einem heißen Julitag 1940 machte Hitler sein letztes Friedensangebot an England. München hatte Adolf-Hitler-Straßen. Therese wußte, daß es in Solln eine gab und in Aubing. Außerdem gab es in Solln große Gartenanlagen. Hier wurden Gemüse und Salate für den Rohköstler des Reiches gezogen. Die ersten Flugzeuge dröhnten über die Stadt. Thereses Vater schaute gegen den Himmel, murmelte etwas, das so klang wie »Gegen alles Recht, gegen Treu und Glauben«. Das war Vaters einziger Kommentar zu Hitlers Politik.

Es hieß, daß Hitler sich in Solln einen luxuriösen Bunker bauen ließ. Selbstverständlich war Juden nicht erlaubt, einen der Bunker Münchens aufzusuchen. Sie durften auch nicht in die Luftschutzkeller, wenn Fliegeralarm war.

Letzte Woche waren Therese und Sybille mit dem Kinderwagen zum Rathaus gefahren. Dort, so hieß es, gäbe es Kohlen. Es gab auch welche, aber nur gegen Ausweis. Therese wußte, mit ihrer Kennkarte würden sie keine Kohlen bekommen, und so gingen sie unverrichteter Dinge wieder heim.
Dafür hatten sie bei Tietz Glück. Es gab Fisch, und Therese war schon früh dort. Anni hatte Bescheid gesagt. Und so konnte Therese auf die Lebensmittelkarten der Hallhubers, die keinen Fisch mochten, eine große Portion Schellfisch mitnehmen. Therese hatte die ganze Nacht Zahnschmerzen gehabt, ständig mit Kamillentee gegurgelt. Da freute sie sich besonders auf den weichen Fisch, den sie nicht kauen mußte. Auch für Valerie würde das zarte weiße Fleisch ein Segen sein. Die Kleine hatte schon seit drei Tagen Durchfall, mochte nichts essen. Therese hatte nichts, was sie dem Kind geben könnte, aber der Fisch, vermischt mit Kartoffelbrei, würde ihm vielleicht guttun.

Deutschland war auch im Krieg mit Frankreich. Im Juni erklärte Italien Frankreich und England den Krieg. Ständig war Fliegeralarm. Die Suttners saßen von Mittags zwölf bis nach drei im Keller, bis Entwarnung kam. Am nächsten Tag wieder Alarm. Therese hätte dringend in die Stadt gehen sollen. Sie hatten keinerlei Vorräte mehr. Vor allem Valerie brauchte Milch oder mal ein Ei. Es war nichts mehr da. Als die Familie nach der Entwarnung hungrig und müde aus dem Keller stieg,

kam Anni geradelt. Sie hatte von daheim ein Paket bekommen mit Gemüse und Geräuchertem. »Wer soll's denn sonst essen? Ich esse doch im Geschäft.«
Valerie bekam jetzt auch noch einen schlimmen Husten. Ein Keuchhusten mitten im Sommer, bitte, bitte nicht, flehte Therese die Kleine an. Mit Sybille pflückte sie Johannisbeeren im Garten, machte für Valerie heißen Saft daraus. Der Husten wurde leichter. Vielleicht wurde es doch kein Keuchhusten. Wenigstens das nicht. Doch in der Nacht hustete Valerie wieder so stark und hatte Atemnot, so daß sie beim Versuch, aus ihrem Gitterbettchen zu steigen, auch noch unglücklich hinfiel und sich den Kopf anschlug. Therese machte der Kleinen kalte Umschläge. Sie sah das geduldige Lächeln ihres Kindes, das tapfer versuchte, den Hustenreiz zu unterdrücken. Therese dachte, daß sie auch so stark sein wollte wie Valerie. Daß sie dieses verdammte Leben als Jüdin ertragen wollte, wenn nur ihr Kind einen sicheren Platz fände.
Jakob Salzmann hatte es Therese schon vor zwei Jahren gesagt, daß die Nazis planten, jüdischen Familien ihren Wohnraum wegzunehmen und sie mit anderen in Judenhäusern zusammenzulegen. Doch bislang wohnten die Suttners immer noch in ihrem Haus im Herzogpark. Das Kaufhaus der Familie war arisiert. Es gehörte jetzt einem Kohlenhändler aus Frankfurt. Die Nazis hatten es Richard Suttner unmöglich gemacht, das Haus weiterzuführen. Alle Artikel, die Umsatz machten, durfte das Kaufhaus Suttner nicht mehr führen. Therese spürte jetzt, wie sehr sie doch an dem Geschäft hing, wie sehr sie mit dem Kaufhaus verbunden war. Schon allein der Geruch des Hauses würde ihr immer gegenwärtig bleiben. Als kleines Kind war sie davon fasziniert gewesen. Es roch nach Gardinenappretur, nach Kölnisch Wasser, nach Kohl und Zwiebeln. Schwaden von billiger Scho-

kolade vermischten sich mit Bohnerwachs, dem Geruch nach Schmierseife und den nassen Lodenmänteln der Käufer, die vielfach vom Land kamen. Es gab einfach alles bei den Suttners. Lindeskaffee, Leberwurst, Harzer Käse, herrliche Kleider aus Waschseide, Wollmousseline und Voile, fünf Mark das Stück.

Auch der Verlust von Vaters Fabrik tat Therese mehr weh, als sie sich eingestehen mochte. Sie dachte daran, wie gern sie mit Mutter oder Sybille in den Betrieb gegangen war. Schon die große Schwingtür, die den Empfangsraum vom Büro trennte, faszinierte die kleine Therese. Es war eine pompöse Tür mit vielen kunstvoll unterteilten Glasfenstern, die jedesmal, wenn Therese den Vater besuchte, von Frau Teschner geputzt wurden. Es war, als sei diese zwergenhaft kleine Putzfrau eigens dafür eingestellt, ständig die riesige Tür zu wienern, als hinge ihr Ansehen und Leben davon ab. Durch diese Schwingtür ging es dann über dunkelrote Samtläufer in die geheimnisvollen Schluchten der einzelnen Abteilungen und Kontors, in denen elegante Fräuleins tippten und sorgfältig frisierte und gekleidete Ein- und Verkäufer telefonierten, bis schließlich ganz am Ende der unübersehbar große Packsaal sich auftat. Hier war der Boden aus Stein. Die Männer trugen lange graue Kittel und fuhren auf Karrren die riesigen Überseekisten mit Trikotagen der Firma Richard Suttner zur Post.

Über steinerne Treppen ging es in die Lager. Sie waren seltsam kühl und dämmrig, sehr still. Die Regale peinlich sauber. Gefüllt mit aller nur denkbaren Unterwäsche. Thereses und Sybilles Entzücken erregten vor allem die Frauenhosen zum Binden, wahre Monstren von Hosen. Sie schienen gewirkt für Riesinnen. Therese lernte die Arbeit der Direktricen kennen, die in einer Art gläsernem Käfig saßen und an Entwürfen für die neue Kollektion arbeiteten. An Therese, die schon als junges Mädchen mit sechzehn eine Länge von 1,75 m erreicht hatte und sehr schlank war, würden die neuen Kreationen überzeugend aussehen. Jedenfalls sagten das die Direktricen. Therese glaubte nicht an ihre Vollkommenheit. Sie fand sich zu groß und zu eckig. Doch da war nichts, was den Fluß der Stoffe störte. Sogar breite Gürtel konnte man Therese um die Taille schlingen. »Beneidenswert«, seufzten die Direktricen, und sie hätten sich gewünscht, daß Therese bei der zweimal jährlich veranstalteten Modenschau die Modelle vorgeführt hätte. Doch davon wollte Therese nichts wissen. Und auch ihr Vater lehnte das ab. »Meine Tochter ist kein Kleiderständer«, stellte er fest. Dabei ging es ihm vielmehr darum, die Bindung Thereses an die Fabrik nicht allzu eng werden zu lassen. Therese hatte längst gespürt, daß die Damen der Modellabteilung um die Gunst des Vaters wetteiferten. Es gab einen Gradmesser dafür, wer zur Zeit die Favoritin war. Immer die Direktrice, die Vater zu den Modeschauen nach Paris begleiten durfte.

Am liebsten ging Therese in die großen Stricksäle, wo die Interlock- und Rundstrickmaschinen liefen. Wo Frauen in weißen Kitteln zehn Pulloverärmel zugleich ausschnitten, an Rundkettelmaschinen Bündchen strickten oder mit Spezialnähmaschinen die Initialen des Hauses Richard Suttner einnähten. Riesige Schwungräder trieben die Maschinen an. Der Geruch von Maschinenöl, Wolle und Schmierseife vermischte sich zu einer Arbeitsluft, die Therese fremd und vertraut zugleich war. Sie hörte gern das sanfte Rattern der Strickmaschinen und Rundstühle. Sah dem ruhigen Hantieren der Stricker zu, die an den Maschinen auf- und abgingen und die gestrickten Bahnen überprüften. Alle Arbeiterinnen und Arbeiter grüßten Therese freundlich. Viele arbeiteten schon lange bei der Firma

Suttner, die Thereses Vorfahren im Jahre 1906 als Strumpfwirkerei gegründet hatten.
Therese wußte noch genau, wie ihr Großvater durch die Welt gereist war. Er hatte es ihr immer wieder erzählt. Nach Beirut war er gefahren, nach Damaskus und Alexandrien. Besonders die damalige Hauptstadt der Türkei, Konstantinopel, konnte stattliche Mengen an Trikotagen brauchen. Die Firma Suttner mußte sich nur in der Farbpalette umstellen. Rosa, Havanna oder Kamelbraun, das waren für bayrische Augen ungewohnte Farbtöne. Strickwesten fanden reißenden Absatz, wenn sie in einer leuchtenden Farbe geliefert werden konnten, etwa gelb oder rot. Großvater Suttner mußte seinen Färbern gut zureden. Auch Algerien, China und die Türkei waren nicht zu weit abgelegen. Großvaters Firmengrundsatz war gewesen »Der beste Vertrag ist gegenseitiges Vertrauen.« Ein türkischer Großabnehmer hatte zu seinem deutschen Vertragspartner gesagt: »Ein Stein ist hart, aber du, deutscher Kaufmann, bist härter als ein Stein.« Auf dieses Lob war Großvater Suttner sehr stolz gewesen. Der Satz wurde in der Familie gern und oft zitiert.
Das war jetzt zu Ende. Unwiderruflich. Fabrik und Kaufhaus waren in arischen Händen.
Thereses Vater arbeitete jetzt in einer Zementfabrik. Und nun warteten sie darauf, daß sie auch ihr Haus im Herzogpark würden räumen müssen. Die Großeltern Suttner waren gestern aus ihrer geräumigen Bogenhausener Wohnung ausgezogen, in eine Pension nahe der Kunstakademie. Therese hatte sie dort sitzen sehen. Hilflos zwischen den vielen Kartons und Kisten. Sie waren beide zunächst unfähig, sich in der engen Kammer einzurichten. Leons Eltern traf es ebenso hart. Sie hatten ihr Haus in der Mauerkircherstraße eintauschen müssen gegen ein Unterkommen bei einem jüdischen

Leichenbestatter im Lehel. Sie wohnten mit elf Leuten in einer Fünf-Zimmer-Wohnung.
Selbstverständlich hatten sie auch kein Auto mehr. Die Fahrräder hatten sie abgeben müssen, das Telefon. Thereses Vater hatte Glück. Er durfte im Büro der Zementfabrik sitzen, eine Kartei führen. Sybille reinigte im Eisenbahndepot in der Baumkirchnerstraße Lokomotiven. Mutter arbeitete bei der Straßenreinigung. Therese war darüber entsetzt gewesen. Doch Mutter hatte gleichmütig gesagt, daß es ihr gerade recht wäre, dann könnten es wenigstens alle sehen.
Deutschland duckte sich immer mehr unter den Bombenangriffen. Seit zwei Jahren war Krieg. Bomben waren auf Riem gefallen und auf Allach. Im Tal gab es Trümmer und in Schwabing. Auch im Englischen Garten waren riesige Sprengtrichter. Im Hofbräuhaus, dem schönsten Keller Münchens, wurde eine Frau vom Schlag getroffen. Daran war niemand schuld, wahrscheinlich wieder die Vorsehung. Hitler sprach im Radio immer von der Vorsehung. Man konnte es schon nicht mehr hören. Ehe sie ihre Räder abgeben mußten, waren Therese und Sybille noch einmal mit Valerie in den Tierpark nach Hellabrunn gefahren. Es war verboten. Aber Valerie hatte es genossen. Und es war schön gewesen.
Müde suchten sie abends im Garten an Gemüse zusammen, was noch zum gemeinsamen Abendessen taugte. Viel war nicht mehr da. Sie pflückten zum letzten Mal Äpfel und Johannisbeeren, obwohl sie wußten, daß sie keinen Vorrat mehr davon anlegen konnten. Gerade noch vor der Dunkelheit, und kurz vor dem ersten Donner des schweren Gewitters, wurden sie fertig. »Rolf hatte immer Angst vor dem Gewitter«, sagte Valerie. Und Therese spürte, wie sehr das Kind den Hund vermißte, den Berner Sennenhund, mit dem es aufgewach-

sen war. Sie hatten Rolf von einem Tag auf den anderen abgeben müssen. Auch das Sittichpärchen Hermann und Dorothea. Den Hund hatte Anni genommen. Tagsüber ging er mit in die Metzgerei. Einer der Gesellen dort hatte Rolf abgerichtet. Für ein Stück Wurst hob er die rechte Pfote, und der Geselle schrie Heil Hitler. Anni und Hallhuber waren darüber empört. Aber sie waren machtlos dagegen.

Wieder donnerte es gewaltig. Therese nahm Valerie auf den Arm. »Ich habe keine Angst vor Gewitter. Warum haben denn die Tiere Angst?« wollte Valerie wissen. Therese erklärte ihr, daß man im Haus vor dem Gewitter geschützt sei, und daß die Tiere sich fürchteten, weil sie nicht wissen, daß ihnen nichts passieren könne. Später hörte Therese, wie Valerie Sybille fragte, ob sie Angst habe vor dem Gewitter. Sybille gab zu, daß sie sich fürchte. Aufgeregt kam Valerie zu Therese. »Mama, die Sybille ist ein Tier. Sie fürchtet sich vor dem Gewitter.«

Panische Angst dagegen hatte Valerie, wenn die Sirenen ihre schrillen Stimmen zum Fliegeralarm erhoben. Valerie wollte dann unter keinen Umständen in den Keller gehen. Seit sie Keuchhusten hatte, glaubte sie, in den niederen Gewölben ersticken zu müssen. Alle trösteten Valerie. Versprachen ihr, daß keine Bombe das feste Haus zerstören könne.

Doch als am Morgen nach dem Gewitter das Zahnarztehepaar kam, als die beiden durch die Räume schritten, wie durch ihren angestammten Besitz, da hätte Therese eine Bombe auch auf ihr Elternhaus herabflehen mögen.

Es war ein Sonntag. Therese hatte mit Sybille und Valerie den Frühstückstisch gedeckt. Sie warteten auf den Vater, der im Keller Holz zum Feuern des Küchenofens hackte. Der Mann schellte. Es klang wie ein Befehl. Und zackig knallten auch seine Stiefel, während die Frau danebenstand in mickriger Ergebenheit. Das Ehepaar war eine Beleidigung für den Salon, dessen Fenster zum Park hin geöffnet waren. Der Morgenwind bauschte leicht die Vorhänge. Das Parkett und der Lack des Flügels glänzten im Licht. Jetzt wendete sich der Zahnarzt jovial an Therese, tätschelte ihre Wange und ließ sie wissen, daß das Haus wirklich in einwandfreiem Zustand sei. Lobenswert. Der hatte doch tatsächlich Mundgeruch und feine Tröpfchen aus seinem Mund trafen Therese. Sie wandte sich ab, um nicht zu erbrechen.

Seine Frau, eine nervöse, magere Person mit dünnem Haarzopf, lief wie ein Zwergschnautzer neben oder hinter ihrem Mann her und applaudierte zu allem, was er sagte. Sie schien ihm dankbar, daß sie trotz ihrer Häßlichkeit seine Zahnarztfrau sein durfte, und jetzt verschaffte er ihr auch noch dieses Haus.

»Sie müssen nicht vorher renovieren«, sagte der Zahnarzt jetzt wieder gönnerhaft, »Sie wissen, daß wir darauf

bestehen könnten. Aber wir sind keine Unmenschen. Doch als Ausgleich bitten wir um Überlassung des kompletten Inventars, einschließlich Silber, Gläser und Wäsche.«
»Sie kriegen alles, alles, alles. Aber jetzt entschuldigen Sie mich.«
Therese suchte ihre Mutter, Sybille und Valerie. Sie hatten Therese mit dem Ehepaar alleingelassen, waren in den Garten geflüchtet, wo Sybille für Valerie einen Haarkranz flocht, so üppig, als wolle sie noch einmal alle Blumen des Gartens verschwenden. Vater, aus dem Keller kommend, hatte das Ehepaar auch noch begrüßen dürfen. Ohne ein Wort oder einen Blick ging er in sein Arbeitszimmer. Auch Mutter stand auf und wollte das Zimmer verlassen. Beide hielten sich für endgültig besiegt und wollten ihre Niederlage nicht einmal miteinander teilen.
Doch Therese rief die Mutter zurück: »Mama, wir sollten wenigsten ein paar Schmuckstücke mitnehmen.« Die Mutter drehte sich um.
»Das hat doch keinen Sinn mehr, und es ist verboten.«
»Mama, willst du denen wirklich alles überlassen?« Die Mutter winkte ab, sagte, daß Therese allein entscheiden solle. Ihr sei das gleichgültig.
Sybille reagierte ebenfalls uninteressiert. »Schmuck einnähen? Wir müssen doch alles abliefern. Wenn die den finden, sind wir dran.«
Therese erklärte ihr, daß noch nicht alles verloren sei. »Ich hab Mamas Glassammlung schon längst ausgelagert. Den blauen Hochzeitspokal aus Murano, das Kelchglas, die Kaffeekanne, das Rubinservice, den Truthahn. Alles hat Anni untergebracht. Unsere Ofnerstühle sind in Pasing zum Beizen. Die beiden Spitzwegs hat Frau Klaes in der Magdalenenstraße zum Restaurieren.«

»Na ja, wenn du meinst.« Sybille war nicht beeindruckt. Ihr voller Mund verzog sich bitter. War sie jetzt durch den Verlust des Hauses ebenso besiegt wie die Eltern? Therese sah ihre Schwester an. Wie schön Sybille war. Trotz der Schwerarbeit im Eisenbahndepot sah sie aus wie das stolze Spanien. Das hatte Anni einmal gesagt, die noch niemals in Spanien gewesen war. Therese auch nicht, aber sie wußte, daß Anni recht hatte. Sybilles Augen, weit auseinanderstehend, waren dunkelbraun, vielleicht sogar schwarz. Aber immer wirkten sie so, als wisse Sybille alles.

Als sie noch sehr klein war, vielleicht drei, kam einmal Onkel Julius zu Besuch, Mutters Bruder. Er sah seine Nichte und schrie entzückt: »Sie sieht ja aus, als hätte sie schon drei Semester Philosophie studiert.«

Sybille war ja auch die einzig wirkliche Jüdin in der Familie Suttner, obwohl die gesamte Familie jetzt zur jüdischen Kultusgemeinde Münchens gehörte. Ihr äußeres Leben verlief nun in den Bahnen, die von den Nationalsozialisten unausweichbar für Juden gestanzt waren. Thereses Familie wurde mit dem Umzug ins Lager nach Berg am Laim von der jüdischen Kultusgemeinde betreut. Ein Sammeltransport würde im Lauf des Tages die paar Teller, Löffel, Stühle und Matratzen, die man ihnen ließ, ins Lager bringen. Besen und Putztücher waren ausdrücklich verlangt. Und fünfzig Pfennig Miete pro Kopf und Tag. Vater half Therese und Sybille, die Matratzen zum Gartentor zu tragen. Für jeden einen Stuhl, ungepolstert. Mutter hatte von den letzten Holunderbeeren eine Suppe gekocht. Dann gab es Kompott von Zwetschgen. Sie saßen um den Tisch, und Therese spürte, wie jeder für sich vom Haus Abschied nahm.

Nur Valerie sprach es aus. »Ist es im Lager schön, Mama?«

Therese sagte, daß sie es nicht wisse, da sie ja noch niemals dort gewesen sei. »Es wird schön sein, weil du da bist.« Vater schob seinen Teller zurück, beugte sich zu Valerie und küßte ihre Hand. Zuerst die kleinen Grübchen auf dem Handrücken, dann die Innenfläche. Valerie hielt still. Die beiden sahen sich an, und für einen Moment war die Luft voll Liebe und Schmerz. Dann ging Vater ohne ein Wort in sein Arbeitszimmer. Auch Mutter stand auf mit dem Bemerken, sie wolle noch ins Atelier. Therese wusch mit Sybille und Valerie in der Küche das Geschirr ab, als sie den Schuß hörten. Therese sah, wie der rote Saft des Zwetschgenkompotts sich mit dem Wasserstrahl vermengte, wie nur das Wasser blieb, das im Ausgußsieb einen kleinen Strudel bildete. Die Gleichgültigkeit der Dinge. Jeden Tag würden sich im Ausguß Strudel bilden, wenn Therese schon lange nicht mehr da war. Der Steinboden würde sein, die Fensternischen. Vielleicht würde auch alles zerbombt, wer konnte es ahnen. Therese war es gleichgültig. Sie spürte eine andere Spannung in sich wachsen. Eine starke innere Spannung. Einen Willen, sich zu erhalten. Sie wollte nicht sehen, was in Vaters Arbeitszimmer passiert war. Sie wußte es ja ohnehin. Sie wollte nicht mehr wissen, was gestern war, und was morgen sein würde. Überhaupt nicht mehr denken wollte Therese. Es gab ja doch keine Worte, die richtig waren für das, was ihnen widerfuhr, was ihnen noch widerfahren würde. Im Arbeitszimmer war jetzt der Tod. Doch Therese wußte, daß sie alles, aber auch gar alles, lieber auf sich nehmen würde, als Sterben. Nur den Tod konnte sich Therese noch trostloser vorstellen als ihre gegenwärtige Existenz. Darum kam er als Alternative für Therese nicht in Frage.

Sybille hatte Valerie auf den Arm genommen. Vielleicht, um sie – und sich selbst – von dem Grauen abzulenken. Die beiden gingen in den Salon. Therese hörte, wie Sy-

bille am Flügel ein paar Töne anschlug. ›Geh aus mein Herz und suche Freud in dieser lieben Sommerszeit an deines Gottes Garten‹.
. . . an deines Gottes Garten. Therese dachte, wer ist Gott? Er hat den Himmel erschaffen und die Erde. Die Nationalsozialisten und die Juden. Aber die Juden zuerst. Hatten sie das Recht der Erstgeburt gegen ein Linsengericht verkauft? Und Vater? Sein Gott war Deutschland gewesen, das Vaterland. Er hatte es immer wieder gesagt. »Das Vaterland«, hatte Vater gesagt, »ist da, wo die Seele des Menschen ist.« Die Seele des Menschen.
Therese ging ins Atelier der Mutter. Mit ruhigem, ganz in sich gesammeltem Gesicht war die Mutter dabei, ihre Bilder mit einem Messer zu zerschneiden. Sie sah nicht auf, als Therese hereinkam. Hatte sie den Schuß nicht gehört?
»Warum tust du das?« fragte Therese. Sie vermutete, daß ihre Mutter keine andere Wahl hatte. Ihre Mutter schien die Zerstörung ihrer jahrzehntelangen Arbeit als logische Konsequenz aus dem Geschehen anzusehen.
»Du sagst doch auch, daß wir ihnen nicht alles überantworten können. Und die Bilder sind ein Teil meines Lebens, so wie du und Sybille. Wenn ich meine Bilder nicht preisgeben will, muß ich sie zerstören. Hier ist das Messer die Erlösung. Bei deinem Vater war es die Kugel. Dein Vater wollte uns nicht im Lager sehen, und er selbst wollte dort auch nicht sein. Bis zuletzt hat er nicht geglaubt, daß die Deutschen ihn, der die längste Zeit seines Lebens ebenfalls Deutscher war, daß sie ihn auch noch die letzte Stufe hinunterstoßen. Er ist abgestiegen, klaglos. Doch immer mit dem Blick zurück. Immer hat er erwartet, daß man ihn zurückruft, bis heute. Doch Valeries Frage konnte er nicht überleben.«
Ein Lastwagen der jüdischen Kultusgemeinde lud ihren Hausrat auf. Therese schien es wie ein Mülltransport,

aber sie war froh über die Hilfe. Ein Leichenwagen, ebenfalls von der Kultusgemeinde, holte Vater ab und brachte ihn zum jüdischen Friedhof. Das Familiengrab auf dem Nordfriedhof blieb dem Juden verschlossen. Therese, ihre Mutter, Sybille und Valerie machten sich auf den Weg nach Berg am Laim. »Wir sind Pilger«, dachte Therese ohne Hoffnung, »wir sind Pilger, die ihr Ziel nicht kennen.«

Nie vorher in ihrem Leben waren sie einen so weiten Weg zu Fuß gegangen. Durch den Englischen Garten zur Prinzregentenstraße, vorbei am Friedensengel in den Ostteil der Stadt, wo das Kloster der Vincentinerinnen lag. Sie durchliefen die Straßen, die ihnen schon lange nicht mehr gehörten. Stück für Stück waren sie abgesondert worden von den Bürgern der Stadt, aussortiert und weggeworfen wie angefaulte Äpfel, die man von den anderen trennt, damit die nicht auch faulen.

Obwohl es schon fast auf sechs Uhr ging, hatte die Augustsonne noch soviel Kraft, daß das Kloster in rotgoldenem Licht dalag, inmitten von Wiesen. Eine Idylle zum Tode. Völlig abgeschieden von den Häuserschluchten, aus denen sie kamen. Ein Schäfer weidete seine Herde. Valerie wollte sofort hinlaufen, doch Polizisten standen am Eingang und paßten auf, daß die Leute, die mit Taschen und Koffern ankamen, sofort durch das steinerne Portal in die Heimanlage hineingingen. Über der Pforte in Stein gemeißelt das Bild des heiligen Vincentius, der zwei kleine Kinder im Arm hielt. Therese zeigte Valerie das Bild, die, müde und ergeben, kein Wort darüber verlor, daß sie nicht zu den Schafen laufen durfte.

Die Gesichter der Ankommenden hatten eine steinerne Ruhe, hinter der das Nichtbegreifen, die Verzweiflung, jederzeit hervorbrechen konnte. Sogar die Kinder schienen durch alle und durch alles hindurchzusehen. Apathisch suchten sie in den Gesichtern der Erwachsenen nach Hoffnung. Valerie zupfte Therese am Mantel. »Kommt der Großvater auch bald?« »Bald«, sagte Therese. Sie wollte es Valerie morgen sagen. Morgen früh bei den Schafen.

Sie bekamen einen großen Raum, den sie mit anderen Familien teilten. Jede hatte eine der schmalen Holzpritschen, die übereinandergestapelt waren. Im Flur stand ein Militärspind für die Kleider. Therese sah die anderen an. Frauen und Kinder. Die Männer waren in getrennten Räumen untergebracht. Therese kannte die Familien nicht, aber sie glaubte mit einem Mal, daß es eine Ähnlichkeit gebe zwischen ihnen allen. Therese hatte aber keine Zeit, sich auf diesen Gedanken wirklich einzulassen. Sie warteten auf den Transport mit den Einrichtungsgegenständen, doch die Sachen waren noch nicht da.

Mutter setzte sich müde in eine Ecke auf den Boden. »Das hat Vater sich erspart«, sagte sie. Es klang bewundernd, wie ein leiser Triumph. Die älteste Frau im Zimmer, Frau Liebmann, eine orthodoxe Jüdin, hockte sich neben Mutter. Kopfschüttelnd murmelte sie immer wieder: »Das ham sie uns mit Fleiß getan, die Nazischweine. In ein Kloster stecken sie uns. In ein katholisches Kloster, wo sie genau wissen, daß wir hier nicht Sabbat feiern können.«

Therese spürte, wie sie sich mit dem Einzug ins Lager veränderte. Hier, Jüdin unter Juden, spürte sie zum ersten Mal eine Solidarität, war sie nicht mehr geduckt in die Anonymität unter Ariern, in die sie sich bislang so oft hineingeflüchtet hatte. Erst jetzt nahm Therese den Makel ihres Jüdischseins an. Nicht ohne Trotz, mit einer Art traurigem Stolz, den sie sich selber nicht zu erklären wußte. Therese war bereit, die Gegenwart im Schutz dieses Klosters, ihre neue Identität bewußt und mit allen Sinnen anzunehmen. Denn die Zukunft war inzwischen

für niemanden mehr ein Geheimnis. Die Zukunft war dunkel und voller Rätsel wie der Tod.
Den Nonnen des Klosters war es von der Parteileitung untersagt, mit den Juden zu sprechen. Den Juden war untersagt, mit den Nonnen Kontakt aufzunehmen. Doch die Vincentinerinnen übertraten das Verbot der Nazis lächelnd. Sie hatten für die jüdischen Familien den Seitenflügel ihres Klosters geräumt. Aus ihrem Garten lieferten sie den Internierten das schmerzlich vermißte Obst und Gemüse, auf das Juden schon lange kein Anrecht mehr hatten. Auch einen Teil des Blumengartens durften die Juden benutzen. Die Orthodoxen konnten in der herrlichen Barockkirche ihre Feiertage begehen. Frau Liebmann wickelte einen Chanukkaleuchter aus. »Wie es sich jüdelt, so christelt es sich auch«, sagte sie versöhnt.
Gleich am Abend der Ankunft im Büro der Lagerleitung begegnete Therese Else Behrend-Rosenfeld, der Fürsorgerin der jüdischen Kultusgemeinde Münchens, die in der Heimanlage für die Wirtschaftsführung und die Betreuung der Frauen zuständig war. Therese sah die Frau mit der randlosen Brille, die alle Ankommenden begrüßte, als seien sie die einzigen, um die sie sich zu kümmern habe. Sie versprach Therese sofort, daß sie versuchen wolle, die Großmütter Suttner und Rheinfelder nach ihrer Ankunft, gemeinsam mit Therese, Sybille, Mutter und Valerie, in einem Raum unterzubringen.
Therese entschuldigte sich bei Else Behrend-Rosenfeld, daß ihre Familie bislang der jüdischen Kultusgemeinde ferngestanden war. Es erschien Therese inzwischen tatsächlich als ein Verlust, ein Versäumnis. Erst jetzt spürte sie, wie ermattet sie war von dem jahrelangen Zustand des Versteckspiels, des Arierspiels. Wie hatte sie diese würdelose Anbiederung nur aushalten können?

Das Zimmer, das Thereses Familie dann angewiesen wurde, gehörte zu den größeren Räumen im Haus, und sie hatten Glück: Else Behrend-Rosenfeld schaffte es, daß alle Frauen der Familie Suttner-Rheinfelder in einem Raum untergebracht wurden. Eng war es, da auch die Liebmanns ihren Platz beanspruchten, und Valerie Rheinfelder, die Ältere, begann auch gleich zu schimpfen. Drohend hob sie ihren Krückstock in Richtung Fenster, nach draußen, wo die Nazis in den enteigneten Villen saßen und sich das von den Juden erarbeitete Vermögen gutschreiben ließen. Besonders die kleine Valerie beobachtete erstaunt die Temperamentsausbrüche ihrer Großmutter. Und Therese bezweifelte zum ersten Mal, ob es wirklich ein Segen war, mit den Großmüttern in einem Raum zu leben. Endlich jedoch schliefen alle. In der Küche des Heims hatte es eine sehr gute Gemüsesuppe gegeben. Für viele das erste Essen dieses Tages.

Therese stand am Fenster und sah in den Klosterhof, wo Nonnen in schwarzen Kleidern mit weißen Flügelhauben nebeneinander gingen, die Hände in die weiten Ärmel ihrer Tracht gesteckt. Therese konnte das Schiff der Barockkirche sehen und dahinter sogar die Bergketten der Alpen. Es war ein klarer, föhniger Sommerabend. Und Therese dachte, daß mit diesem Tag ein neuer Abschnitt im Leben der Familie Suttner-Rheinfelder begann. Ein Leben, das sie zurückführte zu Abraham, Isaak und Jakob, von denen sie stammten, ob es ihnen nun recht war oder nicht.

Das Kloster in Berg am Laim füllte sich immer mehr. Ein Haus voll Aufregung, Demütigungen, Trennungsschmerz, Schwerarbeit, Müdigkeit, Verzweiflung und Streit. Vor allem Valerie Rheinfelder die Ältere, wie Therese ihre Schwiegermutter nur noch nannte, beäugte mißtrauisch die Liebmanns. Mutter, Tochter und

Tante. Leons Mutter schien von dem Gedanken verfolgt zu sein, daß alle Leute im Lager nichts Besseres zu tun hätten, als sie, Valerie Rheinfelder, zu ärgern. Sybille sprach nur noch von ihrer Merkwürden oder von Schwester Nichtsnutzia. Je nachdem, wie Leons Mutter sich wieder aufgeführt hatte. Ihr Mann, Großvater Rheinfelder, saß im ersten Stock und betreute Großvater Suttner, der – früher ein schöner alter Herr – nach dem Tod seines Sohnes wie erloschen umherging und kaum noch etwas wahrzunehmen schien. Leons Vater war offenbar heilfroh, seiner Frau entronnen zu sein. Er entdeckte an sich ein ihn selbst überraschendes Talent zu allen möglichen Reparaturarbeiten. Er war rasch integriert in das Hilfspersonal, das Else Behrend-Rosenfeld bei ihrer vielfältigen Arbeit half. Und er verstand es, Großvater Suttner miteinzubeziehen, der langsam aus seiner Erstarrung erwachte. Gemeinsam mit dem Hauptlehrer Arnold, einem streng orthodoxen Juden, erledigte Großvater Suttner alle möglichen schriftlichen Meldungen und Mitteilungen, die von der Gestapo und der Partei fast täglich verlangt wurden. Ein kleiner blasser Herr, der Erbauer des Deutschen Museums, half ihm dabei. Auch Sybille fand einen Bekannten im Garten des Klosters. Es war der Rabbi Doktor Bruno Finkelscherer, ein Arzt, den sie in der jüdischen Schule kennengelernt hatte. Hier im Lager arbeitete er als Gärtner. Else Behrend-Rosenfeld war sich darüber klar, daß die Selbstverwaltung des Lagers nur der verlängerte Arm der Nationalsozialisten war. Trotzdem versuchte sie innerhalb des ihr verbliebenen Freiraums, die Rechte und die Würde der Juden zu wahren, so gut es möglich war. Therese hatte bald Vertrauen zu dieser klugen, warmherzigen Frau, die ihre eigenen Interessen hintanstellte, um den ihr anvertrauten Juden zu helfen. Sie selbst war als Tochter einer Christin, die mit einem jüdischen Arzt verheiratet war, durchaus privilegiert. Doch sie identifizierte sich vollkommen mit der jüdischen Gemeinde. Ihr Mann, ein von den Nazis verfolgter Jude und bekannter Sozialdemokrat, hatte mit den beiden Kindern nach England entkommen können. Dafür war nun Else Behrend-Rosenfeld eine mehr als dreihundertköpfige Familie auf den Hals geladen. Verfemte, zur Zwangsarbeit Verpflichtete, Menschen, die von der Gemeinschaft der anderen ausgesondert wurden.

Jeden Morgen, außer sonntags, ging Therese mit Sybille und Mutter aus dem Lager zur Arbeit. Sie hatten einen Passierschein, den sie beim Verlassen des Lagers der Wache vorzeigen mußten. Und beim Heimkommen auch. Valerie war für die Arbeitsstunden im Kindergarten der Heimanlage untergebracht. Dort gefiel es ihr natürlich besser als in einem Zimmer mit nur Erwachsenen. Jetzt waren es durch die Liebmanns sogar noch mehr Frauen, die sich um die Tassen, Teller und Bestecke stritten und darum, wer jetzt im Eimer Wäsche waschen und aufhängen durfte.

An einem Abend im September kam Therese müde und durstig von der Arbeit zurück. Im Flur der Heimanlage sah sie viele Leute am schwarzen Brett stehen. Sie schienen Therese seltsam stumm und verkrümmt, wie sie da so standen. Auch Thereses Schwiegermutter, auf ihren Stock gestützt, mühte sich schweigend, die »Mitteilung der israelitischen Kultusgemeinde an sämtliche Juden« zu lesen. Auch Therese las. Sie vergaß Müdigkeit und Durst. Es war ihr, als brenne schon jetzt der gelbe Stern auf ihrer Brust. »Judensterne«, so hieß es, »sind von sämtlichen Juden sichtbar zu tragen und dürfen nicht verdeckt werden. Sie müssen fest angenäht sein.« Therese las weiter: »Stehenbleiben und Unterhaltungen auf der Straße sowie das Gehen in Gruppen ist zu unterlassen. Öffentliche Anlagen, wie Englischer Garten, Botanischer Garten, Nymphenburger Schloßgarten, Hofgarten, Maximiliansanlagen und der Tierpark Hellabrunn, sind für Juden gesperrt. Juden dürfen keine Lebensmittelläden mehr betreten, keine öffentlichen Telefone mehr benutzen. Sie dürfen nicht mehr in öffentlichen Verkehrsmitteln fahren und keine Bäder aufsuchen. Arier dürfen die Heimanlage für Juden nicht betreten. Jeder Ausgang in die Stadt, außer zur Arbeit, ist verboten. Juden dürfen von abends acht Uhr bis morgens um sechs Uhr die Heimanlage nicht mehr verlassen. Reichsgesetz.«

Wie sollte Therese das alles ihrem Kind erklären? Für Valerie wurde das Leben immer enger, immer unbegreiflicher. Anfangs fragte die Kleine, warum Therese jetzt immer in die Fabrik gehen müsse. Therese erklärte ihr, daß das ein Befehl der Regierung sei. Und Valerie, obwohl sie natürlich nichts verstand, fragte nicht mehr. Sie bekam ohnehin Antworten. Jeden Tag neue. Besonders seit alle Leute im Lager den gelben Stern an ihre Kleider genäht hatten.

»Mama«, fragte Valerie, »warum näht ihr die gelben Sterne auf die Kleider?«

»Weil wir Juden sind, Valerie.«

»Was sind Juden, Mama?«

»Ich weiß es nicht, Valerie, ich muß es erst lernen.«

»Und ich, Mami, bin ich auch Jude?«

»Ja, Valerie.«

»Aber warum hab ich keinen Stern?«

»Weil du erst fünf Jahre alt bist. Erst wenn du sechs bist, mußt du einen Stern tragen.«

»Ich will schon jetzt einen Stern, Mama.«

Bald darauf kam Valerie angehüpft und stellte sich vor Therese auf: »Mein Papa heißt Leon Rheinfelder und wohnt in New York, West End Avenue 515.«

Therese fragte überrascht, woher Valerie das denn wisse. »Die Großmutter hat es mir gesagt, und ich soll es immer wieder aufsagen.«
Therese fragte sich in dumpfem Schrecken, warum Valerie Rheinfelder ihrer Enkelin die Adresse Leons einübte. Was ahnte Leons Mutter? Was befürchtete sie? Manchmal spürte Therese die Liebe zu Valerie wie einen scharfzackigen Stein, der durch ihr Inneres rollte und alles zerschnitt. Therese sah den Ernst Valeries, ihr konzentriertes Bemühen, die Welt zu begreifen. Sie wollte mit Therese darin leben, sie vertraute ihr. Die ruhige Zuversicht Valeries, mit der sie jeden Tag in Angriff nahm, machte Therese noch elender, ließ sie manchmal nicht schlafen.
Was wartete auf Valerie? Was hatte das Leben mit Thereses kleinem Mädchen vor? Therese dachte wieder an den prüfenden blauen Blick ihres Kindes, in dem viele Fragen, aber auch viel Vertrauen gelegen war. Ruhig schlief Valerie auch jetzt auf ihrem Bett, das nur eine Pritsche war. Klaglos hatte Valerie den Umzug akzeptiert. Nur der Tod des Großvaters, den Therese ihr schließlich mitteilen mußte, der Gedanke, daß der Großvater nie zurückkommen werde, der hatte Valerie stumm gemacht für lange Stunden. Still hatte sie sich zu ihrer Großmutter gehockt, die mit ihr weinte, lautlos. Als es Zeit war zum Schlafengehen, hatte Valerie offenbar lange genug geschwiegen. »Es ist schön«, sagte sie mit klarer Stimme, als Therese ihr Gesicht und Hände in einer Schüssel wusch. »Es ist schön, daß wir alle in einem Zimmer schlafen. Da bin ich nie mehr allein.«
An einem Novemberabend, es war schon empfindlich kalt für die Jahreszeit, kam Therese durchgefroren von ihrer Arbeit aus dem Sendlinger Rüstungsbetrieb, wo sie von morgens bis abends Schrauben in Feldtelefone drehte. Schmutzig und erschöpft fühlte sich Therese, so

wie jeden Abend, und sie sehnte sich danach, den Kopf in die Waschschüssel zu stecken. Doch im Flur winkte ihr Else Behrend-Rosenfeld. »Therese, kommen Sie doch bitte in mein Büro.«

Therese sah sofort, daß Else Behrend-Rosenfeld verzweifelt war, aufgewühlt. Ihr Gesicht war weiß, die Hände zitterten, als sie Therese eine Liste zeigte. »Therese, aus München werden Deportationen zusammengestellt, auch aus unserem Lager. Dreiundachtzig Heiminsassen. Ihre Großeltern Suttner und Rheinfelder stehen auch auf der Liste. Therese, beim nächsten Mal stehen vielleicht Sie auf der Liste, und ich auch. Wenn Sie irgendeine Möglichkeit haben, verstecken Sie sich, kommen Sie nicht mehr zurück. Tauchen sie unter.«

Deportation. Therese hatte es gewußt. Obwohl um sie herum noch alle von Hirngespinsten sprachen, von Kriegshetze, hatte Therese die Gerüchte sofort geglaubt. Der Sender BBC hatte es gemeldet, daß schon im Herbst 1941 Massenerschießungen von Juden im Osten geplant seien. Von Versuchsvergasungen war berichtet worden. Und nun begann es. Deportation. Offiziell hieß das Arbeitslager. Vielleicht hatten die Großeltern Glück und es hieß Theresienstadt, Sudetengau. Ein Ghetto für besonders verdienstvolle Juden sollte dort eingerichtet worden sein. Für Juden über fünfundsechzig, die das Eiserne Kreuz erster Klasse hatten. Oder Tapferkeitsmedaillen. Auch Juden, die sich der Protektion einflußreicher Arier erfreuten, durften nach Theresienstadt und kamen nicht sofort nach Auschwitz in Polen.

Therese sah Else Behrend-Rosenfeld an. Beide wußten, daß es keinen Trost gab. Als hätte Else Thereses Gedanken erraten, sagte sie müde und traurig: »Wir können nur hoffen, daß ihre Großeltern nach Theresienstadt

kommen. Vielleicht können Sie ihre Verwandten mit diesem Gedanken trösten.«
Therese sagte es zuerst Großvater und Schwiegervater. Die beiden Männer gingen mit hinauf in das Stockwerk, wo die Frauen wohnten. Aus allen Räumen hörte man Schreien, Weinen, Klagen. Else Behrend-Rosenfeld ging von Zimmer zu Zimmer, half den Menschen beim Packen, denn morgen und übermorgen sollten die achtzig Heiminsassen ins Sammellager nach Milbertshofen gebracht werden. Für drei Tage sollte jeder Proviant bekommen. Jeder durfte fünfzig Kilogramm Gepäck mitnehmen, in einem Koffer, einem Rucksack oder einer Reisetasche.
Therese, Sybille und Mutter halfen den alten Leuten, ihre Sachen zusammenzupacken. Alle vier saßen still da. Selbst Valerie Rheinfelder die Ältere sagte kein Wort. Valerie saß zwischen ihren Großeltern. Es war Therese, als studierten Leons Eltern das Gesichtchen ihrer einzigen Enkelin. Sie suchten darin die Züge ihres Sohnes. Vielleicht suchten sie auch nach sich selbst. Die Großeltern Suttner drängten sich eng an Sybille und Therese. Früher, Therese erinnerte sich gut, war das Verhältnis zu Vaters Eltern eher kühl gewesen. Außer Anstandsbesuchen an Geburtstagen oder an Weihnachten hatte es lediglich geschäftliche Besprechungen zwischen den Männern gegeben. Und die waren konfliktgeladen gewesen, was wohl auch letztlich der Grund für die verwandtschaftliche Kühle war. Großvater Suttner hatte auch, im Gegensatz zu seinem Sohn, Auswanderungspläne gehabt, als es noch Zeit dazu gewesen war. Therese hörte heute noch den Vater fast verächtlich sagen: »Als ob irgend jemand so alten Leuten wie euch was antun würde, das ist doch lächerlich.«
Und heute? Vater war tot, und seine Familie rückte in der letzten Minute eng zusammen. Alle streichelten einan-

der, küßten sich und weinten. Und die Reisefertigen versprachen, sofort nach Ankunft in Theresienstadt zu schreiben. Warum, dachte Therese verzweifelt, drängt man erst zueinander, wenn es schon zu spät ist?
In der Nacht gab es eine große Unruhe im Zimmer. Anita Liebmann, die auch zur Deportation reisefertig war, ging auf die Toilette und kam nicht zurück. Als ihre Tochter sie suchte, hing sie an dem Gürtel ihres Bademantels. Außer Anita Liebmann hatten noch sechs weitere Heiminsassen Wege gefunden, aus dem Leben zu gehen.
Am nächsten Morgen, als Therese, Sybille und Mutter zur Arbeit gingen, fuhr der große Bus mit dem Gepäckanhänger auf den Hof. Obersturmbannführer Muggler stand breitbeinig neben dem Bus. Hauptsturmführer Wegner und noch einige Parteileute scharten sich um ihn, der regelmäßig in die Heimanlage zur Revision kam und wahrscheinlich die Liste der zu Deportierenden zusammengestellt hatte. Die Parteibonzen lachten. Wahrscheinlich freuten sie sich auf das Schauspiel, das die Angst und das Leid der auseinandergerissenen Familien ihnen bieten würden.
Therese spürte, wie ihr das Herz bis in den Hals hämmerte. Wut, Hilflosigkeit und Ohnmacht ließen ihr kaum Luft zum Atmen. Und dann kamen sie. Und einer der Parteibonzen schrie höhnisch: »Nacheinander im Gänsemarschmarsch!« Und die anderen lachten. Doch dann sahen sie begierig auf die Juden, fast alles ältere Männer und Frauen, wie sie ruhig herauskamen. Niemand mehr, der weinte oder schrie. Sie trugen ihr Gepäck. Viele Paare hielten sich an den Händen, so wie die Großeltern Suttner, die Else Behrend-Rosenfeld zunickten und dann zum Bus gingen. Sie schienen unantastbar in ihrer schlichten Würde. Gut angezogen und gepflegt, wie für eine Ferienreise, für ein gesellschaftliches Ereig-

nis. Sie sahen nur einander. Für die Nazis hatten sie keinen Blick. Anders Valerie Rheinfelder, die, auf ihren Stock gestützt, das Haus verließ und grimmig hoheitsvoll, einen Spitzenschal um ihr dichtes, eisgraues Haar geschlungen, zum Bus ging. Vor dem Einstieg blieb sie stehen, reckte ihren Stock gegen die Gruppe der glotzenden Nazibonzen und stieg ein.
Es war, als hielten für einen Moment alle, die sich im Hof befanden, den Atem an. Therese sah, daß der Obersturmbannführer Muggler hochrot anlief, daß seine Hand zuckte. Doch nichts geschah. Alle Juden stiegen in den Bus. Die Nazis beschränkten sich darauf, »schneller, schneller« zu brüllen. Das Tor der Klostermauer wurde geöffnet, und dann fuhr der Bus aus dem Hof hinaus. Unter dem Gebrüll der Nazis, die jetzt alle Umstehenden vom Platz scheuchten, ging Therese mit Mutter und Sybille rasch weg. Auf der Straße hinter der Mauer drängten sie sich weinend aneinander.
Mutter und Sybille gingen in die Baumkirchnerstraße, Therese hatte die weite Strecke nach Sendling vor sich. Sie sah sich um und zog dann rasch ihre Jacke mit dem Stern aus, zog die leichte Strickjacke, die sie darunter trug, über die Jacke mit dem Stern und machte sich auf den Weg zur Trambahnhaltestelle. Nicht jeden Tag hatte sie den Mut dazu, aber heute war sie voller verzweifelter Wut. Und wenn Leons Mutter den Nazis mit ihrem Krückstock drohen konnte, dann wollte Therese wenigstens die Gebote ab und zu einmal übertreten.
In diesem Moment sah sie Tilda auf sich zukommen. Tilda Schwerin war eine Verwandte Thereses. Sie war mit Leo Schwerin, Mutters Cousin, einem jüdischen Anwalt, verheiratet. Tilda selbst war Arierin. Therese wußte, daß sie völlig unbeeindruckt war von den Rassengesetzen. Unbesorgt hatte sie in der jüdischen Familie ihres Mannes verkehrt. Ihn in die Synagoge begleitet.

Am Eingang hatte sie einmal ein SA-Mann angerempelt: »Schämen Sie sich nicht, als Deutsche mit einem Juden in die Synagoge zu gehen?«
»Ich würde mich nur schämen, wenn ich mit Ihnen hineinginge«, hatte Tilda geantwortet. Und in den nächsten Tagen wartete die Familie zitternd, daß Tilda zur Rechenschaft gezogen würde. Doch nichts war passiert.
Jetzt kam die leichtsinnige Tilda auf Therese zu, obwohl die ihr zurief, nur ja weiterzugehen. Sie wisse doch, daß sie sonst Schutzhaft riskiere. Doch Tilda ging immer zwei Schritte schräg hinter Therese, wobei sie wie suchend in ihrer Tasche herumkramte. Dabei redete sie ununterbrochen: »Therese, du mußt es allen sagen, allen. Ich hab Leo begleitet. Sie haben ihn weggebracht. Nach Polen. Sie konnten mir nicht verbieten, mitzufahren. Bis Auschwitz, bis zum Bahnhof habe ich es geschafft. Dann haben sie uns mit Gewalt getrennt. Im Polizeigriff haben sie mich weggebracht, aber ich habe es trotzdem gesehen. Therese, Hunderte von Juden kommen da an, in Bussen werden sie abtransportiert. Und in den Bussen da sind Apparate, da strömt Gas aus. Die Busse kommen leer zurück. Entweder vergasen sie die Leute schon da drinnen oder sonst später im Lager. Du mußt es allen sagen, Therese, ihr müßt weg, untertauchen, so schnell es geht.«
Tilda war langsamer gegangen. Zurückgeblieben. Therese sah sich nicht nach ihr um. Sie lief, als könne sie durch ihre Hast dem Bericht Tildas entkommen, der ihr im Nacken saß. Der ihr bestätigte, was sich auch die Frauen in der Fabrik zuflüsterten. Deportation, das bedeutete den Tod. Seit der ersten Deportation war die Stimmung im Lager schlagartig verändert. Vorher war es so gewesen, als könnten die Heiminsassen hier etwas freier atmen. Als schienen sie zu vergessen, welcher Fluch auf ihnen lag. Es war gewesen, als hätte der herr-

liche bunte Garten, die Behäbigkeit der Kirche viel von der Angst genommen, in der die Juden in der Stadt mit ihren ständig neuen Verboten hatten leben müssen. Der Abtransport jedoch machte die Stimmung im Lager trostlos. Therese fühlte sich immer stärker mit Else Behrend-Rosenfeld verbunden, die blaß und müde wirkte und doch offenbar immer noch genug Kraft hatte, andere zu trösten. Wenigstens wußte sie ihre Kinder in England in Sicherheit.

Valerie. Therese ging in den Heimkindergarten, um ihre Kleine abzuholen. Im Garten begegnete ihr die Oberin. Die Nonnen hatten Kirschen gepflückt und verteilten sie nun an die Juden. Das mußte geschehen, ohne daß die Wachhabenden etwas davon erfuhren. Die Oberin sah Therese freundlich an, wendete sich ihr aber nur leicht zu: »Sie sind doch die Mutter der kleinen Valerie, nicht wahr? Gehen Sie ins Gewächshaus, da stehen Körbchen mit Kirschen. Die sind für Sie und ihre Familie.«

Therese bedankte sich. Auch sie mühte sich, nur wie zufällig neben der Nonne zu gehen. »Sie ermöglichen uns allen hier ein menschliches Leben, dafür möchte ich ihnen einmal danken«, sagte sie zu der Oberin. Doch die lächelnde zarte Frau mit dem feingeschnittenen Gesicht sah plötzlich verhärmt und hart aus: »Glauben sie mir, ich bin glücklich, jüdische Menschen hier zu haben und nicht Parteimitglieder.«

Therese begriff, daß auch die Ordensfrauen in ihrer scheinbar so unantastbaren Zurückgezogenheit und Ruhe gegen den Zugriff der Nazis nichts ausrichten konnten. Daß diese kluge Frau sich ihrer Hilflosigkeit durchaus bewußt war, daß sie darunter litt.

Wenige Tage später kam Mutter mit bleichem Gesicht von ihrer Arbeit zurück. Sie setzte sich still auf ihre Pritsche und schüttelte nur hin und wieder den Kopf. Nach

und nach erfuhren Therese und Sybille, daß Mutter zum Straßenreinigen in der Nußbaumstraße gewesen war. Gemeinsam mit anderen Frauen hatte sie Abfälle in Säcke gesammelt, als plötzlich eine der Frauen zu kehren aufhörte, horchte. Und dann kamen sie. Eine Frau und ein Mann. Sie trugen den Stern und rannten, verfolgt von einer Meute junger SS-Männer. Schließlich hatten sie den wesentlich älteren Mann erreicht, hielten ihn fest, zerrten an ihm herum, johlten und brüllten: »Komm Israel, laß uns doch mal sehen, wie du unten herum aussiehst.« Der Menschenhaufen, der sich ansammelte, war inzwischen ganz in der Nähe von Mutters Reinigungskolonne. Und Mutters Entsetzen über die widerliche Szene steigerte sich zur Panik, als sie erkennen mußte, daß die Frau, die da so verzweifelt versuchte, ihrem Mann zu Hilfe zu kommen, daß diese Frau ihre Schwester Irmingard war. Die SS-Männer hatten jetzt Mutters Schwager, einem Juwelier und früheren Stadtrat, die Hosen heruntergerissen. Er taumelte, fiel hin. Die Meute zerrte ihm Hosen und Unterwäsche vom Körper. Mutter sah, wie ihre Schwester auf eine Polizeistreife zulief, die Polizisten beschwor, ihrem Mann zu helfen. Doch die lachten nur. Sahen zu, wie die Nazis Mutters Schwager durch die Straße trieben. Schließlich nahm ein Polizist einem SS-Mann die Hosen ab und warf sie dem Opfer vor die Füße.
Mutter hatte sich abgewandt. Sie wollte es ihrer Schwester und dem Schwager unbedingt ersparen, daß sie alles mitangesehen hatte. Ihre Schwester Irmingard, ihr Schwager Paul. Wie sollten sie das ertragen?

Anni, die Therese auf dem Weg zur Fabrik hin und wieder abpaßte, hatte Therese berichtet, daß Tante Irmingard und Onkel Paul sich mit Veronal vergiftet hatten. Diesen Gefallen, dachte sich Therese, tue ich den Nazis nicht, noch nicht.

Zwischen Mülleimern im Hof der Fabrik saß Therese und kaute ihr mitgebrachtes Brot. Andächtig, eingehüllt in Licht und Gestank kaute sie langsam jeden Bissen. In der Küche hatten sie eine Paste aus Griesmehl erfunden, mit der das trockene Brot bestrichen war. Außer Minztee am Morgen hatte Therese noch nichts im Magen gehabt. Der Hunger verließ sie nicht einmal mehr im Schlaf. Nach den sorgsam gekauten Bissen schien er für immer unstillbar. Die Lagerleitung gab sich größte Mühe, aber nicht immer konnten die Heiminsassen ausreichend verpflegt werden.

Es wurde Zeit für Therese, aufzustehen. Schließlich hatte sie die Minuten bei den Mülleimern gestohlen. Am Anfang, besonders wenn die Sonne schien, hatte Therese sich vor dem Gestank der gärenden Abfälle geekelt. Jedoch sie gewöhnte sich daran. Nahm den Gestank in Kauf für die Stille zwischen den Tonnen.

Im Saal oben, wo Therese Schrauben für Feldtelefone drehte, ratterten Stanzmaschinen, zwölf Stunden am

Tag. Irgendwann stumpfte Therese auch dagegen ab. Sie versuchte, alle Geräusche und Bilder um sie herum auszuschalten wie die Vorführung eines Films. Manchmal gelang es ihr, sich mit allen Empfindungen hinter die Wände ihres Schädels zurückzuziehen. Doch dann wieder, besonders an Föhntagen, schlug ihr der Lärm wie ein Hammer ins Gehirn.

Therese lief in die Halle zurück, wobei sie sich hinter Tonnen und Verpackungsbehältern verbarg. Vielleicht war ihr Fehlen schon aufgefallen, und man suchte sie. Sie mußte zehn Stunden am Tag arbeiten, und sie durfte ihren Platz auch nicht während der halben Stunde Mittagspause verlassen. Doch jetzt hatte Werkmeister Thalhuber Schicht. Vor ihm hatte Therese keine Angst. Vielleicht war Thalhuber überhaupt der einzige Mensch im Betrieb, vor dem Therese keine Angst hatte. Die Frauen, die mit ihr in der Halle arbeiteten, hatte Therese niemals vorher gesehen, aber sie gehörte zu ihnen. Sie alle waren wie halb verhungerte graue Tauben, durch ein Verhängnis dazu bestimmt, in der Gefangenschaft zu sterben. Gertrud, die neben Therese saß, hatte oft Herzanfälle, bei denen sie zu ersticken glaubte. Einmal, als Therese sie hinausgeführt hatte, war ein Aufseher dazugekommen: »Was ist los? Krank? Eine Jüdische? Kippt sie doch in den Müll.«

Therese mochte Gertrud. Sie war eine große knochige Frau mit starken Zähnen. Es schien, als reiche ihr Mund nicht, sich darüber zu schließen. Gertrud stammte aus einer Münchner Kunsthandlung, hatte Kunstgeschichte studiert. Therese hätte gern mit ihr geredet, aber Sprechen war während der Arbeitszeit nicht erlaubt. Christl, eine junge blonde Frau mit Pagenkopf, die auf der anderen Seite neben Therese saß, hielt sich nicht ans Redeverbot. Sie hatte Therese gleich am ersten Tag gefragt, ob sie Angst vor den Nazischweinen habe. Nur wenn

Öttl Aufsicht hatte, dann war auch Christl wachsam. Sie vermutete, daß Öttl wegen Fettsucht nicht Soldat geworden war. Selbst der weiteste Kittel konnte seinen Bauch nicht bedecken, so daß er den Kittel offenließ und sein schmuddeliges Unterhemd sichtbar wurde. Das Wendigste an Öttl waren seine Augen. Fischaugen, aus denen jede Sekunde die Mordlust eines Haies herausbrechen konnte. »Wenn ich dem seine Augen seh, wird mir schlecht«, flüsterte Christl. »Der hat ja Wimpern wie eine Sau.« »Der ist auch eine Sau«, entfuhr es Gertrud, und ihr Mund schloß sich nach dieser ungewohnten Grobheit mühsam wieder über ihren Zähnen.
Öttl watschelte durch die Halle wie ein aufgedrehtes Kinderspielzeug, nur lautlos. Er war allgegenwärtig. Die hochtrabende Überheblichkeit seiner Rasse hatte ihm gänzlich unvorhergesehen eine Schar von Frauen ausgeliefert. Jüdinnen, Polinnen und Russinnen. Alle waren sie angekettet an seinem Triumphwagen. Es schien Öttl jeden Tag aufs neue zu beglücken, den Frauen an ihren Haaren den Kopf in den Nacken zu reißen, wenn er gesehen hatte, daß eine tuschelte oder sich für eine Minute ausruhte. Oder er pflegte blitzschnell gegen den Schemel zu treten, auf dem die Frau saß, so daß sie stürzte. Judensau nannte er sie, Hure, Russen- oder Polensau, je nachdem.
Einmal hatte Therese vom stundenlangen Sitzen auf dem Hocker derart starke Rückenschmerzen, daß sie glaubte, das Kreuz würde ihr durchbrechen. Sie wußte, daß im Magazin Stühle standen, lief rasch, sich einen zu holen. Öttl, der offenbar gewartet hatte, bis sie wieder saß, riß ihr blitzschnell den Stuhl weg, schrie, daß sie hier nicht im Café weile, und als sich Therese nicht sofort wieder vom Boden erhob, griff er ihr brutal an den Kittel, riß sie hoch. »Das erlaubst du dir nicht nochmal, Judenschlampe«, sagte er und gab ihr einen Stoß, so daß

sie gegen Christl fiel und einen Kasten mit Schrauben zu Boden riß. Öttl begann wieder zu toben. Er schlug Gertrud und Christl, die Therese helfen wollten, die Schrauben aufzuheben.
In der nächsten Schicht kam Thalhuber, dem Öttl offenbar Bericht erstattet hatte. Im Raum war es still. Es hieß, daß Thalhuber der Chef von Öttl sei, doch keine wußte es genau.
Therese dachte sehnsuchtsvoll an einen Ort, wo sie sich verbergen könnte, eine dunkle Ecke, eine schmutzige Höhle. Irgendeinen Ort, denn sie wußte, daß Thalhuber nicht auf ihrer Seite sein durfte. Sie schloß die Augen, erwartete Thalhubers strafende Stimme wie ein Schlinggewächs, das wachsen und sich um sie herumwinden würde.
Thalhuber kam zu Therese, sagte, daß sie sich ihren Stuhl wieder aus dem Magazin holen solle. Therese schaute Thalhuber verblüfft an. In ihr breitete sich eine Welle aus, weich und warm, und Thalhuber sagte, alle könnten sich Stühle holen, jede, die einen wolle. Öttl erschien nicht mehr. Es hieß, er arbeite im Versand.
Als Therese zum ersten Mal mit ihrem gelben Stern zur Arbeit gehen mußte, erschienen ihr die Straßen kaum noch passierbar. Denn nun gab es keinen noch so dunklen Ort mehr, wo sie nur noch eine Frau war, ein Mensch wie andere. Sie konnte das jetzt nicht mehr vorspielen. Der gelbe Stern leuchtete noch von der hintersten Plattform der Straßenbahn, obwohl Therese ihre Tasche vor die Brust gehalten hatte. Der SS-Mann jedoch hatte gelb gesehen. Er meldete Therese sofort dem Schaffner, der ihre Personalien aufschreiben mußte. »Und daß Sie sofort der Partei Meldung machen«, befahl der SS-Mann dem Schaffner, der stumm blieb. Auch im Wagen war es still. Nur der SS-Mann brüllte, stieß Therese brutal von der Plattform herunter. »Damit

du endlich lernst, daß die Straßenbahn nicht für Juden da ist.«
Therese war mitgefahren, weil sie eine Grippe hatte. Fast vierzig Grad Fieber. Sie fühlte, wie ihr das Fieber den Kopf mit Schmerz füllte, ihr Herz zum Rasen brachte und die Knie einknicken ließ. Gleich nach dem Zähneputzen hatte sie sich zurückgeschlichen zu ihrer Matratze. Doch schon am nächsten Morgen erschien die Gestapo und befahl sie wieder zur Arbeit. »Morgen sind Sie wieder an ihrem Platz, oder wir holen Sie persönlich ab.« Danach hatte Therese wieder genügend kalte Wut, so daß sie sich eine Jacke ohne Stern mitnahm und damit den Stern verdeckte. Das war zuverlässiger, als eine Tasche davorzuhalten.
An dem Morgen, als Thalhuber Therese zum ersten Mal mit dem Stern sah, nahm er sie leicht beim Arm. Er, der bislang immer formell und eher schroff geblieben war, zog jetzt Therese scheu, fast zärtlich zu sich und sagte, sie immer noch ansehend: »Ehrenzeichen werden links getragen.«
Es war Therese, als könne sie nach langer Blindheit zum ersten Mal wieder sehen. Die Luft um sie herum lebte. Sie spürte die warme Hand des Mannes an ihrem Arm. Sah die tiefen Kerben zwischen Nase und Mund, den grauen Streifen in seinem wassergescheiteltem Haar. Thalhuber war Arier, und er hatte Therese gerade wieder in ihre Rechte eingesetzt. Manchmal hatte er Obst in ihren Kittel gesteckt, ein Stück Speck. Dinge, die für Therese inzwischen unerreichbar waren. Juden konnten kein Fleisch mehr kaufen, keinen Fisch, keinen Käse. Sie bekamen weder Milch noch helles Brot. Nur noch Kartoffeln, grobes dunkles Brot und Rüben blieben ihnen. Und auch davon nur je ein Pfund pro Woche. Einmal fand Therese in ihrer Tasche sogar Schokolade und einen Zettel dabei »für Valerie«.

Thalhuber wußte, daß Therese eine Tochter hatte. Morgens wenn sie in die Fabrik ging, brachte Therese Valerie in den Heimkindergarten. Abends holte sie die Kleine dort wieder ab. Oft gingen sie beide wortlos, so als schliefen sie im Gehen. Therese hatte nicht mal mehr die Kraft, für sich und Valerie eine helle Zukunft zu erträumen. Valerie war sehr still geworden. Sie fragte zwar niemals nach den Großeltern, aber sie vermißte sie sichtlich. Und Therese mochte das Kind auch nicht mit falscher Munterkeit zu täuschen suchen. Was konnte sie ihrem Kinde versprechen? Wo sie selbst keine Hoffnung mehr hatte. Nur noch gestohlene Minuten zwischen stinkenden Mülltonnen.
Auf ihrem Weg zurück in die Halle, am Fuß der Treppe, kam Thalhuber Therese entgegen. Er hatte sie zweifellos gesucht. Thereses Nackenhaare schienen sich aufzustellen, sie spürte eine Veränderung, eine bedrohliche Wolke. Thalhubers Gesicht war seltsam fahl, wie aufgerissen. Er zog Therese rasch mit sich, in einen rußigen Winkel unter der Treppe. Sie dachte flüchtig, daß es hier Ratten geben müsse, und ihre Zehen spreizten sich in unwillkürlicher Abwehr. Therese spürte die feuchtkalte Mauer in ihrem Rücken, an ihrem Hals den heftigen Atem des Mannes. Er roch nach Staub und Petroleum. Er roch gut. Er umklammerte Therese, wollte alles im letzten Moment. Und er sagte Therese, daß sie, ihre Mutter und ihre Schwester auf der Liste stünden, Else Behrend-Rosenfeld auch. Daß alle morgen aus dem Lager raus müßten nach Milbertshofen, daß sie abgeholt würden. »Du mußt weg, Therese, weg aus der Heimanlage, weg aus München.«
Seine Hände waren überall auf Therese. Die Zeit hatte es eingerichtet, daß er sie beschenken konnte. Sie war in seiner Schuld, doch sie hatte ihm nichts zu geben außer ihren immer rascher verfallenden Körper unter dem

grauen Kittel, ihre rissigen verstaubten Hände, das wirre verklebte Haar.
Therese war nicht mehr Therese. Sie war Sara. Thalhuber wußte das. Der Arier vergiftete sein erbgesundes Blut für immer. Thalhuber, dessen Schrei an Thereses Hals erstickte, lächelte wie im Fieber. Therese machte sich behutsam los. Sie waren quitt.
Therese ging wieder hinauf an ihren Arbeitsplatz. Stanzte weiter Teile für die Telefone und ließ das Rattern der Maschinen ungehindert in ihr Gehirn. Am Abend lief sie mit zwei anderen Frauen in die Heimanlage, die Kinder abzuholen. Valerie, Hänschen, Lorin. Vor dem Kindergarten standen zwei SS-Männer: »Ihr könnt hier nicht rein.«
»Doch, wir wollen unsere Kinder abholen, wie jeden Abend.« »Die sind nicht mehr hier. Sind heute abtransportiert in den Osten.«
Therese sah Gerda, die neben ihr stand. Sie sah, wie alles Menschliche aus Gerdas Gesicht entwich. Gerda schlug den SS-Mann ins Gesicht: »Ihr Schweine, wo ist mein Kind?« Gerti und Therese wollten Gerda zurückreißen, da waren die Männer auch schon über ihr, und Therese konnte gerade noch wegrennen. Den Mund voller Schreie. Therese rannte und stolperte und suchte nach irgendeinem Gott, damit er die Welt anhalte.

Therese fühlte sich leer, wie ausgetrocknet. Eine Hülle, die denkt und handelt, aber nichts mehr fühlt. Ihre Seele war starr. Ihre Persönlichkeit wie von einer Riesenhand zusammengequetscht. Ihr Kind, Valerie, verschleppt. Thereses Welt war das Dunkel.
Sie stimmte nun, wo ihr alles sinnlos erschien, dem Fluchtplan Annis zu, von dem diese bei ihren hastigen geheimen Treffen immer wieder gesprochen hatte. Mutter und Sybille konnten auf einem abgelegenen Bauernhof in der Nähe von Passau unterkommen, bei einer Cousine von Anni. Ihr Mann war an der Front, und sie hatte sich seit Wochen bereit erklärt, notfalls die Suttners zu verstecken. Therese hatte die Adresse eines Bruders von Anni, der im Isarwinkel wohnte.
Natürlich war die Flucht voller Risiken, doch was tat das jetzt noch. Sie legten Abschiedsbriefe auf ihre Pritschen, daß sie den Abtransport Valeries nicht verwinden könnten, daß sie daher nicht mehr leben wollten.
Als sie sich leise anzogen und aus dem Zimmer gingen, blieben die Zurückbleibenden still. Den Fluchtweg hatten sie sich kurz überlegt. Zwischen den Büschen im Obstgarten hindurch wollten sie zu einem großen, stark verzweigten Apfelbaum kriechen und dann, gehe es wie es wolle, von diesem Baum aus über die Mauer. Therese

hatte Sorge, wie sie Mutter auf den Baum hinaufbringen sollten. Weit gefehlt. Kühl und entschlossen, als gelte es, eine Freitreppe hinaufzugehen, raffte Mutter Röcke und Mantel, stieg auf Thereses zusammengelegte Hände. Sybille schob nach und dann saß Mutter rittlings auf dem Ast, der ein Stück über die Klostermauer reichte. Mutter schob sich daran entlang, als habe sie niemals auf andere Weise einen Garten verlassen. Und ehe Sybille und Therese es faßten, hing sie schon hinter der Mauer an dem Ast. Sie hörten einen gedämpften Aufprall, einen halb verschluckten Ausruf des Schrekkens. Doch das war die Stimme von Anni, die hinter der Mauer gewartet hatte und nun Mutter auf die Beine half.

Sie rissen sich die Davidsterne von den Kleidern. Ihre Kennkarten, die sie als Juden auswiesen, hatten sie in einen Mantelsaum eingenäht. Rasch, aber nicht zu schnell, machten sie sich auf den Weg zum Münchner Hauptbahnhof.

Therese und Anni gingen voraus. In einigem Abstand folgten Mutter und Sybille. Es war inzwischen etwa vier Uhr in der Früh. Es hatte geregnet, ein warmer Julieregen. Die Luft war frisch, doch die Frauen dampften in ihrer schwarzen Trauerkleidung, unter der sie alles an Garderobe trugen, was gerade noch anging. Mehr als das, was sie auf ihrem Leib trugen, besaßen sie nicht mehr. Jede von ihnen hatte nur eine kleine Tasche mit etwas Waschzeug. Alles andere wäre zu auffällig gewesen.

Nirgends ein Licht. Es war Krieg. Die Straßen waren wie dunkle Schlünde. Es schien ihnen, als hörten sie aus den Schatten der Toreinfahrten, aus den verdunkelten Höhlen der Fenster metallische Stimmen, die ihnen zuriefen: »Halt! Für Juden verboten.« Schwarz standen die Bäume unter dem silbrig zitternden Ballon des Mondes.

Irgendwo aus dem schwarzen Gehäuse der Stadt schlug eine Glocke. Ihnen klang es wie Jude, Jude, Jude. Schließlich waren sie in der Arnulfstraße. Anni ging erst einmal alleine in den Bahnhof, um nach den Zügen zu sehen. Therese, Sybille und Mutter verbargen sich im Schatten der Bahnhofsmauer. Therese sah das Gesicht Mutters. Es schien ihr verzogen von Schmerz. Tränen liefen Mutter aus den Augen, sie wischte sie nicht einmal weg. Auch in Sybilles schönem, weißen Gesicht zuckte es wie unter einer Schicht von Schmerzen. Sie hatten, das wußte Therese, keine Hoffnung. Und trotzdem handelten sie. Ich will nicht mehr fühlen, dachte Therese, und da kam auch schon Anni. Therese mußte sich beeilen, gerade war ein Zug nach Bad Tölz eingelaufen. Die Fahrkarte für Therese hatte Anni besorgt.
Therese ging. Sie sah sich nicht mehr nach Sybille und Mutter um. Auch Anni blieb zurück. Therese hörte einen unterdrückten Ruf. Sie wußte nicht, ob es Mutters Stimme war oder Sybilles. Therese ging weiter. Sie fand es sinnlos, weiterzugehen, und sie ging trotzdem hinein in die graue Höhle der Bahnhofshalle, die ihr früher immer ein großes Versprechen gewesen war. Jetzt erfüllte kalter, dröhnender Lärm Thereses Kopf. Uniformierte mit Schäferhunden, Fänger der braunen Macht, hielten nach ihr Ausschau. Nicht jetzt, dachte Therese, nicht jetzt. Vielleicht kriegt ihr mich in einer Stunde oder morgen, aber nicht jetzt. Sie stieg ruhig in ein Abteil, durchquerte es. Es war leer. Auf der anderen Bahnsteigseite verließ Therese das Abteil wieder, kletterte über die Schienen und kam unbehelligt zu dem Zug, der nach Bad Tölz fuhr. Alle Wagen waren voll besetzt mit Soldaten, die Abteile verdunkelt. Ein paar Glühbirnen brannten. Therese sah zunächst nur Uniformen und Stiefel, die zurückgezogen wurden, als Therese versuchte, darüber hinwegzusteigen. Offenbar waren die Soldaten von

Thereses Erscheinen irritiert. Jedenfalls verstummte das Rufen und Reden. Sogar von ihren Skatkarten sahen die Männer auf die tief verschleierte, schwarz gekleidete Frau, die einen Platz suchte. Am liebsten hätte Therese sich in eines der Gepäcknetze gelegt, die voll beladen waren mit Tornistern und Soldatenmänteln. Hier, so glaubte Therese, hätte sie am ehesten die Chance gehabt, sich zu verbergen. Doch sie wußte, wie unsinnig dieser Gedanke war. Und dann machten ihr zwei Soldaten auf einer Bank schon Platz. Einer, ein junger Leutnant mit frischem Gesicht und vollem, kräftigen Mund, fragte so arglos teilnahmsvoll, ob ihr Mann gefallen sei, daß Therese sofort die Tränen in die Augen schossen. Sie nickte heftig, worauf die umsitzenden Soldaten sie alle interessiert und mitleidig ansahen, was Thereses Tränenflut noch steigerte. Fast glaubte sie jetzt selber, eine Soldatenwitwe zu sein. Sie wäre in diesem Moment gern eine gewesen. Alles wäre sie gerne gewesen, nur nicht sie selber, Therese Karoline Sara Rheinfelder, die Illegale, die Jüdin.

Unter den hilflos teilnehmenden Blicken der Männer durchflutete der Schmerz um den Verlust Valeries, Mutters und Sybilles Therese mit solcher Wucht, daß ihr Schluchzen schließlich den ganzen Körper ergriff. Und Therese ließ sich fallen. Sie wollte nicht mehr denken, nicht mehr fühlen, sie wollte nur noch weinen.

Der junge Frische legte seinen Arm um Thereses Schulter, hielt sie fest an sich gedrückt. Er bat Therese, nicht mehr zu weinen, er hielt dieses Weinen nicht aus. Seine Kameraden ebensowenig. Sie hatten gelernt, in Unterständen Verwundete schreien zu hören, Tag und Nacht. Sie hatten die Blutenden zum Verbandsplatz geschleppt. Sie hatten Schreckliches gesehen, so viel Schreckliches, daß sie es schließlich nicht mehr wahrgenommen hatten. Aber das hier, dies schwarze verschleierte Weinen, dies Frauenweinen, das sollte aufhören, das hielten sie nicht aus. Und der Frische sagte dann auch beschwörend zu Therese: »Nicht weinen, es ist nun mal nicht zu ändern.«

Die Zugkontrolle kam. Der Uniformierte baute sich vor Therese auf. »Sie sind zugestiegen, ihren Ausweis bitte.«

Immer noch von ihrem Weinen geschüttelt, suchte Therese in ihrer Tasche herum, wohl wissend, daß es da nichts zu suchen gab. Kamm, Bürste, Seife, Monatsbinden kramte sie heraus. Die Männer schauten verlegen weg. Thereses Wangen brannten hinter ihrem Schleier. Aber sie wußte, daß diese Verlegenheit sich mit ihr verbünden würde.

Es war seltsam still im Abteil. Von außen hörte man jetzt wieder die Geräusche des Bahnhofs. Therese fühlte sich eiskalt an den Pranger gestellt, nackt vor all den Männern. Bis der Frische plötzlich den Kontrolleur fragte, ob er denn immer noch nicht begriffen habe: »Die Frau hier, die ist Kriegerwitwe, Mann, die hat ihren Mann verloren. Die ist doch völlig außer sich, das sieht doch ein Blinder. Mußt du die hier auch noch hochnotpeinlich untersuchen?«

Die Kontrolleure sahen sich an, tippten an ihre Mützen, gingen weiter. Ergeben suchte Therese ihre Sachen wieder zusammen, stopfte alles zurück in die Tasche, sah den Frischen dankbar an.

Als die Kontrolleure das Abteil verlassen hatten, schlug Therese ihren Schleier zurück. Die Soldaten sahen erleichtert, daß Therese sich die Tränen abwischte, sie anlächelte. Der Frische gab ihr ein Butterbrot, ein anderer rieb einen Apfel an seinem Uniformärmel blank und gab ihn ihr. Ein Soldat, der Therese gegenübersaß, reichte ihr seine Feldflasche. Darin war tatsächlich Kaffee, richtiger Kaffee. Er war nur noch wenig warm, aber Therese schmeckte er großartig. Therese sah die Männer jetzt genauer an, vor allem den Frischen, der sie beschützt hatte. Wenn er wüßte. Wie würden seine blaßblauen Augen unter dem hellen Strubbelhaar Therese wohl ansehen, wenn er wüßte, daß sie Jüdin war? Jetzt jedenfalls sah er sie strahlend und triumphierend und verschwörerisch an. »Na, die ham wir jetzt los – als wenn der Mensch nix anderes zu tun hätte, als an seinen Ausweis zu denken.«

Die anderen nickten. Sie waren froh, daß dieses Geflenne ein Ende hatte, und daß es dieser jungen schönen Frau bei allem Kummer offensichtlich hervorragend schmeckte. Wo es doch grobes Kommißbrot war und ein Apfel. Aber die aß so voller Gier, daß einem das Zusehen Spaß machte. Die hatte wohl schon lange nichts Ordentliches mehr in den Magen gekriegt.

Der Frische erzählte Therese, daß er mit seinen Kameraden zu einer Ausbildungseinheit gehöre, die in einer Kaserne in Wiesham stationiert werden solle. In Wiesham bei Bad Tölz. Therese erschrak für einen Moment. Die Soldaten fuhren ja genau in den Ort, in den auch sie wollte. Als habe der Soldat das erraten, fragte er Therese, ob sie da auch hinmüsse. Dann könnten sie sich ja mal treffen und gemeinsam in die Berge fahren.

Hastig begann Therese nun ihrerseits den Frischen nach seinem Herkommen auszufragen, damit er nur ja nicht auf den Gedanken kam, Thereses Adresse in Wiesham zu erforschen. Gutmütig ging der Frische auf alle Fragen Thereses ein. Aus Köln-Kalk komme er. Nein, Familie habe er noch nicht. Er war schon früh Offizier geworden. Hatte die Kriegsschule in Potsdam absolviert. Er war in Frankreich gewesen, in Rußland. Von da sei er vor sechs Monaten zurückgekommen, um als Ausbilder diese Einheit zu übernehmen.

Wiesham war erreicht. Im Durcheinander des hastigen Aufbruchs schlüpfte Therese rasch aus dem Zug, wobei sie panisch bemüht war, den Kontrolleuren nicht wieder zu begegnen. Doch alle Behördlichen schienen offenbar derart intensiv mit der Flut der aussteigenden jungen Soldaten beschäftigt, die sich jetzt lärmend über den Bahnsteig ausbreitete, daß Therese ungehindert entkam.

Auf dem Bahnhofsvorplatz sah Therese sich um. Doch noch niemand aus dem Zug war zu sehen. Therese wußte, daß sie so rasch wie möglich von diesem Platz verschwinden sollte. Anni hatte ihr gesagt, daß das Haus ihres Bruders, des Polizeihauptwachtmeisters von Wiesham, in der Nähe des Bahnhofs lag. Linker Hand, hatte Anni gesagt. Und Therese ging los. Zum ersten Mal schaute sie auf ihre Armbanduhr. Doch die war stehengeblieben. Therese schätzte, daß es gegen sieben Uhr sein mußte, und Therese dachte zum ersten Mal wieder an Sybille und Mutter. Hatten sie es auch geschafft? Wo waren sie jetzt? Valerie – wo war Valerie? Sie alle, Valerie, Mutter und Sybille, alle, die Thereses Leben ausmachten, waren irgendwo an einem Ort, den Therese sich nicht vorstellen konnte. Aber sie waren in der Nähe des Todes, wie Therese, das war sicher.

Therese erkannte die Polizeidienststelle sofort an dem Spitzbogen, über dem der Reichsadler hockte. Die Wohnung der Lechners, so hatte Anni gesagt, lag im ersten Stock. Hier schliefen auch die Polizeibeamten.

Therese zögerte, bei der Familie Lechner zu klingeln. Von Anni wußte sie, daß die Lechners grundsätzlich bereit waren, Therese aufzunehmen. Doch Anni hatte noch keine Gelegenheit gehabt, den genauen Zeitpunkt der Ankunft Thereses mitzuteilen. Therese sah sich um. Ein Bauernfuhrwerk kam aus einem Gehöft. Ansonsten war der Platz noch ruhig. Doch Therese wußte, daß die Gestapo inzwischen auch auf dem Land nach geflüchteten Juden suchte. Daß sich richtiggehende Greiftrupps gebildet hatten, die sich rühmten, Juden mit tödlicher Sicherheit schon von weitem zu erkennen.

Therese drückte auf die Klingel, dann lauschte sie, hörte aber nur ihr eigenes Herz im Kopf klopfen. Therese schellte nochmals, wandte sich aber schon zum Gehen, als ein Mann über ihr den Kopf zum Fenster herausstreckte. Er knöpfte sich gerade seine Uniformjacke zu. »Was is?« fragte er. Therese hob ihren Schleier nur ganz leicht, entschuldigte sich. Sagte, daß sie eine Cousine der Lechners sei und aus München komme, um von Verwandten etwas zu überbringen. »Von München?« Der Polizist lachte. »Gestern sans mit dem Zug nach München, ja kruzifix.«

Therese war fast übel vor Angst und Enttäuschung. Wohin sollte sie nun gehen? Auf jeden Fall mußte sie fort von diesem Polizisten. Sie ging mit raschen Schritten in einen Weg hinein, von dem sie annahm, daß er sie in den Ort führte. Erst jetzt spürte Therese, daß sie müde war, erschöpft bis zur Empfindungslosigkeit. Sie hatte die vergangenen Nächte kaum geschlafen, und in der letzten Nacht war sie nicht einmal eine Stunde im Bett gewesen.

Auf einer Wiese sah Therese ein großes Schild, das auf einen rohen Stamm genagelt war. Therese las: In diesem Ort sind Juden unerwünscht.

Therese fand endlich einen Gasthof, und sie ging hinein, auf ihre Trauerkleidung vertrauend, bereit zu jeder Szene. Im Flur, in dem es dunkel war und nach Zichorienkaffee roch, begegnete ihr eine ältere Frau. Diese stutzte kurz, fragte dann, was Therese wolle. Schlafen, antwortete Therese und wartete ohne jede weitere Erklärung auf die Reaktion der Frau. Die fragte nicht weiter, nahm Thereses Tasche und ging vor ihr her die Treppen hoch bis in den zweiten Stock unters Dach, zeigte Therese eine Toilette und dann ein kleines Zim-

mer. »Wenn Sie sich schlafen legen, schließen Sie unbedingt von innen ab. Und öffnen Sie unter keinen Umständen, wenn jemand klopft. Ich passe schon auf, Sie müssen keine Sorge haben.«
Als Therese aufwachte, war es ebenso dunkel im Zimmer, wie es beim Einschlafen gewesen war. Klar, Verdunkelungspflicht. Auch auf dem Land. Therese konnte lange nichts im Raum erkennen, um so jäher jedoch wurde ihr klar, in welch trostloser Situation sie sich befand. Was sollte sie hier? Selbst wenn sie ungesehen aus diesem Gasthaus wieder herauskam – konnte sie wirklich zu diesem Gendarmerieposten gehen und die Lechners veranlassen, sie vor den Nationalsozialisten zu verstecken? Sie waren doch selber in der Partei. Ach Anni, dein Herz hat diesmal deinen Verstand um Längen geschlagen. Die Polizisten, die mit den Lechners im Haus lebten, konnten doch nicht eingeweiht werden! Wie sollte Thereses Existenz vor ihnen verborgen bleiben? Annis Plan war aberwitzig. Kaspar Lechner würde sofort an die Wand gestellt, wenn Therese entdeckt würde. Seine Frau käme ins Zuchthaus. Und der zehnjährige Bub – Therese wollte sich nicht ausmalen, was mit ihm geschehen würde. Sie brachte drei Menschen, die sie noch nie gesehen hatte, in Todesgefahr. Sie konnte unmöglich zu Lechners gehen. Doch – wo sollte sie hin? Thereses Herz klopfte, der Schweiß brach ihr aus. Sie mußte dringend auf die Toilette und öffnete daher vorsichtig die Tür ihres Zimmers. Von unten kamen Stimmen und das Klappern von Geschirr. Dazu roch es nach gebackenem Brot und nach Kraut. Therese wurde wieder hungrig. Auf der Toilette sah sie, daß sie ihre Tage hatte. Und mit einem Mal fiel ihr Thalhuber ein. Die Umarmung am letzten Tag. Und sie bekam Sehnsucht nach ihm. Und nach Ivan. Ja, ganz heftig nach Ivan. Das war wohl das Jüdische an ihr, daß sie triebhaft war und

Sehnsucht nach zwei Männern auf einmal hatte. An Leon dachte sie auch, und daß er jetzt Paula gehörte, dieser dicken arischen Schlummerrolle. Und daß Therese ihr Leon nicht gönnte, auch wenn sie nicht in ihn verliebt gewesen war. Geschlafen hatte sie doch gern mit Leon, und schließlich war er ihr Mann gewesen. Valeries Vater. Und wenn sie, Therese, hundert Männer gehabt hätte, sie hätte trotzdem Leon Paula nicht gegönnt.

Valerie. Der Gedanke an ihr Kind traf Therese wie ein Schlag. Warum liebt man sein Kind derart elementar, daß man niemals mehr davon loskommt? Hinter allen Gedanken hockt diese Liebe. Bereit, einen anzuspringen und die Krallen unheilbar tief einzuschlagen. Niemals wieder würde Therese ein Kind haben wollen. Niemals wieder einen Menschen liebhaben. Von einem Tag zum anderen ist man allein. Der Körper tut weh von all den Liebkosungen, die man zurückhalten muß. In einem Buch hatte Therese den Satz gelesen: Beschütz mein Herz vor Liebe. Ja – dachte Therese, wenn es eine Macht gibt, die mich beschützt, dann soll sie mich vor der Liebe beschützen. Vielleicht würde sie niemanden wiedersehen, niemanden. Keinen der Menschen, den sie geliebt hatte. Valerie nicht, Sybille und Mutter nicht. Weder Ivan noch Leon noch Thalhuber. Ja, auch Thalhuber zählte. Obwohl sie nur wenige Worte miteinander wechseln konnten, obwohl ihre Gefühle hinter den grauen Kitteln versteckt bleiben mußten, Thalhuber zählte. In seiner Nähe war Therese ruhig gewesen. Wenn seine verschatteten Augen sie ansahen und sofort wieder losließen, dann wußte Therese, daß Thalhuber sie in seinen Gedanken besaß. Und es war ihr recht. Und Thalhuber wußte, daß es ihr recht gewesen war. Therese hatte wahrlich andere Probleme gehabt, als sich mit den Gefühlen Thalhubers auseinanderzusetzen. Dennoch wärmte und tröstete sie seine Existenz, und sie hätte freiwillig nicht auf ihn verzichtet. Daß Thalhubers Herkommen und Lebenskreis ihr völlig fremd waren, daß Thereses Gefühle für ihn ihre Familie wahrscheinlich entsetzt hätten, daß er kaum als passend gelten konnte, gerade das gefiel Therese an ihm.

»Ich bin's«, rief jetzt die Stimme der Frau an der Tür, und Therese öffnete. Im Halbdunkel forschte sie im Gesicht ihrer Gastgeberin, die sie hier ohne zu fragen schlafen ließ und ihr jetzt auch noch Essen brachte. Kartoffeln, Kraut, einen Becher heiße Milch, ein Stück Brot. Während Therese aß, holte die Frau ihr eine Schüssel mit Wasser, dazu Seife, ein Handtuch.

Die Frau mochte Ende fünfzig sein. Sie war groß, fast dürr. Ihr festes Haar war kurz geschnitten. Es war Therese heute früh schon aufgefallen, daß diese Frau auf eine strenge Art gut aussah. Wie kam sie wohl in dieses Gasthaus? Immerhin mußte sie berechtigt sein, hier ihre Nichten einzuquartieren, denn sie hatte Therese heute früh erklärt, daß sie sich als Mechthild Muhr ausgeben sollte, falls sie doch jemand entdecken würde. Das bedeutete doch, daß zumindest die Nichten dieser Frau im Haus nicht persönlich bekannt sein konnten. Gern hätte Therese der Frau etwas von ihrem Schmuck geschenkt, den sie im Mantel eingenäht hatte. Aber er kam ihr armselig vor, gemessen an dem, was die Frau für sie riskierte. Dieser Gedanke berührte Therese zutiefst, und sie dachte daran, daß nicht alle Menschen in Deutschland auf Hitler eingeschworen waren. Nicht alle schrien, daß er befehlen solle und sie würden ihm folgen. Wie oft hatte Therese sich gefragt, warum denn die Arier, von Anni, Tilda oder dem Metzger Hallhuber abgesehen, alles taten, was die Nationalsozialisten planten. Warum glaubten sie Hitler, der doch eindeutig nur auf den Krieg hinauswollte? Selbst jetzt, wo überall die

Bomben fielen, die Menschen in Luftschutzkellern saßen, kaum mehr richtig satt wurden, selbst jetzt glaubten sie noch, daß Hitler für sie eine neue Welt schaffen würde. Warum sagte keiner laut »Nein« zu Hitler, wo es doch so viele dachten. Auch diese Frau hier, das spürte Therese, beschützte sie, so gut sie es eben konnte, vor den Nazis. Und plötzlich hatte Therese doch wieder Hoffnung, daß auch Valerie von jemandem beschützt würde. Kinder haben doch Schutzengel. Auch ungetaufte Judenkinder haben doch Schutzengel. Mutter und Sybille waren in Passau vielleicht schon in Sicherheit. Vielleicht würden sie einander doch wiedersehen, auf wundersame Weise, an irgendeinem Ort. Goethe hatte gesagt, wenn ein Wunder in der Welt geschieht, geschieht es durch liebevolle, reine Herzen.

Hätte Therese einen Gott, würde sie ihm einen Handel anbieten. »Wenn du, Gott, einen Menschen mit reinem, liebevollem Herzen dazu bestimmst, Valerie zu beschützen, dann werde ich für den Rest meines Lebens nur noch anderen Menschen dienen.«

Die Frau fragte Therese nicht, wohin sie wolle. Sie bot ihr an, doch noch eine Nacht zu bleiben. Wie gern hätte Therese zugesagt, doch sie wagte es nicht um der Sicherheit dieser Frau willen. Natürlich wäre sie am liebsten in diesen rotweiß gewürfelten, üppigen Kissen und Decken liegengeblieben. Alles schien Therese leichter, als zu Annis Polizistenfamilie zu gehen und die Erpressung fortzusetzen, die Anni wohl angewandt hatte, um Thereses willen. Doch hatten die Lechners inzwischen mit Sicherheit Anni in München aufgesucht, und sie wußten jetzt, daß Therese in Wiesham war. Wohl oder übel warteten sie jetzt auf Therese.

Leise und vorsichtig brachte die Frau Therese nach unten. Sie ging mit ihr durch den Hinterausgang in den Wirtsgarten und ließ Therese durch ein Türchen hin-

aus. Für einen Moment ließ Therese ihren Kopf gegen die Schulter der Frau fallen, die Therese leise durchs Haar strich. »Danke«, sagte Therese und »Ist schon gut«, antwortete die Frau. Als Therese auf die Straße trat, hörte sie nochmals die Stimme der Frau, »Auf Wiedersehen« rief sie halblaut. Und Therese rief »Ja« zurück. Und in diesem Moment wünschte sie sich schmerzlich, daß sie dieser Frau wieder einmal begegnen möge.
Für einen Julitag war das Wetter kühl, es regnete leicht. Thereses langer Mantel und der Schleierhut waren daher nicht allzu befremdlich. Außerdem, so dachte Therese, habe die Gestapo bei diesem Wetter vielleicht nicht so viel Lust zum Judenfangen, und Therese würde die wenigen Meter bis zur Gendarmeriestation als arische Kriegerwitwe glaubwürdig erscheinen. Die wenigen Leute, die Therese begegneten, sahen sie zwar aufmerksam an, aber sie schienen eine eher respektvolle Distanz einzuhalten. Ihr Interesse an Therese ging sicher nicht über das hinaus, was man allen Ortsfremden entgegenbrachte.
Wieder klingelte Therese bei der Gendarmeriestation. Diesmal öffnete der Polizeihauptwachtmeister Kaspar Lechner das Fenster, um es sofort wieder zu schließen. Sekunden später machte er Therese die Tür auf. Kaspar Lechner sah seiner Schwester Anni überraschend ähnlich. Das gleiche gelockte dunkle Haar, dunkle lebendige Augen, bräunliche Gesichtsfarbe. Therese hatte Kaspar Lechner in früheren Jahren bestimmt schon gesehen, wenn sie mit Anni in deren Elternhaus in Steinbach gewesen war. Doch sie hätte sich nicht mehr an Kaspar erinnern können.
»Also des san Sie«, sagte Kaspar Lechner jetzt unfroh. Und Therese verstand seine Stimmung. Damit er wenigstens sehen konnte, daß es in der Tat Therese war, nahm sie den Schleier ihres Hutes hoch. Für einen Mo-

ment sah Kaspar sie an. Sie konnte seinen Gesichtsausdruck nicht deuten. Dann trat er zur Seite, räusperte sich und murmelte: »Kommens rein.« Er komplimentierte Therese an sich vorbei und ging dann doch rasch vor ihr die Treppe hinauf. Therese konnte über der Tür im unteren Flur gerade noch ein Bild Hitlers erkennen. Seine Kohleaugen schienen sie angewidert anzusehen. Hitler der Sieger. Polen, Frankreich, Belgien, Holland, Dänemark, Norwegen, Griechenland. Überall hatte er nach der unkriegerischen Annexion Österreichs und der Tschechoslowakei gesiegt. Mit seinen Truppen, vor allem mit Hilfe der Luftwaffe, hatte er sich in die Sowjetunion vorgeschoben. Estland, Lettland, Litauen waren bereits annektiert. Tunesien und Lybien besetzt. Jugoslawien war besiegt. Die Italiener, die Ungarn und die Rumänen kämpften an der Seite der Deutschen. Sogar mit Japan war Deutschland verbündet. Die Japaner kämpften im Pazifik gegen die amerikanische Flotte.
Unser herrlicher Führer, hatte einmal eine alte Frau zu Therese gesagt, als sie in der Residenzstraße in eine Kundgebung hineingeraten war. Unser herrlicher Führer, stammelte sie immer wieder vor sich hin, wobei ihre kleinen Vogelaugen glühten. Ihre dünnen Finger hielten einen Blumenstrauß umklammert. Die fanatischen Augen der Alten hatten Therese Angst gemacht. Sie dachte daran, wie sehr sich Vater irrte, der die Nazis immer als randständige Opportunisten angesehen hatte, als so etwas wie eine vorübergehende Landplage. Aber Hitler hatte auch Vater besiegt. Und während Vater tot war, hing Hitlers Bild immer noch an allen Wänden. Und hinter seiner teigigen Stirn brütete er brutale Pläne aus. Daran gab es jetzt keine Zweifel mehr. Onkel Kurt und Tante Henriette aus Berlin waren schon vor einem Jahr deportiert worden. In Berlin gab es nur noch ein Viertel der früher dort ansässigen Juden. Sie waren

abgeholt worden oder hatten sich umgebracht, um den Nazis zuvorzukommen. In Berlin hatten vor der Nazizeit die meisten deutschen Juden gelebt. Sie prägten das kulturelle Bild der Stadt, gaben ihm Weltniveau. Die Nationalsozialisten jedoch wollten die Welt nach ihrem eigenen Bild gestalten. Dazu mußten sie die Juden aussperren, vernichten. Therese wollte ihm entkommen, dem Herrn Hitler. Sie wollte ihm Valerie wieder entreißen und Mutter und Sybille. Sie wollte die Großeltern wiedersehen und Ivan und Leon und Thalhuber. Und wenn ihr Nationalsozialisten dazu verhelfen wollten, fand sie das zwar unglaubwürdig, ja absurd, doch ihr war jeder Weg recht. Mußte ihr recht sein. Sie hatte keine Wahl. Die Lechners, obwohl Parteimitglieder, waren das letzte Glied an der Kette, die Therese noch mit dem Leben verband.

Manchmal erschien es Therese lächerlich. Tag um Tag lag sie nun in der verdunkelten Kammer, umstellt von den Möbeln des Lechner-Schwagers, der Vertiko, Kommode, Spiegel und Sessel vor den Bombenangriffen bewahren wollte. Therese sah es den Möbeln an, daß sie nicht gern mit ihr eingesperrt waren. Schief standen sie da, schienen Therese griesgrämig anzuschauen oder auch höhnisch. Vor allem der Spiegel, der bei dem ständigen Dunkel offenbar jegliche Lust am Dasein verlor und düstere Alpträume sehen ließ. Mürrisch neigte sich das Vertiko über Therese. Nicht selten, wenn sie aus ihrem flachen, immer wachen Schlaf auffuhr, schien sich das Vertiko gerade noch einmal aufzurichten. So weit hatte es sich vorgeneigt, Thereses Gesicht mittels seiner gläsernen Scheiben zu zerstückeln. Die Kommode dagegen schien völlig teilnahmslos. Den Bauch träge vorgewölbt, stand sie da und lauschte auf den Holzwurm, der ihr das Mark aus den Fasern rieseln ließ. Therese kaute gelegentlich, wenn der Hunger sich an ihren Magenwänden festkrallte, das feine Holzmehl, das sich in Häufchen unter der Kommode versammelte.
Ohnehin hätte Therese auf das Mobiliar nicht verzichten können. Denn trotz der Verdunkelungsrollos war die Kammer von dem umlaufenden Balkon des Hauses

einzusehen, zumindest bei Tag. Die Polizisten, deren Dienstzimmer unter Thereses Kammer lag, kamen gelegentlich in der Mittagspause auf den Balkon. Hörte Therese ihre Schritte – und sie konnte inzwischen jeden Hausbewohner am Tritt erkennen – warf sie eine Decke über sich, rollte sich darunter zusammen und empfand sich als das Bündel Lumpen, das die Zeit ausgespuckt hatte wie eine Eule ihr Gewölle. Wenn Therese sich auf diese Weise tot stellte, das Kinn eng an die Knie gepreßt, die Arme fest um sich geschlungen, dann war sie sich selbst so nah, daß sie es in der ersten Zeit kaum ertragen konnte. Allein ihr Körpergeruch. Kein Schweinekoben im Isarwinkel, dessen war Therese sicher, stank derart abstoßend wie sie. Und die Gerüche nach Tod, nach Verwesung und Leben schienen sich in Therese noch zu verdichten, wenn sie, ihre Hand fest um ihre Veronaltabletten gepreßt, die totbringende Entdeckung fürchten mußte. Selbst die Bodendielen schienen dann bereit, Therese zu denunzieren. Sie ächzten schon, wenn Therese ihre verkrampfte Lage auch nur geringfügig verändern wollte.
Nicht einmal die Nächte konnte Therese mit sich verbünden. Das Dienstzimmer unter ihrem Verschlag war ständig mit wenigstens einem Wachhabenden besetzt. Das bedeutete für Therese, daß sie sich niemals gefahrlos hochstemmen konnte von ihrem Lager, zum Hocken oder Sitzen, daß sie sich nur unendlich behutsam von einer Seite auf die andere drehen durfte. Bei jeder Verlagerung des Gewichts gaben die Dielen Laut. Und einmal wollte ein Polizist unbedingt nachsehen, was da über seinem Kopf los wäre. Kaspar Lechner konnte ihn nur mit der Versicherung davon abhalten, daß sich aus dem G'lump, das der Schwager dort drin abgestellt habe, wahrscheinlich ein paar Bücher gelöst hätten.
Als die Männer gegangen waren, als Therese mit

schweißnassen Händen dasaß, die Zunge trocken am Gaumen, da steckte auch noch Loni den Kopf zur Tür hinein. »Ruhe, verdammt. Oder sollen wir alle krepieren?«

Loni. Appolonia Lechner, die Frau des Hauptwachtmeisters. Sie war eine Preußin, die stets Dirndl trug. Wieshamer Tracht. Wenn Loni Therese das Essen brachte, stellte sie es gleich neben der Tür des Verschlages ab. Rasch, als würde sie es sonst bereuen. Trotz der Eile glaubte Therese jedesmal, die Nähte des Dirndls ächzen zu hören, wenn Loni sich bückte. Sie war derart reichlich hineingegossen in das Gewand, daß keine zusätzliche Belastung mehr möglich schien.

Therese hatte Appolonia Lechner erst einmal richtig gesehen. Das war an dem Juliabend vor zwei Jahren gewesen, als Therese bei den Lechners angekommen war. Wie eine Bäuerin aus einem Ganghoferroman hatte Loni in der Stube gesessen, einen dicken blonden Zopf zur Krone um den Kopf geschlungen. Hochrote Wangen straff über den Jochbeinbögen. Therese hatte vermutet, daß Loni von einem Bauernhof im Isarwinkel stammte. Erst später erfuhr sie, daß Loni aus Olpe war, Olpe in Westfalen. Das schien sie für Mann und Sohn und sogar für die Polizisten angreifbar zu machen. Therese spürte eine seltsame Genugtuung darüber, daß Loni nicht wirklich bayrisch war, aber offenbar unbedingt sein wollte. Während sie, Therese, mit ihrer Familie seit Generationen in Bayern angestammt war. Therese fand ihre patriotischen Gefühle durchaus lächerlich. Schließlich war sie selbst auf der untersten Stufe jeder nur denkbaren Hierarchie. Seit mehr als zehn Jahren wies man ihr nach, daß sie nichts mehr war als nur noch Jüdin, bis zu Abraham hinauf. Da nützte ihr keine Münchner Geburt. Keine nationale Gesinnung. Das Wohlverhalten und der Reichtum ihrer Familie hatten nichts ausgerich-

tet gegen den Haß. Aber mit Kaspar und Maxl Lechner gab es manchmal stille Momente des Einverständnisses, an denen Loni keinen Anteil hatte.
Therese hatte in der langen Zeit ihres Asyls bei Lechners gelernt, Loni zu verabscheuen. Dennoch sah sie sich – wenn auch widerwillig – in einer Art Verwandtschaftsverhältnis zu dieser Frau, die ihre Herkunft als Westfälin hinter Trachtengewändern zu verbergen suchte. Hatte Therese nicht auch alles getan, ihr Jüdischsein zu verleugnen? Sie hatte manchmal Röcke und Blusen wie die BDM-Mädls getragen, ihr dunkelblondes Haar durch Waschen mit Kamille aufzuhellen gesucht. Selbst als befohlen war, den gelben Stern zu tragen, hatte sie sich widersetzt. Sich oft sternlos unter die Arier gemischt, und das selbst noch zu Zeiten, als es Juden durch Gesetz verboten war, sich überhaupt in der Öffentlichkeit zu bewegen.
Wenn man von den unterschiedlichen Konsequenzen absah, schien es Loni ebenso unmöglich wie Therese, sie selbst zu sein. Therese kämpfte seit zehn Jahren, und die Karten standen nicht gut für sie.
Therese hieß seit drei Jahren Sara. Auf Frauen, die Sara hießen, wartete die Deportation. Es mußte nur ein gehorsamer Deutscher sie in ihrem Versteck aufstöbern. Doch so lange das nicht passierte, so lange hatte Therese Hoffnung. Valerie. Gab es überhaupt einen Tag, eine Stunde nur, wo Therese nicht an ihr Kind dachte? Wenn Therese sich zurücklehnte in ihre Decken, wenn sie die Augen schloß, konnte sie sich Valerie vorstellen. Valerie in ihrem Bettchen. Ihr schmaler Körper, die goldschimmernde Haut. Therese stellte sich vor, wie sie wieder und wieder Valeries dünne Ärmchen mit ihren Lippen berührte. Sie legte den Kopf an Valeries Hals, spürte den Puls des Kindes, den reinen Atem. Valerie hatte es geliebt, wenn Therese sie »aus dem Schlaf geschmust« hat-

te, wie die Kleine das nannte. Therese küßte sie dann vorsichtig auf die Wangen, die Schultern, die Arme, bis hinunter zu den Handgelenken. Valerie stellte sich noch lange schlafend, aber ihre Wimpern zuckten, und Therese wußte, daß sie die Küsserei genoß, nicht genug davon kriegen konnte. Valerie. Manchmal war die Sehnsucht Thereses nach ihrem Kind so stark, daß sie glaubte, sie müsse alledem mit ihrem Veronal ein Ende machen.

Einmal, es war in den ersten Tagen nach ihrer Flucht gewesen, als Therese wie betäubt in ihrem Verschlag den Vormittag verdämmerte, da hörte sie die Stimme eines kleinen Mädchens von der Straße herauftönen. Eine helle Mädchenstimme, weinend, sich schrill steigernd zu für Therese unverständlichen Bitten.

Valerie! Für Therese zersprang die Zeit in tausend kristallharte Splitter. Sie stachen auf sie ein. Wie sie sich auch wand, sie konnte ihnen nicht entkommen. Therese versuchte, sich im Holz des Verschlages festzukrallen. Sie stopfte sich Fetzen in den Mund, rollte sich ein, umstrickte sich mit ihren Armen. Nichts sollte aus ihr herausbrechen, kein Schrei. Niemand sollte sie hören. Therese hielt sich so lange verknäult, bis sie wieder atmen konnte. Wenigstens wollte Therese ihre Schmerzen behalten, wenn ihr schon Valerie genommen war, und Sybille und Mutter. Bis sie alle drei wieder zurückbekam, bis zu diesem Tag, mußte sie sich totstellen wie ein Igel im Laub.

Valerie.

Wohin hat man dich gebracht?

Kindern können sie doch nichts tun.

Ein Kind kann doch nicht verlöschen wie eine Kerze.

Therese richtete sich auf. Zwei Jahre lang war sie von Valerie getrennt, und sie wünschte sich jeden Abend, wenigstens von ihrem Kind zu träumen. Manchmal, wenn sie durch die Bretter ihres Verschlags den Sonnenaufgang spürte, die kleine wimmernde Glocke vom Kirchturm den neuen Tag zu beklagen schien, dann wünschte sich Therese, die endlose Nacht zu verlängern. Dann hatte sie nicht von Valerie geträumt, und sie glaubte, daß nicht einmal die Sonne ihre Erstarrung lösen könne.

Dieser Augustmorgen war wieder warm. Es würde ein heißer Tag werden, wie gestern. Maximilian. Maxl. Die Zärtlichkeit und das Verständnis des Lechnerbuben taten Therese gut. Und für einen Moment war sie entspannt in dem staubigen Zwielicht ihres Asyls. Von Max fühlte Therese sich geliebt und beschützt. Jedesmal, wenn seine Eltern Besuch hatten oder wenn einer der Polizisten heraufkam, drehte Max das Radio an. Und zwar so laut, daß Therese es in ihrem Verschlag hörte und gewarnt war. Wenn die Ferien vorbei waren, würde Therese Max wieder bei den Schularbeiten helfen. Stunden, die ihr Halt waren im zähen Fluß der Tage.

Die Tür zu Thereses Verschlag wurde aufgerissen, und Lonis metallene Stimme stieß Therese wieder in die Realität. Loni knallte einen Teller auf den Boden.

»Da, mehr gibt es nicht. Sie entfremden mir den Max. Das ist jetzt der Dank.«

Lonis Schritte entfernten sich. Jeder Tritt ein Schimpfwort. Geschlagen saß Therese in ihren Decken. Trotz der dumpfen Wärme im Raum fror sie. Die dünnen Lichtbahnen, die durch die Ritzen der Verdunkelung einfielen, verblaßten und ließen die Möbel um Therese wieder drohend und düster näherrücken.

Nach einer Weile hörte Therese, wie Loni das Haus verließ. Das tat sie seit einigen Tagen regelmäßig, denn sie hatte jetzt beim Hansbauer und beim Oberen Siegl die Bäuerinnen zu vertreten, die für ihre Männer die Feldarbeit verrichten mußten. Reichspropagandaminister

Goebbels hatte schon im letzten Jahr dazu aufgerufen, daß alle deutschen Frauen mitarbeiten müßten, um die Männer in der Kriegswirtschaft zu ersetzen.
An manchen Tagen, wenn Loni zur NS-Frauenschaft ging und die Polizisten dienstlich unterwegs waren, holte Maxl Therese in die Küche. Sie hörten dann Radio. Therese hatte schon oft Goebbels schreien hören. »Wollt ihr, insbesondere ihr Frauen selbst, daß die Regierung dafür sorgt, daß auch die letzte Arbeitskraft der Frau der Kriegführung zur Verfügung gestellt wird? Und daß die Frau überall da, wo es nur möglich ist, einspringt, um Männer für die Front freizumachen? Billigt ihr, wenn nötig, die radikalsten Maßnahmen gegen einen kleinen Kreis von Drückebergern und Schiebern, die mitten im Krieg Frieden spielen wollen, um die Not des Volkes zu eigensüchtigen Zwecken auszunutzen? Seid ihr damit einverstanden, daß, wer sich am Krieg vergeht, den Kopf verliert? Je mehr Frauen sich für den großen Umschichtungsprozeß zur Verfügung stellen, je mehr Soldaten können wir für die Front freimachen und um so härter kann der Führer im kommenden Sommer zuschlagen. Wir hoffen, in kürzester Zeit Armeen von Arbeitskräften freizumachen, die ihrerseits dann wieder Armeen von kämpfenden Soldaten freistellen werden. Ärztliche Atteste werden statt der aufgerufenen Arbeitskraft nicht entgegengenommen. Auch eine Alibiarbeit, die man sich beim Mann oder Schwager oder bei Bekannten schafft, um sich drücken zu können, wird von uns mit Gegenmaßnahmen beantwortet werden. Wir müssen die Bequemlichkeit opfern, um zum Siege zu kommen.«
Therese hörte, wie der Chor von Frauen im Radio »Ja« schrie, und »Sieg Heil«, und »Führer befiehl, wir folgen«.
Therese versuchte oft, sich vorzustellen, was Loni Lech-

ner dachte. Wie es in ihrem Kopf aussah. Und Therese malte sich Lonis Gehirn aus wie einen großen Saal, geschmückt mit vielen Hakenkreuzfahnen. Um einen riesigen, glänzend gewienerten Tisch, der den Raum beherrschte, saßen Frauen wie Loni. Am Kopfende hielt die Führerin der NS-Frauenschaft, Gertrud Scholz-Klink, eine Rede. Alle Frauen trugen den gleichen Zopfkranz auf dem Kopf wie die Führerin, die jetzt mit einer Handbewegung die neben ihr Sitzende aufforderte, mit ihrem Referat zu beginnen. Die Frauen hörten unbewegt zu, den Blick auf das Porträt Adolf Hitlers gerichtet, das von vier Wänden des Raumes herabsah, so daß jede Frau es im Blick hatte. Auch die Rednerin sah auf das Bild, erklärte, daß sie alle für diesen Mann kämpfen, das heilige Feuer hüten sollten. Für das Volksheiligtum, für das edle Deutschtum, hätten sich alle zu schlagen, und nicht einem selbstsüchtigen Genußleben zu frönen.
Die Stimme der Referentin erhob sich schrill und prangerte an, daß die Ausdehnung des Gebrauchs der Verhütungsmittel einen grauenvollen Umfang angenommen habe. Die schamlose Propagierung dieser Verhütungsmittel stelle eine Besudelung des Quellgebietes der Nation, der Familien, dar. Und schuld an alledem seien der sozialdemokratische Marxismus und das machtlüsterne Judentum. Die deutschen Frauen hätten dabei zu helfen, daß der jüdische Kapitalismus, der internationale Marxismus und die gemeinen Skribenten verschwänden. »Gerade unser Amt als Hüterin des Heiligsten im Volke«, schrie die Referentin und schaute wieder auf das Hitlerbild, »drängt uns Frauen zum Mitkampf für den Nationalismus.«
Im Raum wurde es immer wärmer, denn ringsherum an den Wänden waren Fackeln angezündet, die ein flackerndes Licht und ebenso viel huschende Schatten an die Wände warfen. Sie ließen von Hitler mal nur ein

Auge, mal nur den Bart oder die Tolle sehen, was ihm etwas ungewohnt Lebendiges gab. Und von irgendwoher kam der Klang eines Kinderchores, in dessen Lied alle Frauen einstimmten. Kein schöner Land in dieser Zeit.

Therese war sicher, daß Lonis Verstand von Runenzeichen, Haken- und Mutterkreuzen geprägt war. Auf reingefegten Gehirnwindungen marschierten polierte Stiefel, begleitet von der Marschmusik einer Standartenkapelle. Manchmal fragte sich Therese, wie es in ihrem eigenen Bewußtsein aussähe, wenn sie nicht von Geburt an Jüdin und somit von vornherein in Hitlers neuem Reich verfemt gewesen wäre.

Loni Lechner. Sie haßte Therese, die ihr eine ständige Angst im Nacken war. Loni konnte Therese nicht abschütteln. Mitgehangen, mitgefangen. Doch Loni ließ Therese jederzeit ihre Überlegenheit, ihre Macht spüren. Einmal hörte Therese die Stimme von Max, der ihr das Essen brachte. Max bemühte sich, leise zu sprechen, doch die Zischlaute bohrten sich in Thereses Gehirn.

»Mama, warum kriegt's immer nur Kartoffeln?«

»Weil ich die Reste für morgen brauche, für den Gemüseeintopf.«

»Dann kochst halt was anders, aber gib ihr net immer nur Kartoffeln.«

»Was weißt du denn schon. Ich krieg doch für sie keine Marken, woher soll ich es denn nehmen?«

»Morgen kriegt's meinen Eintopf.«

»Und du, was willst du essen?«

»Nix, daß du's weißt. Und wenn du net so an Haß auf die Frau Doktor hättst, dann tätst ihr das Essen vorher weg, bevor der Kerzl und der Hurler alles zusammenfressen. Aber du willst ihr ja gar nix gebn. Des weiß ich scho.«

»Ja wie redest denn du mit mir? Das sag ich heute abend

deinem Vater. Die da drinnen, die hat dich ja ganz verhext.«

Maxl, Maximilian. Er war jetzt fast vierzehn. Manchmal wirkte er viel jünger. Dann wiederum konnte er hart und erwachsen aussehen. Maxl hatte dunkles Haar, es war lockig, teilte sich über der Stirn. Zwei Strähnen fielen ihm ins Gesicht. Er schob sie ständig zurück, als wüßte er, daß ihm die Locken etwas mädchenhaft Weiches gaben. Doch das täuschte. Maxl Lechner war ein Ritter. Ein entschlossener Kämpfer für das Überleben Thereses. Anfangs hatten sie ihm gesagt, Therese sei eine Münchner Schriftstellerin, die Hitler nicht genehm gewesen sei und daher in Schutzhaft genommen werden sollte. Und Maxl schaute anfangs oft in ihren Verschlag hinein, um sie zu fragen, wann er »das« mit scharfem ›S‹ zu schreiben habe oder mit einfachem, und ob »gar nicht« in zwei Worten geschrieben werde oder in einem. Aus diesen Fragen hatte sich im Laufe der beiden Jahre ein seltsamer, aber wirkungsvoller Schulunterricht entwickelt, der Maxl von einer Vier im Deutschen auf eine Zwei, und in Geschichte und Mathematik auf eine Drei brachten, wo ihm vorher zwei Fünfen einen schlechten Stand in der Schule und hilflose Kritik im Elternhaus gebracht hatten. Diese unübersehbare Aufwärtsentwicklung in den schulischen Leistungen Maxls veranlaßte auch Loni dazu, das nachmittägliche Zusammenseins Maxls mit Therese zu dulden. Denn Maxls schlechte schulische Leistung war Loni von ihrem Mann ständig vorgehalten worden. Diesen Streitpunkt war sie nun los. Doch sie wußte nicht so recht, was ihr mehr zuwider war. Das Herumnörgeln ihres Mannes an ihr als Erzieherin, oder die respektvolle Verehrung, die er der Frau Doktor, die ja noch nicht einmal eine richtige Ärztin war, entgegenbrachte. Nicht nur der Maxl suchte schulischen Rat. Auch der Kaspar hatte es sich angewöhnt, seine Parteiquerelen mit Therese zu besprechen. Auch hier fühlte sich Loni in einem schweren Konflikt. Einerseits war sie erleichtert, daß von ihr die ungewohnte Denkarbeit nicht mehr gefordert wurde, andererseits brachte sie es manchmal in eine Art Blutrausch, wenn der Kaspar schier nicht mehr rausfand aus dem Verschlag. Nur gut, daß es da stank. Und daß die Frau Rheinfelder nur mehr ein häßliches Gerippe war.

Therese kannte Lonis Gedanken. Obwohl sie Loni selten wirklich zu Gesicht bekam, glaubte Therese sie zu durchschauen. Und es gehörte zu der in den Jahren ihres Sklaventums erworbenen Überlebensstrategie, daß sie Loni zu beschwichtigen suchte, wo immer sie ihrer habhaft werden konnte. So dankte sie ihr überschwenglich für jede Kartoffel, wenn Loni sie einmal persönlich bei ihr abstellte. Sie lobte die kleinen Grübchenhände Lonis und gab ihr die Schmuckstücke, die in den Polstern ihres Mantels eingenäht waren. Beim ersten Ring hatte sich Loni gewehrt.

»Ich will keinen Ring von Ihnen.«

»Warum nicht?«

»Weil er mir nicht paßt, und das wissen Sie auch.«

»Loni, nehmen Sie den Ring als Lebensmittelkarte. Ich habe keine, und Sie geben mir von ihrem Essen jeden Tag ab.«

»Ich gebe es nicht gern.«

»Ich weiß. Deshalb nehmen Sie jetzt den Ring. Verkaufen sie ihn. Tauschen sie ihn bei den Bauern gegen Lebensmittel ein.«

»Dann kann ich den Leuten gleich erzählen, daß wir eine reiche Jüdin versteckt haben. Sie sind doch sonst immer so schlau.«

»Und wenn mich die Gestapo findet? Sollen die auch noch den Schmuck meiner Familie haben?«

Diesmal fiel Loni nicht sofort eine Antwort ein. Ächzend

stand sie auf. Sie hatte ohnehin schon zu lange in der Tür des Verschlages gehockt. Jetzt bückte sie sich noch einmal, aber nur ganz leicht, so daß sie den Arm zur Tür hereinstrecken konnte. »Also geben Sie her. Ich hebe die Sachen für Sie auf.«

Und so hatte Loni nicht nur einen Ring, sondern auch die Ketten und Broschen, die Therese und Sybille in die Polster und Säume der Kleider genäht hatten, ehe sie ihren Besitz dem Nazizahnarzt überlassen mußten. Ebenfalls im Saum ihres Mantels hatte Therese das Veronal gehabt, eine Rolle Tabletten, die viele Juden der Todesart vorzogen, die die Nazis ihnen bereiten wollten. In den zwei Jahren ihres Untertauchens hatte Therese gelernt, daß man sich selbst an Todesnähe gewöhnt, wie an einen Zustand dumpfen Dösens, der aber jede Sekunde, bei jedem fremden Geräusch aufbrechen kann zu schmerzhaft angespannter Wachheit, jagender Angst. Ihre Arche Lechner, wie Therese ihren Unterschlupf manchmal nannte, begann dort durchlässig zu werden, wo Therese sie besonders widerstandsfähig geglaubt hatte. Der Hauptwachtmeister, bislang stärkster Garant ihrer Sicherheit, drohte in einem Konflikt unterzugehen, der sich innerhalb der letzten Jahre aus einer kleinen Episode zu einer bedrohlichen Krise entwickelt hatte.

Kaspar Lechner war als Repräsentant der staatlichen Obrigkeit in Wiesham angesehen. Vor allem aber galt er als guter Katholik, der auch dann zur Kirche hielt, als sie den neuen Machthabern unbequem wurde. Schon bei den Wahlen 1932 hatte die NSDAP im katholischen Wiesham eine deutliche Schlappe hinnehmen müssen. Auch nach der Machtübernahme hatte die Wieshamer kirchliche Obrigkeit die Hitlerjugend von der Teilnahme am Fronleichnamszug ausgeschlossen. Daß Hauptwachtmeister Kaspar Lechner damals gegen die kirchlichen Sanktionen nichts unternahm, wurde ihm von den Vertretern des neuen Regimes nicht vergessen. Zu Kaspar Lechners Pech hatte der Kreisleiter Vogl auch noch den Posten des Bürgermeisters übernommen und ließ keine Gelegenheit aus, Lechner, den katholischen Staatsbeamten, an den Parteipranger zu stellen. Nach dem neuesten Zusammenstoß wußte sich Lechner keinen Rat mehr. Um vier Uhr in der Früh hatte er an Thereses Verschlag geklopft.

»Frau Doktor, ich bin's, der Lechner.«

Therese schob sich näher an die Tür des Verschlags, die Lechner jetzt vorsichtig öffnete.

»Ich hab wieder Streit mit der SA«, flüsterte Lechner, und Therese konnte an seiner Stimme hören, daß der Hauptwachtmeister vor Empörung immer noch zitterte. Lechner berichtete ihr, daß er um ungefähr halb drei Uhr in der Nacht zum Gasthof Adler geholt worden sei. SA-Leute, Offiziere der Wehrmacht und andere führende Parteimitglieder seien dort einquartiert, und sie hatten gegen zwei Uhr angefangen, grölend vor dem Gasthaus dem Führer ein Ständchen darzubringen. Die Anrainer hatten sich bald über den Saustall beschwert und Lechner gerufen, der hinging und die Ruhestörer höflich bat, zu Bett zu gehen. Doch die SA-Leute fielen sofort über Lechner her. Einer schrie, er kenne den Lechner, der habe ihm vor Jahren mal sein braunes Hemd ausziehen wollen, der sei ja überhaupt nur proforma ein Nazi.

Lechner hatte Mühe, sich gegen die SA zu wehren, die ihn drohend einkreiste. Da ging der Wasensteiner Bartl, Heißbauer von Wiesham, dazwischen. Er hatte sein Anwesen neben dem Adlerbräu und war durch den Krach in seiner kurzen Nachtruhe gestört. Er eilte nun dem Hauptwachtmeister zu Hilfe und wurde von den SA-Leuten angegriffen, so daß Lechner schließlich seine Pi-

stole zog und schrie, daß er alle verhaften würde, wenn sie nicht sofort Ruhe gäben.
»Für diesmal sinds noch gegangen«, sagte Kaspar Lechner zu Therese, »aber die kommen wieder, des weiß i. Wenn i des jetzt dem Polizeioberkommissär melde, dann is ganz aus. Dann bring i sie no mehr gegen mi auf. Und wenn die erst a'mal anfangen, bei mir rumzuschnüffeln, dann sind Sie auch nicht mehr sicher.«
Therese hatte begriffen, daß Lechner die Haltung vieler Wieshamer verkörperte, die in ihrer Begeisterung gegenüber der Partei keineswegs schrankenlos oder einhellig war. Das zeigte sich vor allem bei den Maifeiern der letzten Jahre, wo die Wieshamer offensichtlich durch andere dringende Beschäftigungen an ihrem Erscheinen gehindert wurden. Die Belegschaft der Papierfabrik blieb sogar geschlossen fern. Und dann zeigte sich auch noch, daß der Maibaum angesägt, angebohrt und mit Schwarzpulver gefüllt war. Auch diesen Sabotageakt hatte Kaspar Lechner nicht aufklären können und seiner vorgesetzten Behörde als Bubenstreich zu erklären versucht.
Therese wußte, daß viele Bürger, vor allem die Bauern, schon deshalb dem Regime eher ablehnend gegenüberstanden, weil die Hitlerjugend auch auf dem Land die jungen Leute der elterlichen Kontrolle entzog. Sie halfen nicht mehr auf dem Feld, denn sie mußten HJ-Dienst machen. Die BDM-Mädchen konnten auch leichter der elterlichen Fuchtel entkommen und sich mit den Hitlerjungen treffen. Immer wieder liefen bei Kaspar Lechner Anzeigen ein gegen Bauern, die über die Partei schimpften. »Ständig müssen die Kinder zu den Appellen, da lernen sie nur lügen und stehlen. Huren werden sie und Strolche.« Ein anderer Bauer hatte im Wirtshaus geschrien, daß die Kinder bei der HJ verdorben werden, weil die Eltern sie ja nicht mehr in der

Hand haben. »Die ganze HJ ist ein Schmarrn. Nur draußen herumrennen ohne Sinn und Verstand. Da geb ich meinen Sohn nicht her, zu den dressierten Affen.«
Lechner hatte die Anzeigen nicht weitergeleitet, weil er genau wußte, daß das Sondergericht in München nach dem Heimtückegesetz solche Leute empfindlich strafte. Sie nach Dachau ins Konzentrationslager brachte. Er flehte die betreffenden Leute an, das Maul zu halten. Länger könne er sie nicht mehr decken. Kaspar Lechner durfte sich nicht noch mehr Ungehorsam leisten. Daher sagte ihm Therese, daß er unbedingt den nächtlichen Vorfall seinem Vorgesetzten melden müsse.
»Kaspar, Sie dürfen keine Rücksicht auf mich nehmen, Sie müssen den Vorfall melden. Wenn Sie es nicht tun, können die SA-Leute Sie erpressen. Die glauben dann, daß Sie Angst vor ihnen haben.«
»Des fehlt mir grad noch«, sagte Kaspar Lechner und zog sich zurück. Er wollte sich alles noch einmal in Ruhe durch den Kopf gehen lassen.
Dazu kam er nicht. Schon in der nächsten Nacht holte man Kaspar Lechner wieder zum Gasthof Adler. Die Nachbarn hatten Schüsse aus dem Anwesen gehört, und Lechner, begleitet von Oberwachtmeister Kerzl, erinnerte die feiernden SA-Leute zunächst nur höflich an die Einhaltung der Polizeistunde. Ein Standartenführer, dem gestern der Wasensteiner Bartl eine Ohrfeige gegeben hatte, schrie sofort, als Lechner erschien, daß dieser eine schwarze Sau sein.
»Raus hier, du schwarzer Pfaffenknecht.«
Lechner blieb ruhig, hielt auch Kerzl zurück, der drohend auf den Standartenführer zugehen wollte.
»Jetzt ist Polizeistunde. Wer was dagegen hat, kann das auf der Polizeiwache sagen.«
Ein anderer SA-Mann sprang auf, versuchte Lechner an seiner Uniform zu packen. Doch Lechner schob ihn weg,

wobei sein Angreifer schrie: »Der soll raus hier, der hat mich schon mal geschmirgelt. Dem hab ich sowieso schon lange Rache geschworen.«
Kaspar Lechner hatte in seine Hosentasche gegriffen, um sein Schneuztuch herauszuholen. Der Oberleutnant deutete das falsch, riß ihm die Hand aus der Hosentasche, schrie hysterisch:
»Da seht ihr es, der greift gleich nach der Waffe.«
Darauf erwiderte Lechner grinsend, daß der Oberleutnant sich aber gut auskenne. Es gäbe keinen Polizisten, der die Waffe in der Hosentasche trage. Diese sei bekanntlich hinten in der Gesäßtasche untergebracht.
Der Oberleutnant wurde rot vor Wut. Er verbat es sich, daß Lechner sich über ihn lustig mache.
»Du wirst schon sehen, du scheinheiliger Hund, wer hier zuletzt lacht. Denk nur nicht, wir wüßten nicht, daß du vom Pfarrer gestopft wirst.«
Diesen Verdacht hörte Lechner zum ersten Mal. Er vergaß vor Zorn alle Vorsicht und brüllte: »Jetzt hör auf mit dem saudummen Geschwätz – ich will wissen, wer hier geschossen hat und warum!«
Oberwachtmeister Kerzl hatte es schon gesehen. Die Fotos an den Wänden der Gaststube, auf denen die geistliche Prominenz von Wiesham und dem Landkreis Bad Tölz zu sehen war, hingen zerschossen in den Rahmen. Kerzl wurde blaß vor Empörung.
»Ihr habt's ja vor nix Respekt, nicht amal vor dem Bischof.«
Daraufhin brüllten die SA-Leute vor Lachen, und ein Oberfeldwebel fragte Lechner, ob sie den Bischof einmal persönlich kennenlernen wollten.
»Den bring ich euch, wenn ihr wollt, sogar in der Unterhose. Gar kein Problem.«
»Der Pfaffe hat doch gar keine Unterhose«, grölten die anderen. »Der hat doch höchstens ein lila Nachthemd.«

Ein Sturmbannführer kam schließlich auf die Beamten zu, bat sie in ruhigem Ton, sich zurückzuziehen. Die Leute seien alle sturzbesoffen. Es könne nur noch schlimmer werden. Lechner und Kerzl sahen ein, daß die Situation gefährlich war. Sie gingen zurück zur Polizeiwache, wobei Kerzl vor sich hinfluchte, ob denn um den Hitler rum eigentlich alle Batzi seien.
Kaspar Lechner kam am Abend des darauffolgenden Tages zu Therese, um ihr von den neuerlichen Querelen zu berichten.
»Jetzt muß ich mir nix mehr überlegen. Jetzt muß ich's melden. Die Leute vom Ort lassen mir keine Ruhe mehr.«
Der Vorfall hatte sich in Wiesham rasch herumgesprochen. Es war nur eine Frage der Zeit, wann das Bezirksamt davon erfahren würde und die Staatsanwaltschaft des Landgerichts. Daher schrieb Lechner seinen Bericht und verschwieg auch nicht, daß er nicht im Stande gewesen sei, die Personen zu ermitteln, die auf die Bilder der Geistlichkeit geschossen hätten. Er nannte jedoch alle Namen der anwesenden Parteiprominenz, die ihm bekannt waren.
Flüsternd las Lechner Therese seinen Bericht vor. Therese riet ihm, lieber die Namen der Beteiligten wegzulassen.
»Das entschärft vielleicht Ihren Bericht, und Sie ziehen nicht die Rache einzelner SA-Führer auf sich.«
Der Verzicht darauf, seine Widersacher namhaft zu machen, fiel Kaspar Lechner schwer. Doch er sagte sich, daß in der Partei ohnehin einer den anderen decken und niemand zur Rechenschaft gezogen würde. Lechner seufzte.
»Ich glaub auch, daß es besser ist, sonst sorgen die dafür, daß ich gleich nach Dachau komm.«
Kaspar Lechner traute Therese ein Urteil zu. Er sah hin-

ter der abgemagerten Jüdin, die er seit zwei Jahren versteckte, immer noch die schöne Tochter der Familie Suttner, bei der seine Schwester so lange Dienstmädchen gewesen war. Kaspar Lechner war bei der Hochzeit Thereses mit dem Dermatologen Doktor Leon Rheinfelder dabeigewesen, und er wußte durch Anni, daß Therese ein hervorragendes Abitur gemacht und begonnen hatte, Medizin zu studieren. Bis die Partei es verbot.

Wie seine Schwester Anni, nannte auch Kaspar Lechner Therese seit ihrer Heirat Frau Doktor. Thereses Protest galt nicht. Auch Maxl Lechner übernahm diese Anrede von seinem Vater. Nur Loni redete Therese mit Frau Rheinfelder an. Es ärgerte Loni, daß diese Jüdin, die doch für jeden Tag dankbar sein mußte, den sie bei den Lechners überlebte, die das Leben der Lechners mit ihrem Dasein aufs äußerste gefährdete, daß diese Jüdin auch noch hofiert wurde.

Bei Thereses Ankunft im Sommer 1942 hatte Loni, wie viele Deutsche, noch fest an Hitlers Endsieg geglaubt. Und Therese war ihr eine Bedrohung, ja Besudelung ihrer Existenz gewesen, die sie nicht abschütteln konnte. Denn eine tote Therese wäre ihr ebenso gefährlich geworden wie die lebende. Immer häufiger erschienen in der Gendarmerie Gestapoleute, die nach geflüchteten Juden suchten. Doch niemals suchte man im Haus der Lechners, so daß Loni sich wenigstens im Kreis der NS-Frauenschaft entspannen konnte. Vor zehn Jahren war Loni eingetreten und hatte seitdem gelernt, daß sie zur richtigen Rasse gehörte, eine erbgesunde Frau war. Gut, wahr und treu, wie alle richtigen Deutschen. Loni wußte auch, daß Juden keine richtigen Menschen waren, sondern minderwertig, Gegenmenschen. Nur die Deutschen, so hörte sie, wären Nachkommen der Germanen, der Herrenmenschen. Der Führer, der die Zukunft gestalten wollte, brauchte dazu heroische Frauen. Damen, die faul herumlungerten und nichts anderes im Kopf hatten als Studieren und Schwadronieren, die waren für die neue Zeit nicht geeignet. Loni hatte es doch am besten gesehen an den Damen des Hauses Suttner. Thereses Elternhaus. Die Mutter hatte von morgens bis abends gemalt, die Töchter hatten studiert. Die eine Medizin, die andere Gesang. Das waren doch wirklich Schmarotzer am Deutschen Volk. Woher hatten sie das Geld? Die Villa? Die Pferde? Das Automobil? Das hatte ihr Vater, der jüdische Fabrikant Suttner, doch den Ariern abgegaunert mit seiner Fabrik, mit dem Kaufhaus. Loni fand es nur gerecht, daß diese Familie, die so lange in Saus und Braus gelebt hatte, daß die jetzt einmal lernte, wer wirklich Herr war in Deutschland.

Das herrliche deutsche Volk. Kein anderes Volk war so edel. Und Loni wurde sich immer wieder bewußt, daß auch sie einen hohen Wert hatte als reine Arierin, die sie ja war. Es hatte lange gedauert, bis Loni aus einer dumpfen, rohen Existenz auf diese lichtvolle Seite des Lebens gelangt war. Und das dankte sie allein dem Führer. Denn bei Lonis Start ins Leben war sie weder edel noch gut, noch wahr noch treu gewesen. Als zweites Kind der Aushilfskellnerin Dora Hütte war Loni in Olpe in Westfalen geboren worden. Sie hatte stets gekränkelt, wochenlang nur geschrien, so daß schließlich die Großmutter immer öfter die Betreuung übernehmen mußte, wenn die Mutter Arbeit hatte. Loni lernte früh, daß sie lästig war. Und sie fand lange Zeit nur einen Ausweg: Immer neue, immer bedrohlichere Krankheiten. Durch geduldiges Ausharren auf dem Außenabort, selbst im klirrenden Frost, brachte sie es auf eine gefährliche Lungenentzündung. Und im nächsten Jahr konnte sie mittels einer Gelbsucht wochenlang unbehelligt das Bett hüten. Endlich, mit acht, wurde sie doch eingeschult,

und sie stellte verwundert fest, daß sie in der Schule nicht überflüssig war. Im Gegenteil. Man führte Buch über ihr Erscheinen. Sie war Appolonia Hütte. Und im sechsten Schuljahr schenkte ihr der Lehrer ein Poesiealbum mit der Widmung »Wahrhaft, treu und edel, sei ein Deutsches Mädel«.
Nach sechs Jahren hatte Loni die Volksschule beendet. Sie hatte zweimal die Klasse überspringen können und bekam eine Eins in Schönschrift. Danach versank Lonis Ich mangels Interesses ihrer Umwelt wieder in dumpfe Ödnis. Ihre Mutter besorgte ihr eine Stelle im Haushalt, als Dienstmädchen einer Gärtnerfamilie, wo sie nach der Hausarbeit noch in der Gärtnerei arbeiten und vor den Überfällen des Gärtners gewappnet sein mußte. Die Gärtnersfrau, an Spannungsverhältnisse zwischen ihrem Mann und den Dienstmädchen gewöhnt, war ein gewisser Schutz durch ihre Wachsamkeit. Als es dem Gärtner jedoch gelang, Loni im Treibhaus zu überwältigen, und Loni der Gärtnersfrau das Vorgefallene dann berichtete, nahm diese Partei für ihren Mann, schalt Loni eine Verlaufene und warf sie hinaus.
Als Loni in die NS-Frauenschaft eintrat, war sie Mutter eines zweijährigen Sohnes, der in einem Kinderheim im Oberbergischen lebte, wo Loni ihn zur Welt gebracht hatte. Durch die NS-Frauenschaft bekam Loni eine Stellung in einer Arbeitslosenküche. Und bereits nach kurzer Zeit war sie mit der Leitung des Betriebes betraut. Diesen Aufstieg verdankte Loni dem Interesse des Ortsgruppenleiters, dem die Küche unterstand. Und er ernannte Loni, obwohl ihr jede Qualifikation für diesen Beruf fehlte. Es gab auch genügend Gerede, Getuschel, anzügliche Bemerkungen und Ränke gegen Loni seitens ihrer Mitarbeiterinnen, so daß Loni die neue Machtstellung nicht uneingeschränkt genießen konnte. Sie mochte es selbst nicht recht glauben, daß sie Vorge-

setzte war, nicht mehr Dienstbote, sondern Verantwortliche. Daß sie das Sagen hatte in einem Betrieb von sechzehn Köchinnen und vier Männern, die zuständig waren für den Einkauf der Lebensmittel. Loni merkte bald, daß sie gerade diesen Herren auf die Finger sehen mußte. Sie zweigten Lebensmittel ab und verkauften sie, um so ihren Lohn aufzubessern. Täglich gab es Streit. Die ausgebildeten Köchinnen versuchten Loni nachzuweisen, daß sie nicht einmal von schlichter Hausmannskost etwas verstand, geschweige denn von feinerer Küche, daß sie von Haushaltsführung keine Ahnung hatte und noch weniger von Vorratshaltung.

Loni schwieg und lernte, zumal der Ortsgruppenleiter immer mal wieder durchgriff und Lonis Widersacher mit Drohungen zum Schweigen brachte. Vorausgesetzt, Loni hatte oft genug mit ihm geschlafen.

Es stürmte soviel auf Loni ein, daß sie gar nicht dazu kam, am Wahren, Guten und Edlen in sich und den anderen Deutschen zu zweifeln.

Als sich ihr die Gelegenheit bot, mit der Freizeitorganisation *Kraft durch Freude* in die Alpen zu fahren, in den ersten Urlaub ihres Lebens, ließ sie die Arbeitslosenküche, den Ortsgruppenleiter und das Kind im Heim erst einmal hinter sich. Für fünfundsechzig Reichsmark konnte sie zwei Wochen nach Bad Tölz in Bayern reisen. Hin- und Rückfahrt, Unterkunft und Verpflegung inbegriffen. Schon am dritten Urlaubstag, bei einer Tanzveranstaltung in einem Tölzer Hotel, lernte Loni den Polizeihauptwachtmeister Kaspar Lechner kennen. Er hatte aus dem ersten Weltkrieg das Eiserne Kreuz und das Bayerische Militärverdienstkreuz – denn er war schon als Siebzehnjähriger freiwillig in den Krieg gegangen. Seine Beine waren zerschossen, aber das erfuhr Loni erst später. Wie auch Kaspar Lechner erst später erfuhr,

daß es in einem Kinderheim in Westfalen ein Kind namens Max gab.
Kurz nach der Hochzeit wurde Kaspar Lechner von Bad Tölz nach Wiesham versetzt. Loni Lechner fand sich bald wieder gut, wahr und treu, wie alle richtigen deutschen Frauen. Auch wenn sie mit nur einem Kind nicht das Soll der Volksbestandserhaltungsziffer erfüllte. Loni hätte gern noch Kinder von Kaspar Lechner gehabt. Auch das Mutterschaftskreuz wäre ihr recht gewesen. Aber es sollte nicht sein. Sie wurde nicht mehr schwanger. Immerhin hatte sie mit Max, der jetzt Maxl oder Maximilian Lechner hieß, wenigstens ein kleines Scherflein beigetragen für das Sein des Deutschen Volkes.
Loni trug ihr arisches Bewußtsein wie einen Talar. Auch als der Krieg begann, die Häuser verdunkelt werden mußten, Lebensmittelvorräte beschlagnahmt wurden und man nur noch auf Marken das Nötigste bekam, änderte das nichts an Lonis Gefühl, mitzutun am Bau eines großen neuen Deutschland. Was ihr Mann, Kaspar Lechner, über den NS-Staat dachte, wußte Loni nicht. Er sprach nie mit ihr darüber. Für derlei Diskurse hatte er den Pfarrer und neuerdings diese Jüdin, die sich vor Angst nicht aus ihrem Verschlag heraustraute, aber Lonis Männer, Kaspar und Max, trotzdem völlig in ihren Bann gezogen hatte.
Loni fand, daß ihr Mann sie kaum noch beachtete. Da sprach er mit dem Max ja zehnmal mehr als mit ihr. Stumm saßen sie bei den Mahlzeiten am Tisch. Maxl konnte gar nicht schnell genug wegkommen zum Fußballspielen, oder zu ihr, der Jüdischen. Auch Kaspar hatte ständig mit der zu tuscheln. Loni begriff nicht, warum gerade in ihrem Leben eine Jüdin, die eigentlich längst im Osten im Arbeitslager sein müßte, ein Ansehen genoß, das sie, Loni, nicht hatte. Nicht einmal die beiden

Polizisten, Hurler und Kerzl, erwiesen Loni den nötigen Respekt, obwohl sie das hinter devotem Verhalten verbargen. Loni spürte mit dem Scharfsinn der allzu lange Geduckten, daß sie für niemanden eine Autorität war. Sie konnte es nicht greifen, nicht fassen, warum ihr immer mehr Ansehen entglitt. Auch bei den Bäuerinnen, die anfangs zu den Versammlungen gekommen waren, galt sie kaum noch. Denn auch Hitler war nicht mehr stark gefragt. Für die schwindende Autorität im Haus jedoch machte Loni Therese verantwortlich. Lange würde sie das Geturtel von Kaspar und Maximilian nicht mehr mitansehen.

Therese setzte sich mühsam auf. Manchmal tat ihr der Kopf weh vom Erinnern. Heute schmerzte ihr Rücken in der Nierengegend so anhaltend, daß Therese fürchtete, sie bekäme eine Nierenbeckenentzündung. Dabei war schon Mitte August. Es war heiß im Verschlag. Und von draußen kamen Heugeruch und der Lärm der Kinder aus dem Schwimmbad. Therese hörte die hellen Stimmen. Es war ein anhaltendes Rauschen, hoch, und voller Leben. Therese wußte, daß eine der Stimmen Maxl war, daß er jetzt dort oben mit seinen Freunden tobte und schrie und schwamm. Schwimmen. Wann hatte Therese zum letzten Mal in der Floriansmühle gebadet? Das war zu einer Zeit gewesen, von der Therese schon lange abgetrennt war. Nichts davon würde je zurückkommen. Mutter und Sybille in ihren weißen Leinenkleidern, Anni mit dem Picknickkorb, weiche Frotteetücher, die Wärme der Sonne auf der erfrischten Haut. Und heute? Wieder fühlte Therese den Schweiß, den Schmutz, der ihre Haut verklebte. Die strohigen, staubigen Haare. Sie roch den Modergeruch, der sie umgab. Und plötzlich kam ihr ein Gedanke. Aberwitzig zuerst, aber der Gedanke blieb, ließ sich nicht verdrängen, kehrte immer wieder zurück und stellte sich in neuer Form dar. Max, Maxl mußte Therese genau beschrei-

ben, wo das Schwimmbad lag. Die Richtung war Therese schon lange klar. Sie hörte den Chor der Badenden, Tag für Tag. Und je heißer und dumpfer es in ihrem Verschlag wurde, so daß sogar die Möbel und die Zudecken zu dampfen schienen – desto mehr sehnte sich Therese nach einem Bad. Doch sie wußte, diese Freude, diese Erlösung von Schmutz und Hitze stand ihr nicht zu.
Sie dachte an ihre Mutter, an Sybille. Wie mochten sie die Hitze in dem Heustadel aushalten? Therese wußte nur, daß sie den Winter ohne Erkältung überstanden hatten, obwohl es in dem Stadel noch kälter sein mußte als in Thereses Verschlag, der doch immerhin durch die Außenmauern eines Wohnhauses geschützt war. Therese hatte einmal Nachricht bekommen, daß Sybille sich an der Hand verletzt hätte. Dies steigerte noch Thereses Angst um ihre Mutter und um Sybille. Sie wußte, daß immer mehr Menschen aus der Stadt vor den Fliegerangriffen aufs Land flüchteten. Wenn Bombenangriffe auf München niedergingen, so wie letzte Woche, drei Stunden hatte der Angriff gedauert, dann spürte man fast den Luftzug, hörte die dumpfen Aufschläge. Maxl erzählte ihr, daß man bis Wiesham das rote Aufleuchten am Himmel sehe. Manchmal hörte man auch, daß Tiefflieger Menschen auf dem Feld angegriffen hatten. Dann zitterte Therese um Mutter und Sybille in ihrem Heustadel. Wie leicht konnten sie verletzt werden. Das durfte nicht geschehen.
Manchmal wünschte Therese sich, daß sie beten könnte. Sie dachte an Sybille, wie sie mit den Liebmanns gebetet hatte. »Höre Israel, der Ewige, unser Gott, der Ewige ist einer. Und du sollst lieben den Ewigen, deinen Gott, mit deinem ganzen Herzen und mit deiner ganzen Seele und mit aller deiner Kraft. Und es sollen sein alle diese Worte, die ich dir heute gebiete in deinem Herzen. Und du sollst sie einschärfen deinen Kindern. Und du

sollst über sie reden, wenn du sitzest in deinem Hause. Und wenn du gehst auf dem Wege. Und wenn du dich niederlegst und wenn du aufstehst . . .«
Weiter hatte Therese nicht gewußt. Und die Worte, auch wenn sie sie sehr schön fand, waren für Therese wie das Rauschen von Wasser, dessen Fluß man nicht sieht – eine ferne Melodie.

Maxl kam aus dem Schwimmbad zurück. Therese hörte seinen eiligen Schritt vor dem Haus, und schon bald klopfte er an die Tapetentür, Maxl schob Therese einen Buschen Kräuter hin. Therese roch an den würzigen Blättern und Zweigen.
»Was ist das, Maximilian?«
»Der Würzbüschel. Heut' ist Maria Himmelfahrt. Die Kräuter sind vom Pfarrer geweiht. Wir hängens in die Küche, und wenn ein Gwitter kommt, verbrennen wir's im Herd, das hilft.«
»Kennst du die Kräuter, Max?«
»Ned alle. Aber's Johanniskraut, s'Tausendgüldenkraut, den Wermut, die Schafgarbe, die Kamille, die Minze, den Holler und die Haselnuß, die kenn i scho.«
»Maximilian, wie weit ist es bis zum Schwimmbad?«
Sekundenlang blieb Maximilian stumm. Therese konnte im Dämmerlicht des Flurs sein Gesicht nicht sehen, doch sie wußte, daß Maximilian begriffen hatte.
»Ui, des dürfens aber ned machen, da werdens doch glei verhaftet.«
Therese erklärte Maximilian flüsternd, daß sie in der Nacht hinaufwolle, so zwischen zwölf und eins, wenn alles ruhig und dunkel sei. Doch Maximilian gab zu bedenken, daß Therese an fünf Anwesen vorbei müsse, beim Hansbauer, beim Unteren Siegl, beim Schneider Michel und am Ehamhof. Gerade da sei doch der Hasso, ein scharfer Hund, der nachts frei herumlaufe.

»Wenn Sie da naufgehn, geh ich mit. Ich kenn den Hasso. Wenn ich den streichel, bellt er ned.«
Es waren Schulferien. Maxl konnte morgens schlafen, so lange er wollte. Nur, was würde Kaspar Lechner sagen oder Loni, wenn sie merkten, daß Therese das Haus verlassen hatte? Maxl kannte Thereses Bedenken.
»Der Papa oder die Mama, die merken nix. Wenn di amal schlafn, dann schlafns. Die müssens rütteln, sonst wachen die ned auf.«
»Und die beiden Polizisten?«
»Die? Die sind heut auf d'Nacht in Tölz, zum Schießen. Die kommen erst morgen in der Früh wieder.«
Sie hatten beschlossen, daß Maxl immer ein Stück vorgehen solle, damit man ihn schlimmstenfalls nicht gemeinsam mit Therese sah. In der Haustür drückte Max Therese sein Badetuch in die Hand. Es war noch feucht vom Nachmittag und roch nach Chlor und nach Wiese. Hinter Max verließ Therese den Schatten des Hauses. Sie dachte flüchtig daran, daß sie seit zwei Jahren das Haus kaum verlassen hatte. Einige Male war Therese auf dem Abort hinter dem Haus gewesen, auch mehrmals in der Küche. Natürlich nur dann, wenn die Polizisten außer Haus waren. Jedesmal hatte sie gespürt, daß die Lechners den Atem anhielten, bis sie wieder in ihrem Verschlag verschwunden war. Doch heute wollte Therese wieder einmal gehen, laufen, ins Wasser eintauchen, schwimmen, leben.
Die Nacht war lau und von einem Mond erhellt, der den Platz vor der Gendarmerie grell dunkelblau beleuchtete. Max war schon in einen schmalen Weg abgebogen, der erst über eine Wiese und dann zwischen zwei Gehöften auf einen Weg führte, von dem Max gesagt hatte, daß es da zum Schloß Hohenburg hinaufgehe. Therese wußte von Anni, daß früher dort die Großherzoge von Luxemburg residiert hatten. Vor zwanzig Jahren war

die letzte Hochzeit auf dem Schloß gefeiert worden. Die Trauung der Prinzessin Antonia von Luxemburg mit Kronprinz Rupprecht von Bayern. Der Nuntius, Eugenio Pacelli, jetzt Papst Pius XII., hatte das Paar in der Wieshamer Kirche getraut. Therese hatte auch erfahren, daß Prinzessin Antonia von der Gestapo ins Konzentrationslager gebracht worden war. Großherzogin Maria Anna von Luxemburg emigrierte nach Amerika. Es hieß von ihr, sie wäre im letzten Jahr in New York gestorben. Im Schloß waren Kunstwerke aus der alten und neuen Pinakothek ausgelagert, weil man glaubte, daß der Besitz eines ausländischen Souveräns vor Zerstörung sicher sei.

»Ein richtigs Schloß war des, die Hohenburg«, hatte auch Maxl Therese erzählt. »Mit richtigen Prinzessinnen und Herzogen. Mit Kutschen und Schimmeln und Rappen. Und zur Jagd sinds gangen auf d'Gamsn und aufn Hirsch, und im Winter sinds Ski gfahren wie die Narrischen.«

In Maxls Stimme hatte Sehnsucht mitgeklungen nach den großherzoglichen Tagen, von denen ihm viel erzählt worden war. Für die Wieshamer hatte es Feste und Verdienstmöglichkeiten gegeben. Vorbei. Jetzt waren andere Zeiten.

Therese versuchte, sich immer im Schatten der Bäume oder der Höfe zu halten, an denen Max sie vorbeiführte. Sie spürte die warme Nachtluft auf der Haut, das Nachgeben der Steine unter ihren Schuhen. Therese mußte sich stark zusammennehmen, sich konzentrieren. Sie konnte kaum gehen. Jeder Schritt tat ihr weh. Sie spürte, wie sie torkelte, wie sie keinen Halt hatte, wie ihr Körper ihr nicht gehorchte. Nach wenigen Schritten brach ihr der Schweiß aus. Sie schalt sich selber eine dumme Gans. Sie hätte doch wissen müssen, daß sie den Weg gar nicht schaffen konnte. Sie rief leise nach

Max, und er drehte sich um, kam zurück zu ihr, stützte sie, hielt sie gerade noch fest vor dem Hinfallen. Dann faßte Max Therese kräftig unter. Sie spürte, daß er in den zwei Jahren gewachsen war. Er war nicht viel kleiner als Therese, und sie lehnte sich an seine knochigen, kräftigen Schultern, seinen starken Arm. Gemeinsam mit Max würde sie es schaffen.
Therese hatte das Gefühl, als dehne sie sich aus, als bestünde ihr Körper aus tausend Falten, die sich jetzt in der Nachtluft hoben und glätteten. Doch plötzlich schlug ein Hund an, und Therese wußte wieder, wer sie war. Die Angst duckte sie hinter einer Scheune zusammen. Was, wenn der Bauer nachsah, warum der Hund anschlug? Zitternd blieb sie hocken, verwünschte ihren Leichtsinn, der ihr jetzt geradezu mörderisch vorkam. Vor allem brachte sie Max in Schwierigkeiten. Er war auf den Hund zugegangen, hatte ihn fest am Halsband gefaßt, redete jetzt leise auf das Tier ein.
»Ruhig Hasso, des is nur die Frau Doktor. Mir gehn gleich wieda, mußt da nix denken.«
Das Tier stupste Therese so fest gegen die Schenkel, daß sie die nasse Schnauze durch ihren Rock spürte. Dann ging der Hund ruhig mit. Doch beim Ehamhof rief der Leitner aus dem Fenster: »Was ist? Was machst'n du mit meim Hasso?«
»Leitner, i bins, der Maxl vom Lechner. Ich hab' dem Papa sei Uhr im Schwimmbad liegen lassen, die hol' ich. Der Hasso geht mit.«
»Scho recht.«
Der Leitner verschloß das Fenster. Das Licht ging aus hinter der Scheibe. Der Hof lag ruhig, und Therese kam hinter dem Fuhrwerk hervor, hinter das sie geschlüpft war, als beim Leitner das Licht anging. Der Weg wurde jetzt eng. Wald drängte von beiden Seiten heran. Es roch nach trockenem Laub und Pilzen. Und Therese holte

Luft, atmete, als müsse sie die letzten Jahre aus sich herausatmen. Die Luft war so würzig, daß Therese wie berauscht davon war. Immer schmaler wurde der Weg. Sie standen vor einem Zaun, und Max half Therese, ihn zu überklettern. Es war mühevoll, doch Therese schaffte es. Sie sah nur das Wasser. Ein großes Becken lag vor ihr. Randvoll mit kleinen krausen Wellen an der Oberfläche. An der unteren Seite der Mauer stieg ein Wiesenhügel auf, eingerahmt von dunklen Bäumen. Still war es. Als warteten Bäume, Wiese und Wasser auf Therese.
Hinter sich hörte sie die Stimme Maxls:
»Duschen dürfens ned, des tät man hören, und recht plantschen dürfens fei auch ned.«
Langsam ließ sich Therese am Beckenrand nieder. Hasso schaute ihr aufmerksam zu. Er begann leise zu knurren, doch Maxl streichelte ihn.
»Hernach, wenn die Frau Doktor fertig ist, darfst auch hinein, Hasso.«
Therese hatte die Schuhe ausgezogen und glitt in ihren Kleidern ins Wasser. Sie erschauderte. Dann begann sie ihren Rock abzustreifen, die Bluse. Beides ließ sie im Wasser schwimmen. Sie schwenkte die Kleider, die vor Schmutz und Schweiß fast steif waren. Sie spürte, wie das Wasser ihr Haar ergriff, es umspülte. Therese legte sich auf den Rücken. Lag ausgestreckt, nur die Hände bewegend, rücklings auf dem Wasser. Therese lag für einen Moment wie in einem schützenden Raum aus Licht, dessen Glanz über ihr war und sie umfing. Helligkeit erfüllte sie. Sie war leicht und frei und wußte doch, daß sie nichts davon festhalten konnte. Nichts würde bleiben. Könnte sie doch für immer einsinken in diese dunkle Nässe. Tiefer und tiefer fallen. Endlos, ohne Grund. Nie mehr zurückmüssen.
Doch selbst, wenn Therese es fertiggebracht hätte, als

gute Schwimmerin in diesem Schwimmbad zu ertrinken, sie hätte es nie fertiggebracht, Maxl allein nach Hause zurückzuschicken.

Als Therese mit Maxl vom Schwimmbad zurückkam, als sie die Gendarmeriestation erreichten, die im Mondlicht dalag, klang vom Wieshamer Kirchturm die Glokke. Ein ärmlicher, kleiner Klang. Ein zitterndes Bimbim. Der kleinlaute Ton begleitete Therese seit ihrem Hiersein, denn im Sommer 1942 hatte die Kirchengemeinde ihre stolzen Glocken dem Reich opfern müssen. Alle, bis auf die kleinste, waren nun umgegossen für den Krieg. Und die Wieshamer mußten dem lächerlichen Bimmeln folgen.
Es war still, als die Glocke verklungen war. Max wartete in dem Torbogen auf Therese. Sie konnte sein Gesicht nicht erkennen, spürte aber seinen Atem. In der Stille, als Max im Schatten des Mondlichts Therese gegenüberstand, war ihr, als höre sie auch die Wieshamer atmen, auch Kaspar und Loni. Diese Gedanken hatte sie oft, wenn sie nachts wachlag in ihrem Verschlag. Doch heute war sie nicht allein. Max war bei ihr, und er legte seine dünnen Jungenarme um sie.
»Gell, jetzt is alles abgewaschen.«
»Ja, Max, der ganze Dreck.«
Therese küßte Max dahin, wo sie in seinem konturenlosen Schattengesicht den Mund vermutete, und Max schlang seine Arme noch fester um ihren Hals. Er flüsterte: »Sie sind nie dreckat gewesen.«
Thereses nasse Bluse hing über der Kommode, der Rock über dem Vertiko. Eingewickelt in das Badetuch, schlüpfte Therese in ihre Decken. Sie fühlte sich seltsam klebrig, aber wenigstens kühl. Sie konnte nicht schlafen. Wie schon so viele Nächte vorher. Doch seit heute wußte sie, wie es aussah, wenn draußen die Nacht sich zum

Morgen erhellte. Sie hatte die Berge gesehen, die sich nah hinter dem Haus erhoben. Und hinter diesen Bergen hatte sie noch mehr und noch mehr Gipfel gesehen. Es war, als wollten sie miteinander wetteifern, wer höher in die Wolken hineinwachsen konnte. Es war so dunkel, daß die Gebäude nicht zu erkennen waren, doch Therese kannte die Häuser im Miesbacher Stil, von denen keines höher war als zwei Geschosse. Die Gehöfte lagen zu zweit oder dritt nebeneinander, so als würden sie einander beschützen.
Als Kind war Therese mit Anni öfter im Isarwinkel gewesen. Die Anni stammte vom Lechnerhof in Steinbach. Wenn Therese dort mit Anni übernachtete, wurde sie am Morgen vom alten Sepp jedesmal gefragt, ob sie in der Nacht das Nachtgjaid gehört habe, die Venediger Mannderln, deren Klingeln man von den Bergen herabhören könne. Und er hatte Therese von den Geistern und Dämonen erzählt, die bei Nacht im Isarwinkel durch die Lüfte jagen. Die Dämonen bewachen dort ihre Goldschätze. Und wenn ein Bergwanderer im Kirchsteingebiet oder an der Propstenwand ihnen zu nahe kam, klingelten sie und schickten Geröll oder Schneelawinen, je nachdem.
Der Lechner Sepp war Annis Großvater. Er lebte im Austrag und konnte sich damit nicht befreunden. Er wurde immer knittriger und runzliger vor Groll. Aber seine Augen waren hell und schienen manchmal grün herauszufunkeln aus den braunen Furchen seines Gesichts.
»Mir g'hört ned amal mehr a Besen, aber i darf ihn immer no in d'Hand nemma.«
Der Altbauer sah anzüglich hin zu seinem ältesten Sohn, dem Michel, der den Hof übernommen hatte. Kaspar war der jüngere, der schon in seinem siebzehnten Lebensjahr vom Hof gegangen war.

Therese mußte damals genau zuhören, um die Sprache des Alten zu verstehen. Sie ließ sich seine Geschichten, die ihr so schöne Gruselgefühle machten, nachher von der Anni nochmal erzählen. Von dem Waller, der auf dem Grund des Walchensees schläft. Wenn er aufwacht und mit den Schwanzflossen um sich schlägt, wird ganz Bayern überschwemmt. Oder von Pontius Pilatus, der sich, als er Jesus Christus an die Juden ausgeliefert hatte, in seiner Verzweiflung von der Benediktenwand stürzte und seitdem im Felsen verdammt war. Alle geldgierigen, hiesigen Landpfleger müssen ihm da Gesellschaft leisten. Und noch heute kann man sie bei hereinbrechenden Unwettern Kegel schieben hören. Wenn einer den wilden Reiter gesehen hatte oder die böse Brut aus dem Höllenloch überm Rechelgraben, dann stand ihm Böses bevor. Und wehe den Isarflößern, wenn sie nachts mit den Schöffleuten Bekanntschaft machten. Sie kamen mit ihren Pferden flußaufwärts, und nur, wenn ein Flößer sich auf den Boden warf und Arme und Beine überkreuzte, konnten ihm die Schöffleute nichts anhaben.

Vor allem an den Altwassern der Isar gab es zwei Geister, die man nicht ignorieren durfte. Das Wisperl und das Pfeiferl, das von manchen Leuten auch Tutli-Pfeiferl genannt wurde. Wer in den Rauhnächten oder zu Allerseelen das Wisperl zirpen hörte, der konnte auf schöne Jahre hoffen. Doch wehe einer hörte das Tutli-Pfeiferl, dann drohte einem Unglück, Krankheit oder gar Tod. Der Bachmeier Benedikt hatte leichtsinnig den schrillen Pfiff des Tutli-Pfeiferls nachgeahmt, und drei Tage später trug man ihn zum Kirchhof hinaus.

Spuken tat's an vielen Orten der Gemeinde Wiesham. Der Lechner Sepp kannte sie alle. An der Lohleiten, beim Pföderlbauern in Wegscheit, beim Almbach in Anger, an allen Brücken und Wasserläufen sowie am Mittelpfeiler der Isarbrücke, wo man einen riesigen Hund mit gefletschten Zähnen sehen konnte. Im Hohenburger Schloß ging die weiße Frau um, wenn jemand gestorben war. Auf jeden Fall war es besser, nach dem Gebetläuten am Abend keine einsamen Wege zu gehen. Doch wer sich einen Zweig von Wacholder oder Johanniskraut an den Hut steckte, dem konnte kein böser Geist etwas anhaben.

Alle diese Geschichten hatte Therese schon Maxl erzählt, der sie wiederum an seine Freundin Stanzi weitergab. Therese wunderte sich, daß Max und Stanzi immer noch diese alten Geschichten hören wollten. Sie selbst hatte früher allerdings auch nicht genug davon kriegen können.

Damals, als Therese mit Anni in deren Mädchenkammer schlief, hatte sie sich immer gruselselig in die Kissen gekuschelt. Sie fühlte sich erwünscht und geliebt von Anni, vom Kaspar, vom Sepp, von allen Lechners. Zwanzig Jahre mochte das her sein, und Therese wünschte sich, wenigstens in Gedanken oder im Traum noch einmal in ihre frühere Existenz hinüberzugleiten. Es schien Therese, als habe sie zwei Jahre lang nicht ruhig geschlafen.

Und nicht ein einziges Mal hatte sie geweint, nicht einmal um Valerie. Es schien alles in ihr vertrocknet, es gab nur noch ihren Körper, einen häßlichen Puppenbalg aus Pergament und Knochen, der aber trotzdem essen wollte und verdaute. Lediglich ihre Periode hatte Therese nicht mehr. Irgendwann war der Zyklus abgebrochen. Trotzdem würde jeder Tag eine neue Nacht bringen, und beide würden sich immer zäher in die Länge ziehen. Und Therese hatte noch immer keinen Gott, auf den sie hoffen konnte. Und heute glaubte sie auch nicht mehr, was sie zu Beginn der Aussonderung immer ihrer Mutter und Sybille eingeredet hatte – daß sie bald alle

an diese Zeit denken würden wie an einen vergangenen Alptraum.
Warum hatte sie im Schwimmbad untertauchen wollen? War dadurch ihr häßlicher, übelriechender Körper ihr leichter erträglich geworden? Sie fühlte doch, auch wenn sie es nicht sah, wie ihr Fleisch von Tag zu Tag mehr eintrocknete, schrumplig wurde. Wann hatte Therese sich das letzte Mal in einem Spiegel gesehen? Es gab zwar einen kleinen in ihrer Handtasche, aber in ihrem verdunkelten Verschlag konnte sie nur Umrisse erkennen. Sie hatte keine Mühe, sich das Gelbe in ihren Augen vorzustellen, den Schorf auf der Haut, in den Mundwinkeln fühlte sie Zeichen ihrer Austrocknung. Unter der Haut bildeten sich ständig neue Wülste und Pickel, ihr Haar würde mit Sicherheit bald ausgehen. Wüst und wirr und trocken war es schon jetzt.
Therese saß nicht nur in der Falle, sie war auch gefangen in ihrem verfallenen Körper, und nicht lange, dann würde auch ihr Hirn austrocknen. Sie würde ein Kretin sein und nicht mehr daran denken müssen, daß Mutter und Sybille entdeckt würden, und daß Valerie vermutlich in einem Konzentrationslager zugrunde ging. War Therese schon jetzt innerlich tot? Die Angst um Valerie, die sich immer wieder in Therese erhoben und getobt hatte, war diese Angst nicht schon weit weg? Fortgeschwommen in einem Meer von Trägheit?
Am nächsten Tag, als Loni mal wieder für die Winterhilfe sammelte, klopfte Max an Thereses Verschlag. Er kroch herein und brachte ihr zwei Äpfel. Therese nahm einen und biß gierig hinein. Max kauerte sich in die Nähe Thereses. Beide hockten eine Weile schweigend und aßen, und Therese fühlte, wie sich mit jedem Bissen Behaglichkeit in ihr ausbreitete. Eine fast kindliche Zufriedenheit und Leichtigkeit. Sie wollte nichts denken. Nur Max war da und Therese und die köstlichen Äpfel.

»Mutter sagt, ich darf nimmer zu Ihnen kommen.«
»Und was sagst du?«
»Nix, ich mach', was ich will.«
Maxls Stimme klang trotzig, aber auch traurig. Therese wußte, daß Maximilian seine Mutter liebte, daß er aber nicht zurechtkam mit der Liebe seiner Mutter zu Hitler.
»Immer schickts mich zum Jungvolk, da is mir viel zu langweilig.«
»Früher bist du doch ganz gern hingegangen.«
»Ja scho, aber es kommt ja keiner mehr. Und auch die Stanzi sagt, sie geht nimmer hin zu die Madln. Da solls jetzt im Turnanzug a Vorstellung geben. Und das erlaubt der Stanzi ihre Mutter ned. Und die Stanzi sagt, sie ist auch allaweil zu müd für das Rumhopsen. Sie muß ja nach der Schul auf'm Feld arbeitn.«
Eine Weile kauten sie weiter. Therese hatte ihren zweiten Apfel fast schon verschlungen, als Maxl sagte:
»Sie, Frau Doktor, glauben's auch, daß der Hitler den Krieg verliert?«
»Max, so etwas darfst du nie laut sagen.«
»I sags ja ned laut, aber der Urban Xaver hat's beim Altwirt erzählt, und die Kellnerin hat es dem Papa angezeigt.«
»Und woher weißt du das?«
»Ich hab' ghört, wie der Papa es am Kerzl gsagt hat. Und der Papa hat gsagt, daß er nicht will, daß der Xaver wegen so einer saudummen Sache nach Dachau kommt.«
Offenbar hatten es die Wieshamer nicht allzu sehr mit der Diplomatie. Sie machten ihren Herzen überall Luft. Ein Bauer von Wiesham hatte nach einem Bombenangriff wieder einmal geschimpft, daß Hitler keine Ruhe gäbe, bis alles hin sei. Polizeiwachtmeister Hurler hatte die Anzeige nach München weitergeleitet, weil Kaspar Lechner gerade in Bad Tölz war. Der Bauer hatte vor dem Sondergericht weitergeschimpft und war jetzt in

Dachau. Kaspar Lechner hatte es Therese erzählt, und wenige Tage später kam dann die Meldung vom Attentat auf Hitler im Radio. Aber er hatte ja wieder Glück gehabt. Und seit dem Attentat war die Gestapo noch schärfer, mußten die Menschen noch mehr aufpassen, was sie sagten.

»Max«, sagte deshalb Therese eindringlich, »Max, sprich mit niemandem darüber, ja? Viele Leute glauben, daß Deutschland den Krieg verliert. Die meisten glauben das, aber man darf es nicht laut sagen, Max.«

Maximilians Frage wagte sich Therese kaum selbst zu stellen. Die Fliegerangriffe, der ständige Alarm. Sie kamen von Italien über die Alpen. Pulks von Bombern flogen über Wiesham nach München. Im letzten Jahr waren in den Bergen einhundertvierzig Bomben gefallen.

Die dünnen Wände von Thereses Verschlag wurden für sie immer mitteilsamer. Ihr eisiges Iglu im Winter, ihr Wüstenzelt im Sommer, längst war es durchlässig für Therese. Jeder Laut von der Straße, die Stimmen von den Feldern, das Rangieren auf dem Bahnhof, alles ließ Therese teilhaben am Draußen. Thereses Versteck hatte unsichtbare Luken. Die Labyrinthe und Gänge der Holzwürmer, die sich in den Holzbalken bewegten, sie waren dem Wind eine Flöte, dem Regen eine Trommel. Sie teilten den Tag ein. Nach Kuhdung und Stallmist und Zichorie roch der Morgen, der Mittag roch nach Kraut und der Abend nach Kartoffeln und dumpfem Schlaf.

»Heut ist der letzte Ferientag«, sagte Maxl. »Geh, bittschön Frau Doktor, noch eine Anni-Gschichte.«

Therese hatte Maximilian ganz vergessen. Er saß da und kaute am Stiel seines Apfels, und Therese sagte ihm, daß sie nur noch eine einzige Anni-Geschichte wisse. Alle anderen habe sie ihm schon erzählt. Und für diese Geschichte sei er eigentlich schon viel zu groß. Doch

Maximilian gab nicht auf. Er versicherte, es sei schon deshalb wichtig, weil er der Stanzi versprochen habe, daß er beim nächsten Mal wieder eine Geschichte wisse. »Es ist deine Schuld, wenn du dich langweilst«, sagte Therese, und sie begann, Maxl die Geschichte von Marie, der Sennerin, zu erzählen. Die Geschichte hieß *Der Schlangenkönig*, und sie hatte sich in der alten Zeit, genau hier in Wiesham, abgespielt. Das hatte Anni gesagt. Und Anni wußte es vom Lechner Sepp. Der hatte die Geschichte von seiner Großmutter.

Marie, eine schöne junge Sennerin, lebte allein auf ihrer Alm. Aber ganz allein war sie auch nicht, denn jeden Tag kam eine Ringelnatter und sah die Sennerin aus dunklen, traurigen Augen an. Vielleicht bist du ja durstig, sagte die Marie und stellte der Natter einen Waitling mit frischer, schäumender Milch hin. Und die Natter trank alles bis zum letzten Tropfen. Und am nächsten Tag kam sie wieder. Am übernächsten kam sie ebenfalls, und auch am Tag darauf. Bald begann die Sennerin, sich auf den Besuch der Natter zu freuen. Und sie sprach mit ihr, denn die Marie war sonst ganz allein auf der einsamen Alm. Die Natter lag in der Sonne und bettete ihren Kopf auf den Fuß der Sennerin. Und wenn Marie arbeitete, folgte sie ihr überall hin.

Dann kam der Tag, an dem die Marie fortging von der Alm. Sie packte alles Nötige zusammen und ging hinunter ins Tal, denn da sollte ihre Hochzeit sein. Alles das erzählte die Marie der Natter. Sie vergaß keine Einzelheit. Und zum Abschied gab sie der Natter noch einen Teller mit der schaumigsten Milch.

Als die Hochzeit war, saßen Braut, Bräutigam und viele Hochzeitsgäste beim Altwirt in Wiesham. Und es ging hoch her, denn die Braut war sehr schön. Der Vater hatte reichlich Bier und Wein und den besten Braten auftischen lassen.

Plötzlich wurde das Geschrei jedoch ungewöhnlich laut. Man hörte viele Frauen kreischen: »A Natter, da is a Natter, naus mit dem Viech!« Da erhob sich die zarte junge Frau und schrie lauter als alle anderen: »Laßts aus, des is mei Natter!« Plötzlich wurden alle still, denn sie sahen, daß die Natter eine Krone trug, eine Krone aus Gold mit herrlich funkelnden Diamanten. So fein geschmiedet, wie man es nicht einmal bei den Prinzessinnen auf der Hohenburg gesehen hatte. Ruhig schlängelte sich die Natter heran. Die junge Frau nahm sie liebreich in die Höhe, und sanft ließ die Schlange ihre Krone auf den geschmückten Platz der Braut gleiten. Alle saßen starr. Die Hochzeitsgäste, die Verwandten. Am allerdümmsten hat der Bräutigam dreingesehen. Jedenfalls hat das der Lehrer bemerkt, der die Marie wohl am liebsten selber geheiratet hätte. Er hat später die Geschichte aufgeschrieben, und auch, daß die Marie zeitlebens glücklich und reich gewesen ist. Und daß alle schönen und liebreichen Mädchen im Isarwinkel mit ihr verwandt sind.

»Die Stanzi auch«, entfuhr es Maximilian, doch das hätte er am liebsten nicht gesagt. Therese überhörte es taktvoll.

»Warum kommt die Anni nicht mehr zu uns?« fragte Maxl nach einer Weile. »Früher ist sie oft gekommen.«

»Das ist zu gefährlich. Die Anni wird von der Gestapo überwacht.«

»Weils Sie versteckt hat?«

»Nein Max, das weiß die Gestapo nicht. Wenn die das wüßten.«

»Was hat's denn getan?«

»Ihr Mann war Sozialdemokrat. Er war im Widerstand gegen die Nazis. Sie haben ihn umgebracht. Und der Anni trauen sie deshalb nicht. Außerdem war sie bei uns im Haushalt. Du weißt ja, arischen Mädchen ist es verboten, bei jüdischen Familien zu arbeiten. Anni ist aber trotzdem immer zu uns gekommen. Und daher hat die Polizei sie schon einmal festgenommen. Aber das erzähle ich dir ein andermal. Heute mußt du gehen. Gleich kommt deine Mutter nach Hause. Sie ist böse auf uns. Sie hat uns gesehen, als wir vom Schwimmbad kamen.«

»Aber wissen tut sie nix, garnix. Sie hat uns bloß auf dem Flur stehn sehn. Ich hab nix verraten.«

»Ich weiß, Max, ich hab es aber trotzdem deinem Vater gesagt, damit er nicht überrumpelt wird, wenn doch was rauskommt.«

Maximilian kroch hinaus, und Therese wollte sich in ihre Decken einrollen, als sie die Stimme des Polizisten Hurler hörte. »Du, Maxl, über uns in der Kammer, da hats bestimmt Ratzn, ich hör da immer so ein Rascheln und Scharren, der Kerzl hats auch ghört. Geh zu, Max, komm, wir schaun a'mol nach.«

Therese hatte das Gefühl, daß der Raum sich um sie drehte. Daß die Möbel von ihr abrückten und sich dadurch der Boden auf die Seite neigte. Als Therese sich eng an die Wand preßte, nach ihren Tabletten tastete und nach der Tasse mit dem Tee, da hob sich der Raum wieder, die Möbel schoben sich auf sie zu, ein Auf und Ab. Therese war wie auf einem Schiff bei starker See, das, festgemacht an der Boje, niemals auslaufen kann.

»Ich hab' keinen Schlüssel«, hörte Therese Max sagen. »Und überhaupts sind Sie ja ned für die Ratzn da. Da paßt scho mei Papa auf.«

»Ich habs ja nur gut gemeint«, brummte Hurler, und Therese hörte, wie der Polizist die Treppe hinunterging.

Therese spürte ihr Blut in den Schläfen klopfen, ihr Mund war trocken. Ihr war, als bekäme sie keine Luft. Doch sie wagte nicht, zum Fenster zu robben. Sie durfte sich nicht bewegen.

Jäh spürte sie einen spitzen scharfen Schmerz in der

Hand. Therese fühlte, daß sie das Röhrchen mit den Tabletten zerdrückt hatte. Kleine Glassplitter fielen mit den Tabletten heraus, Splitter steckten in ihrer Handfläche. Therese hockte da, tastete über ihre Haut und spürte die Splitter, die wie kleine Nadeln stachen, wenn Therese sie berührte. Konzentriert zog Therese die Splitter aus der Haut. Es tat weh, es tat gut. Sie war da. Sie lebte. Sie war eine Ratte in der Abstellkammer. Gut so. Es ist immer gut, wenn man weiß, wer man ist.
Therese befühlte nochmals sorgfältig ihre Hand. Einen vergessenen Splitter, eine eiternde Wunde, das konnte sie sich nicht erlauben. Ratten haben keine Glassplitter in den Pfoten. Sie brauchen auch keinen Arzt. Therese schauderte. Ratten. Das war ein Synonym für Ekelhaftes, Abscheuliches, Auszurottendes. So wie Juden. Therese zog ihre Kleider aus und schlüpfte nackt unter die Decken. Das tat sie im Sommer immer, um so am Morgen wenigstens die Illusion frischer Wäsche zu haben. Anni hatte früher immer alle Kleider auf den Balkon gebracht, damit sie in der Feuchtigkeit und Kühle der Nacht auslüften konnten.
Anni. Das Haus am Herzogpark. Beides war verloren für Therese, doch beides lebte in ihr. Tag und Nacht. Ob Anni und das Haus die Angriffe auf München überstanden hatten? Bei jedem Bombenangriff auf München zitterte Therese um Anni.
In der Nacht träumte Therese vom Chiemsee. Sie waren, wie so oft, mit dem Boot zur Fraueninsel gefahren. Wellen kräuselten den See. Eine leichte Brise ließ die *Möwe* rasch dahingleiten. Sybille saß konzentriert am Ruder, und Mutter lag längsseits auf der Bank des stark krängenden Bootes. Sie lag fast im Wasser. Und Therese wunderte sich darüber wie stets, denn Mutter konnte nicht schwimmen. Trotzdem fürchtete sie sich nicht. Manchmal, wenn das Boot gar zu stark krängte und das

Wasser sie überspülte, dann fragte sie manchmal: »Alles in Ordnung, Sybille?« oder »Alles in Ordnung, Richard?« Wenn dann die beiden nickten, wandte sich Mutter wieder ihren Träumereien zu. Als sie später wieder ablegten von der Insel, blieb der Wind aus. Sie lagen in der Dunkelheit auf dem spiegelglatten See. Vater stand am Bug, als wolle er nie wieder dort weggehen, und Therese trank dieses Bild in sich hinein. Sie hätte am liebsten den Traum verschlossen und versiegelt, so tief und schmerzlich lebte er in ihr. Und so tief und schmerzlich wollte sie ihn auch behalten.

Am Morgen brachte Maxl für Therese Tee und Kartoffelbrot. Er blieb für Sekunden in der Tür des Verschlages hocken und sah Therese mit seinem Ermutigungslächeln an, das er immer für sie hatte. Therese wurde es mehr denn je bewußt, wie sehr sie diesen Jungen liebgewonnen hatte. Er war ihr Sohn, aber auch ihr Kamerad, der sie beschützte und beschenkte, weit über seine Möglichkeiten hinaus. Therese liebte Maxl ganz tief. Maxl war Lonis Sohn. War Therese schuld daran, daß Maxl sich immer mehr von Loni entfremdete? Hatte sie wirklich die Familie Lechner zerstört? Therese hörte es oft genug, wenn Loni und Kaspar in ihrem Schlafzimmer stritten, das an Thereses Verschlag angrenzte. War Therese schuld, daß Loni trotz der Lebensmittelknappheit immer dicker wurde? Daß sie mit jedem Tag die Türen lauter knallte und ihre Laune schlechter wurde? Loni sprach kaum noch mit ihrem Mann, und in der Nacht schrie sie ihn an, daß er schon lange kein richtiger Mann mehr sei und daß er wohl das jüdische Totengerippe lieber habe als seine eigene Frau. Therese wußte, all dies sollte sie hören. Es waren Botschaften eigens für Therese. Und aus dem beharrlichen Schweigen Kaspars entnahm sie, daß er das auch so empfand.

Auch wenn Loni sich nicht mehr bei Therese sehen ließ,

glaubte Therese zu spüren, was in Loni vorging. Es konnte Loni nicht verborgen bleiben, daß das allzu rasch errichtete Reich der braunen Hemden, daß der Siegestempel der Nationalsozialisten zu schwanken begann und daß es nur noch eine Frage der Zeit war, bis er, in den Grundfesten erschüttert, in sich zusammensinken würde. Loni witterte mit dem Instinkt der Armgeborenen, daß sie nach einem gewissen Aufstieg aus ihrem dürftigen Herkommen wieder im Sinken begriffen war. Erst durch die Nationalsozialisten war Loni ein Ich zugeflogen. Doch es hatte sich nie zu Hause gefühlt bei ihr. Loni hatte es nie füttern und tränken und zähmen können, so sehr sie es auch gewollt hatte. Ihre Glanzzeit als Chefin einer Küche war Leihgabe der Nationalsozialisten gewesen. Loni wußte, daß sie auch den Hauptwachtmeister Lechner nur dem Umstand zu verdanken hatte, daß sie im Isarwinkel eine Fremde, zunächst Undurchschaubare, gewesen war. Hätte Kaspar Lechner ihre Vergangenheit gekannt, wer weiß.
Die Ämter, die Loni durch ihre Mitgliedschaft in der NS-Frauenschaft bekleidete, waren ihr immer zu groß gewesen. Zitternd und mit nassen Achselhöhlen war Loni oftmals im Kreis der Frauen gestanden, wenn sie, die Schaftführerin, eine Schaftstunde zu halten hatte. Immer zu Beginn mußte aus einer Schrift Adolf Hitlers oder Baldur von Schirachs zitiert werden. Loni las und übte, bis sie, ohne auch nur einen Sinn zu begreifen, den Spruch auswendig konnte.
»Unlösbar verbunden mit dem durch Äonen sich gleichbleibenden Umlauf der großen Gestirne, mit dem im Wandel der Jahreszeiten doch unveränderlichen Wesen der Erde, fühlt sich die Frau heute ihrem Volk gegenüber erwählt zur tiefsten Verantwortlichkeit, als die zur Wahrung der Schwelle zwischen Leben und Untergang berufene Hüterin . . .« Oder:

»Immer vom Abgrund bedroht bietet sich die Frau zum Gefäß der Erneuerung ihres Volkes dar und was sie willig empfängt, geduldig austrägt und unter Schmerzen zur Welt bringt, damit speist sich der Strom der Kraft, der ein Volk unsterblich sein läßt, so lange der mütterliche Quell nicht versiegt. Die Erde mit der ganzen Macht ihrer planetarischen Beschaffenheit, mit ihren kosmischen Kräften, steht hinter der Frau und trägt sie. In ihrer Mütterlichkeit besitzt die Frau ihre einzige, aber zugleich eine einzigartige Schlüsselstellung. Nicht zur Eroberung, nicht zur Beherrschung, aber zur Durchdringung der Welt.«

Loni wußte nur zu gut, daß ihr unheimlich war, was sie da vortrug. Daß es ihr fremd war und nichts mit ihr selbst zu tun hatte. Aber es wurde von Loni erwartet, und sie deklamierte und interpretierte, was sie selbst nicht begriff. Und die Frauen, die ihr gegenüberstanden, wußten meistenteils sogar, daß Loni ein einfaches Gewächs war, das sich willig um die Ruhmeshallen der Nazis rankte. Loni stand Arbeiterinnen gegenüber, Verkäuferinnen, Friseusen, Beamtinnen, Bäuerinnen oder auch akademisch gebildeten Frauen. Doch keiner wäre es eingefallen, sich über Lonis Vortrag lustig zu machen. Sie waren alle eins. Eine Volksgemeinschaft. Sie folgten dem Führer. Sie strebten für Deutschland. Trotz dieser äußeren Loyalität spürte Loni, daß kaum eine der Frauen nach den offiziellen Veranstaltungen etwas mit ihr zu tun haben wollte. Nach anfänglicher Offenheit fielen immer mehr Türen zu.

Schon bald erfuhr Loni, daß auch die Wieshamer Bäuerinnen, die ihr als Frau des Polizeihauptwachtmeisters zunächst offen entgegengekommen waren, daß sie ihr immer mehr mißtrauten. Widerwillig ihren Anordnungen nachkamen. Nur die Lehrersfrau, eine gutmütige Person, die vor ihrer Ehe Krankenschwester gewesen war und in Wiesham ähnlich isoliert wie Loni, ließ es Loni nicht spüren, daß auch sie einen schwer deutbaren Widerwillen gegen sie hatte. Denn Loni warb um die Lehrersfrau. Erfand sich sogar eine Bäckerei als Zuhause und einen Bäckermeister als Vater. Die Lehrersfrau glaubte Loni das alles. Zum Teil aus mangelndem Interesse, zum Teil aus Phantasielosigkeit. Wenn eine der Bäuerinnen Lonis Herkunft als undurchschaubar bemängelte, stellte sich die Lehrersfrau vor Loni und beschrieb ihr solides Elternhaus.

Doch das nützte Loni nichts. Je mehr die Nationalsozialisten in Wiesham an Ansehen verloren, desto stärker wurde der Argwohn gegen Loni. Unmerklich, aber für Loni doch spürbar, begann ihre Aussonderung. Selbst daheim spürte Loni ihre Isolation. Und sie fand keine andere Erklärung dafür als die Tatsache, daß Therese es war, die Lonis Leben, ihre Existenz als Frau und Mutter, zerstört hatte.

Am Heiligabend sprach Loni es einmal wieder deutlich hörbar aus. Kaspar und Maxl beschenkten Therese. Von Maxl bekam sie eine eigene Stablampe zum Lesen. Bislang konnte sie immer nur zeitweise die von Kaspar Lechner ausleihen. Und jetzt hatte sie eine eigene, konnte lesen, wann sie wollte. Ein herrliches Geschenk. Therese war glücklich. Von einer unnennbaren Freude erfüllt, die Maxls Zuneigung galt, aber auch der Taschenlampe.

Kaspar Lechner brachte Therese ein langes, warmes Hauskleid aus leichter Wolle, das er irgendwo im Tausch erstanden hatte. Diese Geschenke brachten Loni derart auf gegen Therese, aber auch gegen Kaspar und Maxl, daß die Weihnachtstage im Hause ebenso fried- und freudlos waren wie draußen in Wiesham und im übrigen Deutschen Reich. Lonis Gezeter klang in Thereses Ohren ebenso jämmerlich und hilflos wie die

letzte, den Wieshamern noch verbliebene Glocke, die zur Christmette rief. Die beiden Polizisten waren daheim bei ihren Familien. Und als die Lechners das Haus verließen, um die Mette zu besuchen, saß Therese einsam wie nie in ihrem Verschlag. Vorbei war das Hochgefühl über die Geschenke. Lonis Stimme schien sich in Thereses Bewußtsein eingekrallt zu haben. Ständig hörte Therese sie schreien: »Dies Judenweib, sie hat euch verhext, alle beide. Vergiftet hat sie euch.«
Leise, als könne sie dadurch Lonis Stimme entkommen, tastete sich Therese aus ihrem Verschlag über den Flur in die Wohnung. Sie durfte kein Licht machen. Alle waren ja in der Mette. Doch Therese wußte, daß heute gebadet worden war. Erst Loni, dann Kaspar, und zum Schluß Max badeten in der großen Wanne aus Zink, die neben der Küche in einem kleinen Raum stand. Therese wollte ihr neues Kleid anziehen. Seit fast drei Jahren trug sie immer dieselben Sachen, die schmuddelig waren und stanken, wie Therese selbst. Daher trieb es sie in die Küche. Vielleicht war noch ein wenig warmes Wasser da, nur ein wenig, so daß sich Therese wenigstens das Gesicht waschen könnte. Ein Weihnachtsabenteuer ohnegleichen. Therese konnte nichts anderes mehr denken. Tatsächlich stand auf dem Herd der große Wäschekochtopf, in dem das Wasser erhitzt worden war. Der Topf war fast noch halbvoll. Wahrscheinlich hatte man ihn wieder gefüllt, um die Wärme des Ofens auszunutzen.
War es Diebstahl, was Therese vorhatte? Diebstahl heißen Wassers? Ihr war es gleichgültig, wenigstens in diesem Moment. Vielmehr beherrschte sie der Gedanke, wie sie das Wasser, oder einen Teil davon, in die Zinkwanne schütten könnte. Dazu brauchte man zwei starke Arme, und Therese hatte kaum Kraft, sich auf den Beinen zu halten. Ihr Blick fiel auf eine irdene Schüssel, und

Therese begann mittels der Schüssel Wasser aus dem Waschzuber in die Zinkwanne zu gießen. Es mußte rasch gehen, die anderen würden ja schon in einer Stunde zurückkommen. Therese fand sogar, trotz der Dunkelheit, die Seife, die vom Lechnerschen Baderitual noch neben der Wanne lag.
Therese hockte sich in die Wanne, die zwar nur zu einem geringen Teil gefüllt war, jedoch das Versprechen einer gewissen Sauberkeit gab. Wieder und wieder goß sich Therese warmes Wasser über den Kopf. Das, was sie über sich gegossen hatte, wurde in der Wanne wieder aufgefangen, und Therese konnte es von neuem über sich gießen. Therese hätte mehr Wasser gebraucht, doppelt soviel, zehnmal, hundertmal soviel, sie hätte schwimmen mögen in Seifenwasser, um den verkrusteten Schmutz, die Modergerüche aus ihren Poren herauszuwaschen. Danach dann, im glasklaren, warmen Strom alles abstreifen und sich vollkommen rein in warme Tücher hüllen. Ein Traum, der Therese das Jämmerliche ihrer Aktion bewußtmachte. Sie fror. Sie legte sich jetzt völlig flach in die Wanne, so gut es eben gehen mochte, doch sie zitterte vor Kälte. Die Handtücher der Lechners hingen noch über dem Stuhl. Rasch trocknete sie sich ab, rubbelte ihre Haut so stark sie konnte. Dann ließ der Schreck sie alle Kälte vergessen. Was war das? Hörte sie nicht Schritte im Haus? Thereses Herz begann sofort wie rasend zu klopfen. Hastig schlüpfte sie in ihr neues Kleid, zog fest den Gürtel um sich und schlich dann leise, einen Unterrock um ihr Haar gewickelt, aus der Badestube.
Im Flur stand Kaspar Lechner. Er hatte eine Petroleumlampe an der Hand und sagte Therese, daß sie nicht erschrecken solle. Er war früher aus der Kirche nach Hause gegangen, weil er wieder sakrische Schmerzen in seinem linken Bein gespürt hatte. Die Verletzung aus dem

vorigen Krieg. Therese wußte davon. Und sie wußte auch, daß Kaspar Lechner sie jetzt in die Arme nehmen würde. Sie schämte sich, daß sie ihm nur ein Skelett anzubieten hatte. Nur noch Haut und Knochen, wie es hieß. Kaspar hatte mehr verdient.
Therese ließ ihren Kopf gegen seine Schulter fallen. Das Tuch glitt zu Boden. Kaspar Lechner streichelte ihr nasses Haar, wieder und wieder. Und Therese wußte, daß es eine Art kindliche Liebe und Dankbarkeit war, was sie für Kaspar empfand, aber Frauenliebe war es auch. Und Sehnsucht nach der Haut an seinem Hals, nach seinem Lächeln, das so weich sein konnte in der Dämmerung ihres Verschlags. Wie oft hatte sie Kaspars Hals gestreichelt, die weiche Buchtung zwischen Ohr und Schlüsselbein, und nie hatte sie gewußt, ob Kaspar darüber wirklich froh war, oder ob es ihm nicht vielmehr Angst gemacht hatte. Doch sie hatte sein Lächeln gesehen. Ein verlegenes, überraschtes, aber doch froh überraschtes Lächeln, das Therese aber nicht ganz deuten konnte. Sie wollte auch nicht unbedingt Rücksicht nehmen auf Kaspars Lächeln. Es ging ihr darum, herauszufinden, ob sie überhaupt noch eine Frau war. Sie hatte das Gefühl, daß ihre Weiblichkeit weit, weit hinter ihr lag, in einem Leben, das sie nicht einmal mehr im Traum führen konnte. Und oftmals dachte sie, daß sie sterben würde, ohne noch je zu erfahren, ob sie denn in Wahrheit eine Frau gewesen war. Sie hätte dazu Leon befragen müssen oder Ivan oder Thalhuber. Und sie war im Zweifel, ob die sich noch erinnern würden.
Therese fühlte sich um so vieles älter als Kaspar, der ihr mehr als zwanzig Jahre voraus hatte. Wenn Therese Kaspar streichelte, war es ihr, als verginge sich eine alte Frau an einem schönen jungen Mann.
»Therese«, sagte Kaspar jetzt, »Therese, ich bin deinetwegen gekommen.«

Therese spürte, daß jetzt Kaspars Hände unwiderruflich auf ihr lagen, liegenbleiben würden. Und sie spürte auch, daß Weihnachten war, Heilige Nacht. Und daß vielleicht doch noch ein neues Leben auf sie zukommen könnte. Wenn Kaspar sie streichelte, wenn er es tat, dann hatte auch er Hoffnung, dann glaubte auch er an morgen, und daran, daß Therese ein Mensch war wie er und wie Max. Und wie Loni? Hatte Therese ihretwegen Skrupel? Hatte sie gegenüber Leon Skrupel gespürt, Ivans wegen? So viele Jahre hatte sie Leon nicht gesehen. Er gehörte nicht mehr zu ihr, und doch spürte sie oftmals schmerzhafte Sehnsucht nach ihm. Dieselbe bittere Liebe gehörte Ivan, und nicht zuletzt Thalhuber. Auch ihn hatte sie drei Jahre lang nicht gesehen und gespürt, und trotzdem war er bei ihr wie die anderen auch, Tag und Nacht. Und Max liebte Therese auch. Seine dünnen Arme mit dem weichen Haarflaum, den Therese nie sehen, aber spüren konnte, wenn sie die knochigen Arme des Jungen streichelte, sein dichtes Haar, das weich war und struppig zugleich. Und nun Kaspar. Jetzt und hier gehörte er Therese, und sie wollte ihn haben und behalten. Und alle anderen auch. Und für diesen Moment fühlte sie ihr Leben auferstehen. Sie fühlte sich stark und gut.
Der nächste Morgen war häßlich und kalt. Weihnachten. Den ganzen Tag lang wurde es nicht hell, so daß auch in Thereses Verschlag kein Lichtstrahl drang. Maxl hatte das Weihnachtsessen gebracht. Kartoffelknödel mit Soße und einem Stück Braten. Dann wieder Stille im Haus. Die Lechners gingen zu Verwandten zum Weihnachtskaffee. Therese wollte an Kaspar denken. Und sie wußte, daß diese Gedanken sie noch einsamer werden ließen. Und trotzdem dachte sie an Kaspar und an die weiche Haut seines Halses. Und es gelang Therese, sich in diesen Gedanken einzurollen wie in ihre

Decken. Sie wußte, daß Kaspars Haut ihr gehörte, er gehörte ihr mit Haut und Haar. Doch Therese? Sie gehörte jedem Mann in ihrem Leben. Leon und Ivan und Thalhuber und Kaspar und Maxl. Und erst all die Flammen, die Thereses Schulzeit begleiteten. Mit Vierzehn schon hochrote Ohren, Geflüster im Kino, heiße Hände unter Strickjacken und Mänteln. Küsse, derer sie draußen schon überdrüssig war. Alles hinter dem Rücken des Wächters Leon, des allzu früh Verlobten. Deshalb war es ja auch so schön. Nur von Jochen, ihrem langjährigen und liebsten Schulfreund, wurde sie enttäuscht. Er verleugnete sie. Für ihn war Thereses Jüdischsein die Auslöschung seiner Gefühle. Es traf mehr als nur Thereses Eitelkeit. Doch sie war sofort bereit, anderen Bekenntnissen zuzuhören. Sie deckte Jochens Verrat zu mit den Gefühlen anderer. Notfalls mit dem Werben Leons, der sich nicht die Mühe machte, eine Ahnung von Thereses Treiben zu haben.

Wo waren all diese Gefühle? Die Namen? Die Hände? Die Münder? Was für ein Mädchen war Therese gewesen? Leichtfertig? Schamlos? Triebhaft? Therese hatte nicht die mindeste Lust, ihre Seele in Einzelteile zu zerlegen. Sie fand, daß sie im Laufe der Jahre kälter geworden war und rechenschaftslos. War sie böse oder war sie gut, weil sie viel geliebt hatte und immer noch liebte? Therese war es gleichgültig, daß sie zu keinem Ergebnis kam. Die Welt, in der sie lebte, brauchte keinen edlen Menschen. Therese, die Jüdin, konnte diesen Anspruch ohnehin nicht erfüllen. Auch Leon war kein guter Mensch, auch er war Jude. Ivan ebenfalls, Leon, Ivan und Therese waren einander ebenbürtig. Vielleicht hätte Ivan für Therese der Eine sein können, der Einzige, der einem nur einmal im Leben begegnet, der das Schicksal ist, von einem Höherem bestimmt. Doch Ivan hielt die Fahne seiner Eigenständigkeit allzu hoch. Seinen Junggesellenstatus schleppte er wie einen Schutzschild vor sich her. Vielleicht hätte Therese mißtrauischer sein sollen gegen beides. Vielleicht hätte sie gegen Ivans Eigenanalyse vom ewigen Einzelgänger rebellieren sollen, sich wehren sollen. Sie hatte es nicht getan. War brav wie eine Dampflok auf der Schiene gefahren, auf die ihre Eltern und Leon sie gesetzt hatten. Obwohl Therese deutlich gespürt hatte, daß Ivan stark schwankte zwischen dem Wunsch, für Therese sein Leben zu verändern, und der Angst davor. Sie hatte dies Schwanken gespürt und gefunden, daß Ivan ein Idiot war, weil er nicht darüber jubelierte, Therese getroffen zu haben. Weil er nichts dazu tat, daß Therese sich für ihn entschied.

Therese war erleichtert, daß sie dies alles endlich einmal vor sich selber zugab. Allzu lange hatte sie sich eingeredet, daß Ivan aus Rücksicht auf Leon so zögerlich in seiner Werbung gewesen war. Dabei war er einzig und allein gegenüber sich selber rücksichtsvoll gewesen. Ivan wußte bereits als junger Mann, wie er im Alter leben wollte. Und das war immer die Vorstellung vom einsamen glücklichen Greis gewesen. Und es wurde höchste Zeit, daß Therese sich eingestand, daß Ivan weit weniger von ihr fasziniert war, als sie von ihm. Daß er um ihretwillen sein Leben nicht hatte ändern wollen. Sie, Therese, hatte nicht genügt. Punkt.

Therese hörte wieder den Wind um das Haus streichen. Seit drei Jahren war sie hier. Aber zu Hause? Nicht einmal sie selber möchte sich hier einen Besuch abstatten. Therese weigerte sich, darüber nachzudenken, was sie war und wer sie war. Es führte zu nichts.

Am zweiten Weihnachtstag kam Kaspar zu Therese. Er blieb eine Zeitlang in der Tür des Verschlags hocken, brachte die Geräusche des Morgens, den Geruch nach Küche. Alles ballte sich zusammen in Kaspars Schweigen. Therese spürte in dieser Sekunde, daß sie erneut würde Schmerzen ertragen müssen. Sie wollte Kaspar nicht zuhören, doch sie hörte ihn sagen, daß Mutter und Sybille nicht mehr lebten. Sie waren am Heiligabend bei Passau in die Donau gegangen.

Manchmal fürchtete Therese, den Verstand zu verlieren. Sie spürte einen Druck im Kopf, einen Druck – es war, als wäre ihr Schädel in viele Teile zerborsten und eine Klammer, eine eiserne Klammer hielte die Bruchstellen zusammen. So ein knirschender Schmerz war das, der kein Dahindämmern zuließ, kein Schließen der Augen. Der Schmerz im Kopf hielt Therese unerbittlich wach, mahnte sie an ihre Versäumnisse. Wann hatte Therese zuletzt an Mutter und Sybille gedacht? Warum hatte sie beide nicht mit ihren Gedanken beschützt?

Die Bäuerin, die Mutter und Sybille versteckt hatte, brachte nach Tagen einen Brief für Therese. Es war Mutters Handschrift.

»Liebste Therese. Mein Kind. Wir hoffen, daß Du uns verzeihst. Aber es geht nicht mehr. Sybilles Hand ist verloren. Eine Knocheneiterung, die aus einer kleinen Verletzung entstanden ist. Sybille findet seit Wochen keinen Schlaf, und Hoffnung auf Rettung gibt es nicht. Wir können keinen Arzt aufsuchen. Du weißt ja am besten, was das heißt. Vorgestern waren Wohnungskommissare im Haus. Sie beschlagnahmen Wohnraum. Sie suchen Frauen, die sich vor dem Kriegseinsatz verstecken. Und sie suchen Juden. Sie waren auch in unserem Stadel. Wir konnten uns gerade noch hinterm Haus verstecken.

Doch sie fanden Spuren von uns im Stall. Sie haben Frau Luise bedroht. Es ist für uns kein Bleiben mehr. Unsere Gedanken sind bei dir. Du mußt für Valerie leben. Aus demselben Grund muß ich mit Sybille gehen. Ich habe zu wenig mit euch gelebt. Nun will ich wenigstens mit Sybille sterben. Doch ich verlasse Dich nicht.«

Mutter, Sybille. Ihr Tod ließ Therese mit einem immensen Schuldgefühl zurück. Warum hatte sie nicht jeden Tag an die beiden gedacht? Nicht jede Minute? Nicht jede Sekunde? Sybille, schöne Sybille, Schwester. Warum hab ich nicht viel mehr mit dir gemeinsam gemacht? Du warst gerecht, Sybille, klüger und leuchtender als ich. Warum hab ich nicht mit dir zu deinem Gott gebetet? Dann wäre mir der Himmel jetzt nicht so leer.

Mutter, Sybille. Immer wieder sagte Therese beide Namen. Sie klammerte sich an die Laute, doch sie glitten bitter wie Erbrochenes aus ihrem Mund. Niemals. Dies Wort fiel Therese ein. Und sie behielt es bei sich. Niemals mehr einen Menschen lieben in dieser Zeit.

War Therese eingeschlafen? Manchmal waren Traum und Wirklichkeit so eng miteinander verwoben, daß Therese sich in der halbherzigen Dunkelheit ihres Verschlags nicht gleich zurechtfand, wenn sie erwachte. Sie wollte sich auch nicht zurechtfinden, sie wollte weiterträumen. Von Mutter und Sybille, von Valerie, von Vater. Gerade heute hatte Therese geträumt, daß sie sich daheim im Herzogpark aus dem Fenster beugte und Valerie sah, die im Garten saß und Erdbeeren pflückte. Ganz versunken saß Valerie da. Legte ruhig eine Erdbeere nach der anderen in einen Korb. Therese fühlte, wie ihr das Glück heiß am Hals aufstieg. Wie ihr Herz pochte, sehnsüchtig und schmerzlich zugleich. Leise ging Therese in den Garten, leise, damit sie Valerie nicht störe, und sie setzte sich in die Beete, nahe zu Valerie, und plötzlich stand auch Vater da. Er hockte sich zu Therese

und nahm ihre Hand. Und Therese sah, daß Vater weinte, und auch ihr kamen die Tränen. Doch dann hörte Therese eine Stimme. War es Lonis Stimme? Jedenfalls war die Störung grausam. Therese hätte alles gegeben, noch ein wenig weiterträumen zu können, noch ein wenig Valerie und Vater zu spüren.
Therese hatte sich nicht getäuscht. Es war Loni, die sie aus ihrem Traum weckte. Nach und nach erkannte Therese Lonis Umrisse. Sie schien in einen Morgenmantel gehüllt, oder vielleicht war es auch ein Nachthemd. Jedenfalls formlos wallend. Und Loni hockte wie ein heller schwerer Stein vor der Tür des Verschlags. Und ihre Stimme klang nach der Aggression einer durchwachten Nacht.
»Sie sind selber schuld. Alle Juden sind selber schuld.«
Therese spürte die Stille, in der sie beide wie in einem Meer zu schwimmen schienen. Zwei Figuren, wie auf einem unterbelichteten Foto. Therese fand keine Worte, die sie Loni hätte sagen dürfen. Wie giftige Zischlaute einer Schlange stieß Loni hervor, was sie offenbar über drei Jahre lang in sich eingeschnürt hatte.
»Wir haben Sie hier auf dem Hals. Wir riskieren Kopf und Kragen. Und Sie? Sie sind wie alle Juden. Der Jude wollte alles an sich reißen. Der Jude hetzt im Ausland gegen uns. Erzählt Greuelmärchen. Jüdisch marxistische Hetzer haben sich bei uns eingenistet. Sie sind genauso. Schleichen sich hier ein, nehmen mir meinen Mann weg, meinen Sohn.«
Loni rollte sich weg von der Tür, richtete sich vor Therese auf, die sich unwillkürlich nah an die Wand hinschob, die Arme fest um die Knie geschlungen.
»Irgendwoher«, sagte Loni, »irgendwoher muß es doch kommen, daß keiner die Juden will. Das geht doch durch die Jahrhunderte. Der hochmütige, reiche Jude, der alles an sich reißt. Haben Sie mal Ihren Vater ge-

fragt, woher er seinen Reichtum hatte? Jetzt ist er tot. Und Sie liegen hier. Ein Haufen stinkender Müll. Es gibt noch Gerechtigkeit.«
Loni bückte sich, um durch die Tür zu schlüpfen, und für Sekunden ragte ihr mit grauem Barchent verhüllter Hintern vor Therese auf, wie die Kehrseite einer Elefantenkuh. Und Therese war über diese kolossale Fülle mehr deprimiert als über das Gehörte. Was Loni gerade ausgespuckt hatte, war Therese sattsam bekannt. Es traf sie zwar, verletzte sie aber nicht mehr.

Therese betastete sich – die tiefe Kuhle ihres Bauches, die Hüftknochen standen so scharf hervor wie die Rippenbogen. Einen großen Busen hatte Therese nie gehabt, außer in der Schwangerschaft. Aber inzwischen war da alles flach. Manchmal glaubte Therese, sie sähe auf Bauch, Busen und Oberschenkel silbrige Striche aufschimmern. Spuren ihrer verlorenen Fruchtbarkeit. Therese glaubte, daß ihr Stoffwechsel längst alle Energiereserven abgebaut hatte. Wahrscheinlich litt sie schon an Auszehrung. Jedenfalls brachte sie es kaum noch fertig, längere Zeit aufrecht zu stehen, dann brach ihr sofort der Schweiß aus. Die Nackenhaare schienen sich aufzustellen. Ihr wurde übel, sie mußte sich wieder hinlegen. Erstaunlich, wie die Darmfunktionen sich dem aufgedrängten Rhythmus angepaßt hatten. So widerlich und demütigend in der ersten Zeit die Verrichtungen auf dem Eimer gewesen waren, den Kaspar Lechner dann allabendlich fortschaffte, so erstaunlich präzise folgte der Körper inzwischen der Notwendigkeit. Wenn die Polizisten abends auf Streife gingen, holte Max Therese nach unten, wo hinter dem Haus die Toilette angebaut war. In aller Regel war der Toilettengang um sieben Uhr abends fällig, und Thereses Darm hatte das schließlich akzeptiert.

Loni blieb bei den Toilettengängen unsichtbar. Kaspar Lechner ebenfalls. Sie paßten auf, damit nicht ein unerwarteter Besucher zur Katastrophe wurde. Therese selbst beeilte sich, um rasch wieder in ihren Verschlag zu kommen, obwohl sie jede Sekunde genoß, die sie draußen zubringen konnte. Stehen und gehen wie ein Mensch. Therese wußte, daß Loni die einzige im Hause war, die ihr das nicht gönnte.

Nicht einmal in ihrem Judenhaß konnte Loni sich mit Kaspar verständigen. Nach einer Hetzmeldung im Radio, daß die Juden schuld seien am Krieg, hatte Therese Kaspar Lechner gefragt, ob er das auch glaube, und Kaspar Lechner hatte gesagt, das sei doch Blödsinn. Schließlich sitze seit über zehn Jahren kein Jude mehr in der Regierung. In keiner verantwortlichen Stellung.

»Ich bin ja kein Studierter, ich hab ja nicht mal Abitur. Und die einzigen Juden, die ich persönlich kenne, gehören zu Ihrer Familie. Aber mein Vater und mein Großvater, die haben sich immer an die jüdischen Viehhändler gehalten. Da waren sie gut beraten. Da hats gar nix geben. Und was Ihre Familie für unsere Anni getan hat, das habe ich nie vergessen. Mir hat das nie gschmeckt, das mit den Juden. Ich hab das nie verstanden.«

Wenn Therese sich vorstellte, daß Maxl, ihr Ritter, in Wahrheit der leibliche Sohn eines westfälischen Gauleiters war, dann fand sie das Sprichwort widerlegt, daß Blut dicker als Wasser sei. Das war nur richtig im medizinischen Sinne. Aber die Nationalsozialisten wußten es besser. Sie bewahrten das reine Blut der Arier vor dem zersetzenden Blut der Juden. Einzig vor jüdischem Geld und jüdischem Besitz schienen die Parteibonzen keinen Ekel zu haben. Wie viele Millionen hatten sie sich angeeignet? In wie vielen Häusern sich eingerichtet? Thereses Gedanken waren wieder einmal in ihrem Eltern-

haus im Herzogpark. Dieses Haus, das sie wahrscheinlich nie wieder bewohnen würde, sah sie trotzdem fast täglich vor sich. Vor allen Dingen den Garten, den Park. Die Blütenrispen der Kastanien im Frühjahr, die zerplatzenden Stachelhülsen im Herbst, wenn die Sonne in das bunte Laub leuchtete. Es hatte alles so selbstverständlich Therese gehört. Wie lang würden es noch die Nationalsozialisten in ihren gierigen Klauen halten?
Durch ihre Gespräche mit Kaspar Lechner, durch ihre seltenen Aufenthalte in der Küche, wenn sie BBC hörten, wußte Therese, daß Deutschland inzwischen an allen Grenzen eingekreist war. Die Russen hatten die deutschen Ostgebiete und den Balkan erobert, das Afrikakorps mußte aufgeben, Italien wurde vom Mittelmeer her aufgerollt. Die Alliierten waren schon in der Normandie und bauten eine zweite Front gegen Hitler auf. Doch immer noch wagte niemand darüber zu reden. Es schien Therese, als habe Hitler auch jetzt noch alle Deutschen fest in seiner Hand. Sie konnten sich nicht frei bewegen. Einer stieß sich wund am andern. Mochten sie auch noch so stark zappeln, die Hand hielt alle brutal fest. Aus dem Radio hieß es täglich, der Feind würde zum Stillstand gebracht.
Kaspar Lechner beschwor die Wieshamer, ihren immer lauter werdenden Unmut für sich zu behalten. Nach dem Attentat auf Hitler, als in den Abendnachrichten die Sondermeldungen von einer Offiziersverschwörung berichteten, war es in Wiesham merkwürdig ruhig geblieben. Früher, als die Meldungen aus Stalingrad eingetroffen waren, als es hieß, daß zweihunderttausend deutsche Soldaten dort eingeschlossen wären, hatte sich unter den Wieshamern ein Murren erhoben, das immer wieder in die Gendarmeriestation drang. »Der Hitler gibt keine Ruh ned, bis unsere Buben abgeschlachtet sind«, hatte der Seifert Franz, Fellerbauer im Dorf, beim

Altwirt gesagt. Ein Parteibonze hörte es und wollte den Fellerbauer anzeigen. Daraufhin hatten ihn die Spezln des Bauern derart massiv bedroht, daß der Zweihundertprozentige klein beigegeben hatte, um seine Haut zu retten. Doch am nächsten Tag zeigte er den Bauern doch an, und Kaspar Lechner mußte sämtliche Gäste des Altwirts als Zeugen vernehmen. Sie sagten alle aus, daß der Fellerbauer nichts von dem gesagt habe, was der Parteibonze behaupte. Sie seien bereit, das jederzeit zu beschwören. Daran war kein Zweifel. Vor den Nazis einen Eid zu schwören, galt im Isarwinkel inzwischen als Kavaliersdelikt, vor dem niemand mehr zurückschreckte.
Kaspar Lechner war froh über die Meineidbauern. Er hatte sich noch nicht davon erholt, daß die Gestapo vor seinen Augen seinen Freund, den Apotheker und Ortsgruppenleiter Mösmang, abgeführt hatte. Mösmang, ein gestandener Wieshamer, hatte seit langem mit dem Konflikt gelebt, was er den Bäuerinnen und Bauern sagen sollte, die in seine Apotheke kamen und neben Pillen und Pulvern auch noch von ihm Aufklärung über die politische Situation haben wollten, die ihnen jeden Tag mehr Lebensrätsel aufgab und außerdem schmerzlichste Opfer aller Art abverlangte. Wieder nahte eine Kampfkundgebung, bei der Mösmang als Ortsgruppenleiter zu sprechen hatte. »Ich habe keine Lust mehr, die Leute zu belügen«, teilte Mösmann Kaspar Lechner mit, und dann schrieb er an den Kreisleiter einen Brief, in dem er ihn darum bat, ihm doch Weisungen zu geben, was er bei der Kampfkundgebung sagen solle. »Die Russen stehen im Lande. Das Reich steht vor der größten Katastrophe der Geschichte, und darüber will ich die Wieshamer nicht länger im unklaren lassen.«
Zwei Tage darauf ließ der Gauleiter und Reichsverteidigungskommissar Paul Giessler den Apotheker hinter

der Ladentheke festnehmen und nach München bringen. Kaspar Lechner fuhr mit dem nächsten Zug ebenfalls nach München, wurde sogar bei Giessler vorgelassen und konnte ihm klarmachen, daß es die Bauern im Isarwinkel nicht hinnehmen würden, wenn ihr Apotheker Mösmang zu Schaden käme. Mösmang wurde sofort seines Amtes enthoben, aber darüber hinaus passierte ihm nichts. Kaspar Lechner nahm massive Drohungen mit, daß Giessler Wohnungskommissare nach Wiesham schicken würde. »Wir brauchen jeden Raum, der erübrigt werden kann. Wir brauchen die Arbeitskraft jeder Frau. Und ich habe den Eindruck, daß es im Isarwinkel am guten Willen weit fehlt.«
Lechner entgegnete, daß seine eigene Frau schon lange im Kriegseinsatz sei und daß er keine einzige Frau in Wiesham wisse, die müßig gehe. »Alle arbeiten bis zum Umfallen. Harte Bauernarbeit.«
»Das ist ja wohl das Mindeste, was der Führer von euch verlangen kann. Ihr meint, ihr könnt auf dem Land machen, was ihr wollt. Da werde ich jetzt durchgreifen.«
Kaspar Lechner berichtete das alles Therese. Dabei wirkte seine Stimme erschöpft und deprimiert. Er hatte an allzu vielen Fronten zu kämpfen. Daheim ging es weiter. Therese hörte fast jede Nacht den Streit des Ehepaares.
Loni und Kaspar Lechner. Wenn sie auch offenbar kaum etwas gemeinsam hatten, so waren sie doch beide von einem Wahnsinnigen vor Aufgaben gestellt, denen sie absolut nicht gewachsen waren. Therese dachte wieder öfter über ihre eigene Existenz nach, die von der Existenz Kaspars, Maxls und Loni Lechners abhängig war. Therese war schließlich weniger als ein Ich. Sie war tot, ein Niemand, nicht einmal eine Nummer. Es gab sie gar nicht. Sie war verschollen im Perlacher Forst. Was bedeutete es für Therese, daß plötzlich alles zu schwanken

schien, was die Nazis als tödliche Bedrohung vor ihr aufgebaut hatten? Mußte Hitler seine Klammerfaust doch öffnen? Und wohin fielen die so lange Gefesselten? Was hieß es für Therese, daß immer mehr Menschen aus den Städten in den Isarwinkel flüchteten? Bedeutete es Hoffnung für Therese? Die Einwohnerzahl von Wiesham hatte sich seit Beginn des Krieges verdoppelt. In anderen Orten und Städten auf dem Land war es dasselbe Bild. Es gab kaum noch Brennmaterial, es hieß, es gäbe nur noch für eine Woche Mehl, dann seien alle Vorräte verbraucht. Jeden Tag kamen mehr Hungrige zu den Bauern, versuchten zu tauschen, zu betteln. Jugendliche fällten in den Wäldern Bäume, um Brennmaterial zu beschaffen. Auf dem Feld versuchten alle, Gemüse und Kartoffeln zu stehlen. In den Läden gab es bald nichts mehr zu kaufen. Besonders die Mütter kleiner Kinder waren verzweifelt. Dazu die Luftangriffe. Jeden zweiten Tag Alarm. Tiefflieger bedrohten die Menschen. Sprengtrichter rissen überall die Landschaft auf.
Was Kaspar Lechner ihr nicht berichtete, erfuhr Therese von Maxl. Die beiden hatten wieder ihre gemeimsamen Schularbeiten aufgenommen. Therese diktierte Maxl eine Geschichte aus Hitlers Jugendzeit, die für den nächsten Tag zum Diktat ausgewählt war. Maxl hatte Tafeldienst gehabt und war allein im Schulzimmer gewesen. Da konnte er im Lesebuch des Lehrers spicken, und er fand ein Zeichen: Diktat. So konnten die beiden jetzt üben, und das war auch bitter nötig. Schreiben war für Max eine öde Zumutung. Lieber wollte er ja noch Kartoffeln klauben auf dem Feld oder Mathematikaufgaben lösen. Aber Schreiben; Geschichten vom kleinen Hitler – ein elender Schmarrn. Doch Therese war unerbittlich. Sie richtete ihre Taschenlampe auf das Lesebuch, Max hockte im Flur in der Türe zum Balkon, bereit, bei jedem Geräusch auf den Balkon hinauszuge-

hen. Therese diktierte: »An der Grenze zwischen dem Deutschen Reich und Österreich liegt das Städtchen Braunau, in dem Adolf Hitler am 20. April 1889 geboren wurde. Braunau gehört zu Österreich. Hitlers Vater war österreichischer Zollbeamter. Für den kleinen Jungen gab es dort an der Grenze allerhand zu sehen. Eines jedoch konnte er nicht begreifen. Hüben und drüben lebten die gleichen Menschen. Sie sprachen die gleiche Sprache und sahen gleich aus, aber dennoch galt auf jeder Seite des Inn ein anderer Kaiser.«

»Ein aaaandeeerer Kaaaiseer«, wiederholte Maxl dumpf. Es war ihm schon jetzt zu Beginn der Geschichte verdrießlich. Hitler, weil der Verfasser es wollte, war ein kluges, wißbegieriges Kind, das von seinem Vater wissen möchte, warum die Österreicher zwar Deutsch sprechen, aber keine richtigen Deutschen sind, keine Reichsdeutschen. Klein-Hitler wollte aber damals schon lieber zum Deutschen Reich gehören. »In seinem jungen Herzen«, so schloß die Geschichte, »erwachte die Sehnsucht nach einem einzigen großen Reich, das alle Deutschen umschließt.«

»Jetz hammas«, seufzte Maxl ergeben und reichte Therese sein Arbeitsheft, damit sie seine Fehler korrigieren konnte. »Mei«, sagte Maxl nachdenklich in der Tür des Verschlages, »mei, das hätt' keiner denkt, daß aus dem kleinen Bub einer wird, der überall Krieg anfangt und alles himacht.«

»Maxl, sei vorsichtig mit solchen Reden. Vor allem, wenn der Hurler dabei ist.«

»Des weiß i scho lang.« Maxl sagte das nicht ohne einen gewissen Stolz. Er war bald fünfzehn, und er hatte viel gehört und gesehen. Er wußte, daß es in Wiesham »Hitlernarrische« gab und »Pfarrernarrische«. Der Hurler war hitlernarrisch. Der wollte immer alles anzeigen in München vor dem Sondergericht. Sogar den Herrn

Pfarrer wollte er anzeigen. Der Pfarrer hatte in seiner Predigt gesagt, daß Juden Menschen seien wie alle anderen auch und daß es schändlich sei, sie zu verfolgen. Der Pfarrer wollte auch den *Stürmer*kasten nicht vor der Kirche dulden. Und er hatte gesagt, daß er nicht mehr predigen werde, solange der *Stürmer*kasten da stehe. Der *Stürmer*, so sagte der Pfarrer, sei eine gotteslästerliche Zeitung. Maxl hatte gehört, wie Hurler gesagt hatte, der Pfarrer könne nur deshalb das Maul so weit aufreißen, weil der Ortsgruppenleiter und der Polizeihauptwachtmeister zwei Pfarrernarrische seien.
Maxl sprach nie mehr darüber, daß seine Mutter hitlernarrisch war. Obwohl Therese von Lonis Alltag völlig abgetrennt lebte, versuchte sie doch, sich vorzustellen, wie Loni ihre Zukunft sah. Was glaubte sie noch? Was hoffte sie noch? Was fürchtete sie?
Von Kaspar wußte Therese, daß die meisten Deutschen, vor allem auf dem Land, sich vor dem Einmarsch der Russen fürchteten. Die Flüchtlinge hatten viel von den Bolschewisten erzählt, von mordenden Russen, von Russen, die vergewaltigten. Das alles mußte auch Loni wissen. Wie mochte es in ihr aussehen? Äußerlich ging sie ihren Pflichten als Parteigenossin weiter nach. In der Partei war sie wichtig. Loni hatte ihre Vorgesetzten überzeugen können, daß sie für die harte Bauernarbeit nicht gemacht war. Daher betreute sie seit einiger Zeit Evakuierte. Sie sammelte Lebensmittel, verteilte Kleidung, vermittelte Wohnraum. Drei Frauen aus dem Ort waren ihr unterstellt. Doch sie ließen Loni spüren, daß sie es satt hatten. Hitler, den Krieg und Loni. Die Frauen bekamen kaum noch genug Mehl, Gemüse und Milch zum Leben. Alles verschlang der Krieg. Die Kinder hörten nicht auf die Eltern. Die Hitlerjugend und der Bund deutscher Mädel hatten sie verdorben. Sie gaben Widerworte, sagten, daß Arbeitsdienst ihnen reiche. Und

zu mehr Arbeit hätten sie keine Lust. Was war das für ein Leben? Alles machte der Krieg hin. Die ganze Familie. Die Männer in Stalingrad, das Vieh von Tieffliegern zerschossen. Die schossen auch auf die Äcker, auf denen die Frauen arbeiteten. Und jetzt sollten sie auch noch Evakuierte versorgen. Vier Stunden am Tag. Die Lechner Loni hatte gut reden, die Stadterin, die preußische. Vor der Bauernarbeit hatte sie sich gedrückt. Sie wollte lieber die Frauen rumkommandieren, so wie früher. Eine Nähstube für die Bäuerinnen hatte sie eingerichtet. Dabei konnte sie gar nicht nähen. Nur rumkommandieren. Die Kinder mit Büchsen zum Sammeln schicken. Kräuter sammeln, Altkleider sammeln. Die Bäuerinnen hätten gar nicht sagen können, wie sehr ihnen das alles zum Hals heraushing.
Eines Tages kam die Messmerin, wie jeden Tag, zum Bahnhofsdienst. Aber diesmal zeigte sie ihren Widerwillen offen. »Soll doch der Hitler seinen Krieg selber bezahlen. Soll er doch amal selber arbeiten. Ich bleib daheim.« Loni, ratlos, rettete sich rasch ins Formelle. Sie wies die Messmerin darauf hin, daß sie nicht mit Heil Hitler gegrüßt habe, wie es schließlich Vorschrift sei. »Da hast du deinen Heil Hitler«, schrie die Messmerin, und sie holte aus zu einer kraftvollen Ohrfeige. Doch instinktiv hatte Loni sich weggeduckt. Die drei anderen Frauen, als hätten sie darauf gewartet, schlossen sich der Weigerung der Messmerbäuerin nur allzu gerne an. Sie verschwanden eilig. Die Messmerin schnaubte noch in Richtung Loni, daß sie Anzeige erstatten könne: »Du sitzt ja an der Quelle.«
Die Wut der Messmerin ließ sie alle Vorsicht vergessen. Sie erschien freiwillig bei der Gendarmerie. Die Waffen-SS hatte Florian, ihren sechzehnjährigen Sohn, eingezogen zum Volkssturm. Als die Buben im Volkssturmlager ankamen, wurden sie von einem Unteroffizier und

einem Feldwebel mit wüsten Beschimpfungen empfangen. »Ja – seid ihr endlich mal da – ihr Bauernkerle, Schweinehunde, Feiglinge, Verräter, Kommunisten.« Dann sollten die Jungen mit ihren Koffern bergauf hüpfen, und wer sich nicht freiwillig zur Unterschrift für die Waffen-SS entschließen konnte, dem wurde die Pistole auf die Brust gehalten. Einer der Jungen hatte sich vor Angst in die Hose gemacht. Auch wurden den Buben Fleisch- und Brotmarken abgenommen. Zu essen bekamen sie aber nur eine dünne Suppe. Darüber war die Messmerin am meisten empört. »Zustände san des, Zustände. Na, da wärs gscheiter, daß wir gleich den Krieg verlieren. Da wär wenigstens aufgräumt.«
»Das ist Hochverrat«, stieß Wachtmeister Hurler hervor, »Hochverrat im allerhöchsten Grad ist das, und diesmal wird es angezeigt, dafür sorg ich.«
»Was hier angezeigt wird, bestimme immer noch ich«, sagte Kaspar Lechner. »Und wenn du die Messmer Marie anzeigst, werde ich ruhig zusehen, wie dich der alte Messmer mit der Mistgabel ersticht.«
In diesem Moment dröhnten wieder Tiefflieger über Wiesham und beschossen den Ort. Kaspar Lechner schaute zum Himmel. »Die Amerikaner«, rief Kaspar Lechner, »die schießen uns alles zamm. Hurler, schikkens die Leut, wo keinen Keller haben, in die Kirch, runter in den Heizungskeller. Oder in die Sakristei. Da sinds wenigstens sicher.«
Hurler, kreidebleich: »I? I soll da naus, wo es dauernd überall einschlagt? Da soll i naus? Das könnens ned verlangen, Lechner.«
»Sehens, aber die Messmerin anzeigen, die sich um ihren Buben sorgt, das könnens, Hurler, da sinds ned zu feig. Jetzt aber naus mit Ihnen, sonst mach ich Ihnen Beine.«
Auch Thereses Verschlag erzitterte unter dem Dröhnen

der Tiefflieger. Die Möbel um Therese vibrierten bei jedem Einschlag. Jeder Treffer konnte den Verschlag aufreißen und Therese zerfetzen. Sie rollte sich in ihre Decken ein, krallte sich fest in den Stoff. Jetzt, wo Hoffnung war, jetzt, wo den Tyrannen alles unter den Händen zerbrach, jetzt wollte sie nicht mehr in diesem Verschlag krepieren. Sie konnte nicht mehr für eine Sekunde heraus, nicht einmal mehr zum abendlichen Toilettengang. Längst stand wieder der stinkende Eimer im Verschlag. Im Haus waren ständig die Soldatenstiefel der SS zu hören. Männer vom Volkssturm und die jungen Stimmen der Werwölfe. Sie waren in der SS-Kaserne in Bad Tölz noch ausgebildet worden. Noch einmal altes und junges Futter für die Geschütze der Alliierten. Sie hatten überall im Isarwinkel Straßensperren errichtet, hatten Brücken gesprengt. Auch Wiesham sollte bis zum letzten verteidigt werden. Die SS, die Landsknechte des schwarzen Totenvogels, sie hatten nichts mehr als den Wahnsinn des Dämons, dem sie gefolgt waren. Sie lebten ihn aus. Erschlugen oder erschossen immer noch jeden Juden, den sie aufstöberten. Erschossen Männer und Frauen, die sich gegen die Kriegsfurie stellten, weiße Fahnen hißten, nicht zulassen wollten, daß ihre Dörfer zerstört wurden, ihre Häuser. Die Männer der SS taten so, als könnten sie die Alliierten aufhalten. Vielleicht glaubten sie es tatsächlich. Vielleicht auch nicht. Vielleicht war ihnen das Töten so selbstverständlich geworden, daß sie es nicht mehr lassen konnten.

»Kruzifix«, sagte Kaspar Lechner zu Therese, »wann die SS ned nausgeht aus Wiesham, schießen uns die Amerikaner alles zamm.«

Kaspar brachte Therese noch zwei Decken und ein Glas eingeweckte Erdbeeren. In Thereses Verschlag war es jetzt, Ende April, immer noch kalt. Gerade heute wehte

ein starker Wind durch die Ritzen, und Regen schlug an die Wände. Therese hörte von den Straßen Schreien und Rufen. Vieh brüllte angstvoll in den Ställen. Es roch nach Rauch. Es war, als berste die Erde vor Zorn. Selbst die Krähen schrien so laut, als protestierten sie gegen den Lärm, das Feuer und die umherfliegenden Granatsplitter.
Plötzlich riß Loni die Tür von Thereses Verschlag auf. Therese sah nur ihren Mund, ihre Augen sich in der Dunkelheit bewegen. »Der Max, Frau Rheinfelder, er will hierbleiben. Er will Sie nicht alleine lassen. Aber er muß mit. Wir können hier nicht bleiben. Die Amerikaner bombardieren uns. Wir sind nah am Bahnhof. Uns trifft es zuerst.«
»So ein Schmarrn«, rief Max zornig hinter Loni.
Doch Therese bat ihn, mit Loni in den Keller der Kirche zu gehen.
»Max«, sagte Therese, »geh mit deiner Mutter in den Keller. Mir passiert schon nichts. Unkraut vergeht nicht.«
Es half Max nichts. Er war noch ein Kind. Er mußte mit Loni im Keller der Kirche Schutz suchen.
Therese wußte nicht, ob sie sich fürchtete. Ihr war schon seit den Fliegerangriffen klar, daß ihre Verfolgung als Jüdin, die sie brutal ausgesondert hatte von den Deutschen, daß diese grausame Isolation aufgehoben war. So oder so teilte Therese jetzt diesen Krieg mit allen Menschen in Deutschland. Mit ihren sogenannten Feinden und mit den Menschen, die ihr geholfen hatten. Zu Tausenden waren allein in den Münchner Kellern die Menschen erstickt. Und der, dem sie so willig geglaubt hatten, von dem sie so viel erhofft hatten, den manche mehr als ihren Gott geliebt hatten, der saß in seinem Luxusbunker und sah sich Filme an, während die Münchner in ihren Kellern nach Luft rangen.

Die Kinder der Evakuierten, die aus München kamen, hatten dies alles Max erzählt. Auch, daß die Eltern jeden Monat zwanzig Reichsmark hergeben mußten. Jahrelang hatten sie so auf einen Volkswagen gespart. Es war ihnen oft sauer geworden. Aber die Vorfreude auf ein eigenes Auto hatte selbst die Kinder zu Opfern bereit gemacht. Keine Familie hatte einen Wagen bekommen. Sie alle wurden Militärfahrzeuge. Ebenso die großen Schiffe, die den Familien für Ferienreisen versprochen waren, die *Robert Ley*, die *Wilhelm Gustloff*, die *Stuttgart*, sie alle wurden Lazarettschiffe.
Und jetzt sollte immer noch nicht Schluß sein mit dem Wahnwitz. Auch noch die letzte Zuflucht der Menschen, die Dörfer auf dem Land, sollten geopfert werden. Die Evakuierten und die Wieshamer hatten genug vom Krieg. Wenn die Amerikaner Wiesham beschossen, dann kamen sie auch bald in den Ort. Die Leute rannten in Panik zur Gendarmerie, zum Pfarrer, zum Ortsgruppenleiter. Weiße Fahnen sollten gehißt werden. Schließlich war die Kirche schon von einem Granatsplitter getroffen, Dach und Gewölbe durchschlagen. Und im Keller saßen die Frauen mit ihren Kindern. Die SS fuhr noch eine schwere Pakkanone in den Pfarrhof, schoß wie wahnsinnig gegen die einrückenden Amerikaner. Volkssturm und Werwolf kämpften mit Panzerfäusten. Es war, als sei Wiesham der Vorhof der Hölle. Alle, die sich in die Kirche geflüchtet hatten, suchten sich jetzt voller Angst in den Bergen zu verstecken.
Therese hörte den Lärm der Geschütze, die Befehle, die Schreie. Und im Haus unten aufgeregte Stimmen, das Getrampel schwerer Schuhe. Kaspar kam, stieß hervor, daß Therese sich tief in ihre Decken verstecken solle, denn er, Lechner, müsse zum Pfarrhof. Die SS wollte tatsächlich den Pfarrer und den Mesner erschießen, weil sie die weißen Fahnen gehißt hätten. Therese hörte

Lechner die Treppe hinunterrennen und offenbar mit einem Trupp von Leuten, die ihn benachrichtigt hatten, in den Ort laufen.
Vor etwa einer Stunde, als Kaspar Therese ein paar Brotstücke und Milch brachte, hatte er ihr berichtet, daß Bad Tölz schon den Amerikanern übergeben sei. Nur in Wiesham lebte noch der Geist des Terrors. Schon kamen die Amerikaner von Tölz-Gaisach herauf. Da schoß die SS immer noch vom Winkelfleck her, so daß Wiesham und seine umliegenden Berge im Kreuzfeuer lagen.
Endlich kam Kaspar zurück. Die SS hatte in der letzten Sekunde davon abgesehen, Pfarrer und Mesner zu erschießen. Oberst Grothe hatte sie wahrhaftig noch vor ein Standgericht bringen und liquidieren lassen wollen. Doch die Nachricht vom Vorrücken der Amerikaner auf Wiesham hatte den Pfarrer und seinen Mesner vor dem Tod bewahrt. Die SS verließ Wiesham. Die Amerikaner konnten jede Minute da sein. Therese und Kaspar beschlossen trotzdem, daß Therese noch in ihrem Verschlag bleiben sollte, bis wirklich alle Gruppen abgezogen waren. Es war immer noch möglich, daß ein SS-Offizier in der Gendarmerie Schutz suchen wollte. Oder daß Leute vom Volkssturm oder vom Werwolf aus den Bergen zurückkamen, um sich hier zu verstecken.

Therese hörte zuerst das Rollen. Es mußten die Panzerketten sein. Ein eigentümlich dumpfes Rollen. Thereses Herz begann zu klopfen, rasend schnell. Dann setzte es wieder aus, um noch verrückter bis in Thereses Hals hinaufzuschlagen. Die Amerikaner! Sie würden Therese befreien! Plötzlich hörte sie schrille metallische Töne, das Rollen der Panzerketten verstummte.
Die Kolonne hielt vor der Gendarmeriestation. Therese hielt das Ohr eng an die Wand gepreßt. Sie konnte nicht sehen, daß auf dem ersten amerikanischen Panzer ein farbiger Soldat saß. Um seinen Kopf hatte er eine rote Hakenkreuzfahne geschlungen. Er blies auf einer Kindertrompete. Die blechern hellen Töne, begleitet von dem dumpfen Rollen der Panzerketten, hatten die Wieshamer angelockt. Vor allem die Kinder überwanden ihre Furcht und kamen näher. Sie starrten den schwarzen Trompeter an, der seinen Kopf mit der Fahne schmückte, die ihre Eltern hastig in die Odelgrube gesteckt hatten.
Im selben Moment hörte Therese rasche Schritte die Treppe heraufkommen. Männerschritte. Sie hörte die Stimmen Hurlers und Kerzls, die sich ihrer Tür näherten, rausrannten auf den Balkon. »Mir müßn weg, mir müßn weg«, hörte sie Hurler hervorstoßen. Sie hörte

auch, wie die beiden ihre Waffen auf den Balkon warfen und sich dann über das Geländer schwangen, um sich offenbar im Garten zu verstecken.
Dann hörte Therese, wie draußen Soldaten vom Panzer sprangen und ins Haus kamen. Sie sah nicht, daß sie Maschinenpistolen im Anschlag hatten. Doch sie hörte die Amerikaner im Flur schreien: »Are you the Police Officer? Than you are a Nazi, right?«
Therese konnte hören, daß die Offiziere Kaspar Lechner durch die Diensträume trieben. Sie hörte Lonis hysterisches Schreien, ein barsches »Shut up« der Amerikaner. Die Stimmen der Soldaten überschlugen sich fast vor Haß. Oder war es Angst?
»Give us your arms, quick, quick, hurry up«, schrien sie. Therese hörte keinen Ton von Kaspar, auch nicht die Stimme von Max. Sie hörte nur, wie die Amerikaner Kaspar Lechner wieder anbrüllten, er solle die Waffen auf den Boden werfen, hier, auf einen Haufen.
Die Soldaten rissen alle Türen auf, die Schränke, wollten wissen, ob noch mehr Nazischweine in der Polizeistation seien, aber die Lechners verstanden sie nicht, und die Amerikaner trieben sie vor sich her die Treppe hinauf. Therese hörte jetzt wieder Lonis schrille, fast überschnappende Stimme: »Frau Doktor, Frau Doktor, helfen Sie uns.«
Loni riß Thereses Verschlag auf, wollte zu Therese – doch ein Offizier riß sie brutal zurück, bückte sich vor dem Verschlag, die Maschinenpistole im Anschlag. Therese sah zunächst nur die Waffe, dann sein fassungsloses Gesicht: »What the hell is going on in here?«
Therese kroch auf den Amerikaner zu, der vor ihr zurückwich. Sie kam heraus aus dem Verschlag, hielt dem Amerikaner ihre Kennkarte hin: »I am Jewish«, sagte Therese, und der Soldat ließ seine Waffe sinken.
»You are Jewish?« murmelte er ungläubig. Die Soldaten

starrten Therese an, die Schwierigkeiten hatte, auf die Beine zu kommen. Seit zwei Wochen lag oder hockte sie in dem Verschlag, war sie nicht mehr aufrecht gestanden. Mühsam kam Therese hoch, Kaspar Lechner wollte sie stützen, doch der Amerikaner stieß ihn weg. »Hang on, Nazi« und dann schaute er wieder fassungslos auf Therese und murmelte etwas, das wie »Holy shit« klang.

Plötzlich wieder Loni, beschwörend, bettelnd: »Frau Doktor, sagen Sie doch, daß wir Sie versteckt haben! Daß wir Ihre Freunde sind!«

Ja, sagte Therese auf Englisch. Ja. Sie haben mich vor den Nazis versteckt.

Die Amerikaner schien das nicht zu interessieren. Sie schrien Kaspar Lechner an, daß er das Haus verlassen müsse. Sofort. Seine Familie auch. Thereses Bitten, ihre Erklärungen änderten daran nichts. »You need a doctor«, entschied der Offizier. Er wickelte Therese in eine Decke und trug sie zu seinem Jeep. Es war Therese, als stürze er sich mit ihr in die Sonne. Die Helligkeit des Tages betäubte sie fast. Sie mußte ihre Augen mit den Händen schützen. »Poor girl« sagte der Offizier weich und bettete Therese fürsorglich auf den hinteren Sitz des Fahrzeugs.

Der Jeep fuhr langsam durch den Ort. Vorsichtig umging der Offizier Schlaglöcher oder Trümmer, die den Weg schwer passierbar machten. Therese sah Wiesham zum erstenmal in Ruhe und Freiheit. Ein zerstörter Ort. Nur zögernd gingen die Menschen auf die Straßen, die aufgerissen waren vom Kämpfen. Häuser brannten, Ställe und Stadl. Drei Jahre lang hatte Therese vom Ort nur Geräusche gehört. Das Läuten der Glocken, die Stimmen der Menschen, das Vieh in den Ställen. Sie hatte in Wiesham gelebt und doch nicht gelebt. Oder war es vielleicht so, daß sie, unbarmherzig allein mit

sich, erst in Wiesham zu leben begonnen hatte? Hatte sie nicht erst hier gelernt, daß sie mit ihrer Familie in einer Art Glaspalast gewohnt hatte, aus dem sie auf das Leben blickte wie auf ein Schauspiel, ihr zu Ehren aufgeführt? Hatte sie erst drei Jahre lang in einer Art Grab leben müssen, um zu erfahren, daß sie nicht länger Ehrengast war, nicht mehr sein wollte? Daß sie zu den Menschen gehörte, zum alltäglichen, mühsamen Leben.
Therese sah die Blumen in den Bauerngärten, sie spürte die Sonne auf ihrer Haut und sie begriff, daß dies alles jetzt wieder auch für sie da war. Daß sie mit diesem Amerikaner in ihre Freiheit fuhr. Vielleicht würde es lange dauern, bis sie die Zeit der Verfolgung abgestreift hatte, bis sie die Verfemung vergaß. Vielleicht würden sie noch lange Träume quälen. Träume von Entdekkung, Träume von dem grünen Wasser der Donau, das über Mutter und Sybille zusammenschlug. Vielleicht dauerte es Jahre, bis Therese die Haut, die die Nazis ihr übergestülpt hatten, abstreifen konnte, eine neue Haut nachwuchs. Wieder in einem Bett schlafen. Baden, stundenlang baden. An einem Tisch sitzen. Von Tellern essen. Ohne Stablampe lesen. Musik hören.
Therese war froh, ein Mensch zu sein.
Obwohl Therese nur blinzeln konnte, sah sie, wie die Lechners in den Ort gingen, vor einem Amerikaner her, der immer noch seine Maschinenpistole im Anschlag hatte. Zum erstenmal bemerkte Therese, daß Kaspar Lechner unbeholfen ging, fast hinkte. Eng an seiner Seite hielt sich Max, Loni ging rechts von Kaspar. Sie schaute immer wieder angstvoll auf den Amerikaner, der sie zur Eile trieb. Wieshamer standen am Weg, gafften oder schauten ängstlich. War denn der Krieg immer noch nicht vorbei? Was hatte der Soldat mit den Lechners vor? Sie alle starrten auf den Jeep, der gerade mit Therese an den Lechners vorbeifuhr. Und Therese dachte,

daß noch vor kurzem Nazis Juden vor sich hergetrieben hatten in den Tod.
Der Amerikaner, der die Lechners fortbrachte, würde sie nicht umbringen. Sie mußten ihr Haus räumen. Therese wußte noch nicht, wie sie den Lechners helfen konnte. Wenn ihr doch der Himmel ein Zeichen geben wollte. Aber einer wie ihr, die nicht einmal einen Gott hatte, einer wie Therese gab der Himmel kein Zeichen. Therese konnte nicht verhindern, daß Kaspar Lechner wie ein Nazi behandelt wurde. Obwohl er sich nicht nach dem Parteibuch gerichtet hatte, zeigten ihm die Amerikaner ihren Abscheu, ihre Verachtung, ihren Ekel. Auch seiner Familie. Kaspar und Maxl hatten das nicht verdient. Loni dagegen konnte ein wenig Drangsal nicht schaden.
Für Maximilian würde Therese leben. Für ihn, für Valerie und für Anni. Wie viele Menschen, wie viele Juden vor allem, hatten verloren, was sie liebten. Waren ohne Hoffnung. Therese dagegen würde Valerie suchen und Anni. Therese war nun frei. Frei!
In diesem Moment schien ihr nichts mehr unmöglich.

Nachwort

Als ich Therese Rheinfelder zum erstenmal sah, war ich berührt von der fast dramatischen Schönheit ihrer Erscheinung. So sehen Schauspielerinnen aus, wenn sie das Altern zulassen, Dichterinnen, Wissenschaftlerinnen. Therese war Ärztin. Das dichte weiße Haar, nicht modisch aufgehellt, umstand in vielen Nuancierungen störrisch ein schmales, ausgezehrtes Gesicht, in dem die stark ausgeprägte Nase auffiel. Therese wirkte müde und trotzdem stark. Sie machte trotz ihres fortgerückten Alters und trotz ihrer körperlichen Schwäche noch Hausbesuche bei ihren Patienten. Mit dem Fahrrad. Alles Geld, das sie nicht zu ihrem bewußt bescheidenen Leben brauchte, überwies sie an die SOS Kinderdörfer. Und an die Nachkommen des Mannes, der sie vier Jahre lang vor den Nazi-Schergen versteckte.

Ein Freund, der Publizist Ernst Müller-Meiningen, hatte Therese Rheinfelder immer wieder gebeten, über ihr Schicksal zu berichten. Doch sie zögerte, wollte nicht darüber reden, wie sie als junge, jüdische Studentin mit jedem Tag mehr dem Terror der Nationalsozialisten ausgeliefert wurde, der schließlich ihre gesamte Familie auslöschte.

Durch Ernst Müller-Meiningen erfuhr ich von Therese Rheinfelders Schicksal. Sie, extrem scheu, hatte Texte von

mir gelesen und Vertrauen gefaßt. Nach jahrzehntelangem Schweigen war sie bereit, mit mir zu sprechen, gemeinsam mit mir den Versuch zu machen, ihre Leidensgeschichte aufzuschreiben. Seit unserer ersten Begegnung war ich fasziniert von ihrer Persönlichkeit, von ihrer souveränen Haltung gegenüber denen, die ihr in der Vergangenheit alles genommen hatten, die ihr Leben in Auschwitz auslöschen wollten. Hat sie die Deutschen nicht gehaßt? »Was willst du«, sagte sie, »die Plebs war dran.«
Sie war souverän in ihrem Verzeihen, aber auch äußerst sensibel für die Zeichen eines neuen Rechtsradikalismus, die sie immer häufiger wahrnahm. Nicht zuletzt diese Sorge war es, die sie schließlich bewog, über ihr Schicksal zu berichten: Sie wollte etwas gegen das Vergessen tun. Um noch lebende beteiligte Personen zu schützen, stellte sie eine Bedingung: Ihre wahre Identität dürfe niemals preisgegeben werden. Dieses Versprechen wurde und wird gehalten.
Nur die Hoffnung, daß ihr Kind vielleicht doch überlebt haben könnte, hielt Therese am Leben. Je kleiner dieser Hoffnungsfunke wurde, desto mehr Macht gewann die Müdigkeit über sie. Als sie nach einem Ohnmachtsanfall von Ärzten reanimiert wurde, bat sie die Kollegen, sie doch einschlafen zu lassen, obwohl sie natürlich wußte, daß ärztliches Ethos dergleichen verbietet.
Therese Rheinfelder starb vor einigen Jahren in München. Ihre Erinnerungen leben weiter.

München, im Sommer 1998
Asta Scheib

Der Titel des Buches »Beschütz mein Herz vor Liebe« stammt von dem verbrannten Dichter Albert Ehrenstein, der in der Emigration starb.